寫作的祕密

寫不出好故事？
向百位真正的大師取經吧！

喬爾根・沃夫＿＿著
劉曉樺＿＿譯

Your
Creative
Writing
Masterclass

by Jurgen Wolff

第三部　故事的塑造

第四部　尋找自己的風格

第五部　創作的過程

第六部　寫作生活

謹以此書紀念約翰・希克森（John Hixon），
一名前程無限卻英年早逝的優秀年輕作家

前言

你想要寫一本小說、一部劇本、一齣舞臺劇或一篇短篇故事，或許你腦中已經有了許多靈感與想法，但卻不知道該如何架構情節，或該怎麼把角色寫得活靈活現、栩栩如生。這時候，你該去哪裡尋找指引和示範呢？我想寫這本書，其中一個原因就是我從過去二十多年來在南加大，以及全球各地的私人研習課的教學經驗中發現，許多作家都找錯了地方。

有志成為編劇家的人，觀摩當時最賣座的電影或當代最紅的電視影集。

有志成為小說家的人，參考近期的暢銷書單。

儘管暢銷書榜單上有時的確會出現非常優秀的小說，也有一些非常棒的電影會在票房上大開長紅，但模仿當時最熱門的作品，最後往往只會得到東施效顰的贗品。

你有更好的參考對象：過去兩世紀以來的偉大經典名著，以及證明自己經得起時間考驗的近代書籍與電影。

這本書收集了許多文學大師的建議，包括過去的珍．奧斯汀、史蒂文生、納博科夫、契訶夫、狄更斯，以及近代的馬丁．艾米斯、J. K. 羅琳、雷．布萊伯利、艾默．雷納與魯西迪等。

當然，聽取建議與實際應用是完全不同的兩回事，因此我又加入了許多練習，幫助你一關關地突破。無論你只是靈光一現，還是已經寫好初稿，想將它進一步雕琢成你有信心公開發表的作品，將建議與運用兩者實際結合，都可帶領你走向成功。

雖然你將從這本書中得到許多鼓勵與指導，但它並非一帖神奇的速效藥。如果你要找的是一個能點石成金的樣板或填充式的範本，恐怕你要失望了。書中引述的作家不只在他們的作品中投入了大量時間，還有他們的真心與靈魂。他們都很清楚，想要寫得好，你必須擁有勇氣以及堅忍不拔的獨立精神。不過，這並不代表他們一直都對自己的作品很有自信。你之後會看到，許多人每次面對空白的稿紙都會感到一股不安的焦慮，有時候還會覺得自己是個騙子，因為竟然有那膽子認為——甚至期望，其他人會覺得他們寫的東西有意思。但他們仍舊勇往直前，心甘情願地踏上這條艱苦的道路，帶給全世界喜悅與啟發。如果你已經準備好要開始一段屬於自己的冒險旅程，那麼這本書正是你所需要的。

快速導覽

我們一開始會先看到作家是如何獲得靈感，你又能如何運用你的回憶、夢境，甚至恐懼來提供想像力養分。除此之外，這一部分另一個強調的重點，是你必須讓靈感萌芽，並且讓潛意識在你開始敲鍵盤前先做好預備的工作。

由於非凡的角色是讓小說得以流傳千古的基礎，因此第二部分要告訴你的，就是該如何創造栩栩如生、讓讀者或觀眾永誌難忘的角色。在這一部分，我除了提供一套「探索」角色，而非「發明」角色的基本方法外，還將探討角色的地位——無論是角色實際的地位，還是他在別人眼中的地位——在角色關係間，具有多重要的影響力。其中還有一章會講到該如何藉由對白反映角色的性格與心境，以及角色與場景之間的關聯。當這一切準備就緒後，或許你會發現主導權變成跑到角色手上了，而我們也將進一步探討這種經驗。

第三部分談的是角色與情節的整合。在這一部分，你會看到該如何選出最合適的敘事視角、又該如何利用衝突驅使角色行動，又有哪些實用的方法可以幫助你規劃情節。我將一一說明該如何打造一段強而有力的開場、運用伏筆的技巧，又該怎麼處理最為棘手的中段過程，並替故事畫下一個充實的結局。除此之外，故事的主題與改稿的過程，也是討論的重點之一。

第四部分要告訴你該如何尋找自己的風格。我必須特別強調，一名作者的風格必須能配合故事，而不只是讓讀者注意到你的才華。為了做到這一點，我將帶你看到該如何使用簡單、清晰及簡潔的文字、適當的細節，以及優雅的文詞來讓你的故事引人入勝。

接下來我們將看到的是寫作過程本身，包括什麼樣的環境與道具可以幫助你寫作、你該如何建立自信、面對評論（包括嚴苛的自我批評），又該如何克服寫作的瓶頸。

最後一部分將帶領你做好準備，踏入作家的生活，包括作家該如何看待名氣與成功、要如何安排日常作息、又要如何在這種不穩定的工作中享受作家的生活，以及現代的小說家與編劇面臨的是什麼樣的前景。最後再談到作家的社會責任。

歡迎你前往本書的網站：www.YourCreativeWritingMasterclass.com，這裡有更多頂尖作家的建議，以及實踐這些建議的方法。你也可以來此分享你是如何將這些方法運用在你的作品上，並在這裡找到許多作家的介紹影片、評論和各種資源。

有了書中的實用建議與練習，再加上網站上的資源，兩者結合起來就是一堂你夢寐以求的大師文學課：有狄更斯向我們示範該如何創造精彩的角色、海明威說明該如何寫得簡潔有力，還有珍．奧斯汀教我們要如何讓讀者接受一個冷漠的角色——除了他們之外，還有上百名古往今來的專業作家準備好要當你的寫作指導與教練。我希望他們的示範與書中的練習，可以幫助你用最適合你的方式，寫出除了你以外，無人能寫的作品。

第一部
尋找靈感

是什麼樣的靈感，讓那些文學大師創作出歷久彌新、流芳百世的偉大名著？腸枯思竭時，他們都是如何突破瓶頸？又是從何獲得源源不絕的故事題材？

在這一部分中，你將看見契訶夫、史蒂文生、瑪麗·雪萊以及馬奎斯等作家，是如何找尋靈感與創作的起點，這些方法有些平凡，有些古怪，不一而足。我也將說明該如何運用這些方法突破創作瓶頸。

1 師法名著

你還記得第一本深深衝擊你內心的書嗎？它可能是別人念給你聽，也可能是你自己讀的第一本書。又或者小時候是不是曾受某本書影響，只是當時未曾察覺？

許多中外知名的作家都說過自己深受小時候讀過的書感動，甚至有特定的一本讓他們立志成為作家。即便長大多年後，他們仍回首翻閱，從中找尋靈感。

就連成為作家後，他們也可能繼續以文豪為師。馬丁．艾米斯便說過：

> 當我寫不出句子，文思枯竭時，有時會這麼自問：換作狄更斯的話他會怎麼寫貝婁或納博科夫呢？當然你是希望能用自己的話表達，但景仰的作家可以助你一臂之力。

如果你覺得這聽起來是個好方法，不妨在手邊放幾本名家名著，像我書桌附近就掛著九張我所推崇的大師肖像明信片：莎士比亞、塞繆爾．詹森、狄更斯、史蒂文生、康拉德、王爾德、羅素、毛姆，以及格雷安．葛林。這些明信片是我在國立肖像藝廊（National Portrait Gallery）買來的，還替它們都裱了框。有這些大師陪伴左右，可讓我常保謙遜之心。但他們的存在並非威嚇，相反地，大多時候是我的靈感來源，在我眼中，他們俯瞰我的目光彷彿長輩般慈愛。

不過，師法的對象不必侷限於偉大的文豪。威廉．福克納[1]建議我們：

> 閱讀，閱讀，閱讀。什麼都讀——無論是垃圾、經典、好作品、壞作品都不要放過，看看其他人是怎麼寫的。把自己當木匠學徒一樣，盡可能地從師傅身上學習。多讀就是了！你有一天會開竅的。

弗拉基米爾．納博科夫則大力倡導詩文的閱讀：

> 要寫好英文散文，你必須浸淫在英詩裡。

對馬雅．安哲羅來說，《聖經》是她最主要的靈感來源：

> 任何一本猶太聖經與基督教聖經的詮釋與翻譯都如旋律般優雅悅耳，美妙無比。我常常會念聖經給自己聽，任何譯文、任何版本都好，就只為了聽那語言、那韻律與節奏，提醒自己英文是多麼美麗。

---

1 **威廉．福克納**（William Faulkner，一八九七至一九六二年）：福克納著名的小說作品包括《出殯現形記》（*As I Lay Dying*）、《癡人狂喧》（*The Sound and the Fury*）、《押沙龍，押沙龍！》（*Absalom, Absalom!*）。他曾獲得一九四九年的諾貝爾文學獎，其後又贏得兩座普立茲獎。美國郵政總局於一九八七年發行印有他肖像的二十二分郵票。

改變自己──也改變他人

《歐普拉雜誌》（*The Oprah Magazine*）上曾刊載過《梅岡城故事》作者哈波．李寫給歐普拉的一封信，她在信內提到自己年輕時對書本的熱愛，並說：

> 七十五年後，在現代這個人手一臺筆記型電腦、手機、iPod，心靈卻如空屋般荒蕪的富裕社會中，我依舊埋首於書堆之中。

年輕的哈波．李完全沒想到自己的作品有一天會給社會帶來如此重大的影響。一份針對在一九六〇與七〇年代參加民權運動的律師調查顯示，他們有許多人都是受到《梅岡城故事》（出版於一九六〇年）所啟發。這本小說不只贏得一九六二年的普立茲小說獎，並在一九九九年入選圖書館期刊（Library Journal）的世紀不朽小說名單。這是這名隱世作家唯一出版過的作品，但有傳聞說她並沒有停止寫作，只是不再出版。

尤朵拉．韋爾蒂將維吉妮亞．吳爾芙視為她的啟蒙名師：

> 是她打開了我的門。我讀到《燈塔行》時只覺得：天啊，這是什麼？我是如此興奮難耐，吃不下也睡不著。從那之後我又讀過許多遍，不過我現在較常回頭看的是她的日記。雖然無論你翻開到哪一天，裡頭的內容都教人悲傷，但只要提到她的作品和工作，那些美妙的描述會讓你心中填滿喜悅，勝過傷感之情。

而深深震撼馬奎斯[2]，並促使他提筆寫作的則是卡夫卡：

有天晚上，一個朋友借了我一本卡夫卡的短篇小說集。回到膳宿公寓後，我開始讀起《變形記》，開頭的第一句話就差點把我嚇摔下床。我非常吃驚。它的第一句如此寫道：「一天早晨，葛雷戈．桑姆薩從不安的睡夢中醒來，發現自己在床上變成了一隻大得嚇人的害蟲……」一看到這開頭我便想，原來故事也可以這樣寫啊！早知道的話我不知多久前就開始寫了。於是我立刻開始寫短篇小說。

顯而易見，馬奎斯日後成為魔幻寫實主義的領袖，《變形記》功不可沒。

拉爾夫．艾理森曾告訴《巴黎評論》（*Paris Review*）：

一九三五年，我讀了艾略特的《荒原》（*The Waste Land*），它深深打動我，令我著迷，但我卻完全無法分析它……我在夜裡練習寫作，研讀喬伊斯、杜斯妥也夫斯基、史坦與海明威；尤其是海明威。我閱讀他的作品，學習他文句的結構以及組織故事的方法。

2 **馬奎斯**（Gabriel Garcia Marquen，一九二七年至今）：馬奎斯的作品包括有《百年孤寂》、《愛在瘟疫蔓延時》，以及《獨裁者的黃昏》。由於他對帝國主義的政治立場與卡斯楚的私交，一直到了柯林頓執政後，他才獲得美國簽證。他有許多作品都曾被改編成電影，尤其是在墨西哥。

讓圖書館成為你的靈感寶庫

雷．布萊伯利建議我們：

> 你必須埋伏在圖書館裡，像爬梯般爬上書堆，像聞香水般聞書，並像戴帽子般把書戴在你瘋狂的腦袋上。

不過，這點現在比較難做到了。近年來，圖書館多被重新打造成為多媒體中心，實體書有時反而變成最格格不入、飽受忽略的一項元素，但即便如此，這仍不失為一個好建議。在 iPad、Kindle[3] 以及其他電子閱讀器，能散發舊書特有的可愛霉味前（這可能是遲早的事），起碼我們這些看傳統書本長大的人，永遠會在心中替它們與圖書館留個位置。

對我影響最為深遠的作品，是我在紅木市立圖書館發現的一套童書：愛妮．布萊頓（Enid Blyton）的智仁勇探險小說（Famous Five Books，又譯五小冒險系列）。故事是關於四個英國小孩與他們的狗兒一同冒險犯難、追查案件的過程，書內充滿天真浪漫的理想情節。圖書館裡收藏了完整的二十一本小說，我一本接著一本看得飛快，盡情徜徉在我（還有布萊頓）想像的英國之中。而我多年後決定遠赴英國讀書，最後遷居至倫敦，當然部分也是受到這套小說的影響。或許哈利波特也會在二十年後掀起一股巨大的英國移民潮。

書本之外

靈感有時是來自其他種類的藝術。薩爾曼．魯西迪說：

> 我大部分的作品都是受到年輕時的觀影經驗影響。六〇與七〇年代世界電影蓬勃發展，出現許多精彩的傑作，我有幸恭逢其盛。我想我從布紐爾[4]、伯格曼[5]、高達[6]和費里尼[7]電影中學到的，與我從書本中學到的不遑多讓。

史蒂芬．桑坦則從《漢諾瓦廣場》（*Hangover Square*）這部晦澀的電影中得到重要的啟發：

> 那是一部由拉爾．瑞格（Laird Cregar）主演的一部陰鬱、浪漫的哥德式驚悚電影。劇情背景設定在一九〇〇年，主角是名思想前衛的倫敦作曲家，他只要聽到一個特定的高音音符就會陷入瘋狂，四處殺人。配樂十分精彩，是由黑爾曼（Bernard Herrmann）編曲製作，主題環繞鋼琴協奏曲的其中一段樂章。

---

3 美國亞馬遜網路書店推出的電子閱讀器。——譯者註

4 Luis Buñuel，西班牙名導，作品包括《青樓怨婦》、《安達魯之犬》等。——譯者註

5 Ernst Ingmar Bergman，瑞典名導，作品包括《野草莓》、《第七封印》等。——譯者註

6 Jean-Luc Godard，法國名導，作品包括《斷了氣》、《女人就是女人》等。——譯者註

7 Federico Fellini，義大利名導，作品包括《大路》、《卡比莉亞之夜》、《八又二分之一》、《阿瑪珂德》等。——譯者註

桑坦說《瘋狂理髮師》是他向黑爾曼致敬的一部作品。

除了從其他人的文字與經驗中汲取靈感外，你也可以運用自己的生活經驗做為素材。在下一章節中，我們將探討如何利用自身的回憶和恐懼，當作靈感來源。

坐而言不如起而行！

在今日繁忙的社會中，要抽出時間閱讀可能不是件容易的事，但這依舊是提供心靈養分最好的方法之一。你有多久沒有看過喬伊斯、杜斯妥也夫斯基、海明威或狄更斯，這類經典大師的著作？

我有個朋友就硬是在忙碌異常的行程中擠進閱讀的時間，除了替自己的腦袋補充養分外，看書還能在鬧哄哄的一天中替他帶來一小時的寧靜。如果翻他的行事曆，你會看到上頭寫著：「晚上五點到六點：梅爾維爾」或「下午一點到兩點：喬伊斯」。

有沒有哪本名著或經典電影，是你一直想看卻還沒看的？

練習：和自己約個時間看本經典名著或電影，或者回頭重看一些你喜愛的作品。有幾本書我經常回頭翻閱，而且每次都有新的收穫。這些書分別是勞倫斯（TE Lawrence）的《智慧的七根支柱》（*The Seven Pillars of Wisdom*）、羅洛·梅（Rollo May）的《創造的勇氣》（*The Courage to Create*）、康拉德的《吉姆爺》；電影則有《大國民》（*Citizen Kane*）、《碧血金沙》（*Treasure of the Sierra Madre*）、《阿拉伯的勞倫斯》（*Lawrence of Arabia*）、《日正當中》（*High Noon*）、《教父》（*The

Godfather）一、二集，以及《日以作夜》（*Day for Night*）（族繁不及備載）。

想想過去有哪些書或電影曾帶給你重要啟發，從中選一個你覺得值得重看的，替自己安排個時間，而且這一次除了單純欣賞、享受之外，還要分析這本書或電影為何對你產生重大的影響，以及你可以從作者的寫作技巧中學到什麼，讓自己的創作更加生動、更有影響力？新手作家可考慮以下幾點問題：

- **這個故事的主旨為何？請用簡短的一、兩句話描述。**
- **主角的危機是什麼？**
- **故事中透露角色多少特質與背景？用什麼方法？**
- **故事開頭是如何吸引你的興趣？**
- **故事情節和主要衝突是如何進入高潮？**
- **故事中的意外和轉折是什麼？**
- **它喚起你什麼感受？如何喚起？**

我邀請你前來本書的網站 www.YourCreativeWritingMasterclass.com 分享對你來說，最特別、最重要的書籍，讓其他人也能從你的經驗中獲益。

2 記憶與恐懼

在你童年時期，發生過什麼樣的事件對你來說意義格外重大？你是否會直接或間接地將它們寫進作品中？許多作家都這麼做。維拉．凱瑟主張：

作家創作時用的基本題材，大多是在十五歲之前獲得。

史考特．費茲傑羅給的期限則長一些：

一名作家可以在三十歲、四十歲，甚至五十歲後，才開始編織他的冒險旅程，但用來衡量這些旅程價值與重要性的標準，在他二十五歲時便已決定，從此無法改變。

費茲傑羅大部分作品的主題都源自他的年輕時代：

故事裡講的永遠都是我自身的經驗——富有小鎮裡的窮小子、貴族男校裡的窮小子、普林斯頓高級俱樂部裡的窮小子……然而，我始終無法原諒那些富人的富有，但我的人生與文字也因此增色許多。

這種矛盾心理也反映在《大亨小傳》中。蓋茲比第一次出場時，擔任故事旁白的卡拉威如此描述他：

蓋茨比，他代表了我所鄙視的一切。假如人的性格是由一連串精彩的姿態所組成，那麼他確實有其不平凡的一面，他對於人生前景有一個極強烈的敏感度，彷彿在他身上連結著一具精密的儀器，可以測知萬哩外的地震似的……其實蓋茨比最後的結果也還算圓滿；我之所以對人世間虛無縹緲的悲喜暫時失去興趣，乃是為了蓋茨比內心所受的一切折磨，以及在他幻夢破滅後漂浮而來的那片污濁塵霧。（立村，二〇〇九年）

蕭伯納也贊成拿自身的經驗做為寫作題材：

唯有寫下自己人生與時代的人，才能寫盡人生百態與歷史。

尤朵拉．韋爾蒂向我們保證，不是只有大風大浪的人生才能提供靈感：

我是一名從小生長在溫室裡的作家，所有的大膽冒險都是來自內心想像。

記憶無須清晰——喬瑟．諾維科維奇認為，有些時候，效果最驚人的也許是那些模糊不清，或帶有神祕面紗的記憶。他說：

根據我自己的經驗（當然，每個人都不一樣）——我認為一段不完整、或至今仍無法理解的記憶，反而能提供最為強烈的刺激，讓你去想像、發明、模鑄與創造。那些無法觸及的時光會把人逼瘋，瘋到生活在想像的過去之中。

村上春樹說：

我認為回憶是人類最重要的資產。它就像燃料般可以產生能量，帶來溫暖。我的回憶如同一只衣櫃，衣櫃裡有許多抽屜，若是我想化身成為一名十五歲的男孩，我就拉開其中一格，尋找年少時曾在神戶見過的風景。我可以聞到那空氣，觸摸到那片土地，看見樹葉的青翠。這就是我想寫作的原因。

眾所皆知，狄更斯將他童年的經歷投射在許多作品中。他小時候原本過得無憂無慮，但等到父親被關進專門監禁欠債者的監獄後，好日子就結束了。除了狄更斯外，其他親戚也接連入獄。他於是寄住一名家族朋友的家裡，每天工作十小時，日復一日地替鞋油盒貼標籤，除了掙錢養活自己外，還要資助家人。

雖然細節不盡相同，但《塊肉餘生錄》（又譯：《大衛．考勃菲爾》）裡，有許多情節都彷彿狄更斯的寫照。主角大衛是個遺腹子，儘管不曉得自己的父親是誰，但童年過得還算快樂。後來母親再婚了，繼父對他百般凌虐；更慘的是，後來連母親與新生兒都不幸喪命，他的繼父於是將送他去倫敦一間苛刻的工廠工作。在下段的節錄中，我們可以看見大衛．考勃菲爾是如何形容自己被丟進工廠，一天必須花好幾個鐘頭清洗並給瓶子貼標籤的感受——毫無疑問，這絕對是來自狄更斯自己悲慘的經驗：

我淪落到跟這種人為伍，心底深處的痛苦沒有任何言語能夠表達……我期望長大後要成為一名有教養、有學識的出色人物的夢想，已在心中碎裂。我再也不抱一絲希望，對我的處境感到羞恥。我傷心欲絕，因為這顆年輕的心相信我以前所學的、所想的、喜歡的、想像的、仿效的一切，都將一點一滴消逝，永不復返——這一切感受全深深烙進我心中，無法化為筆墨……淚水混進洗瓶子的水裡，我哭得彷彿胸口開了一個洞，隨時有炸開的危險。

有時候我們也可以用記憶來描述故事裡的某個特定畫面。J. K. 羅琳在她的網站上寫道：

我小時候是個圓嘟嘟的嬰兒。在《神祕的魔法石》裡，我將達力的照片形容為：「看起來都像是戴上各色嬰兒帽的一個粉紅色大海灘球」（皇冠，二〇〇一年）。這句話也可以拿來形容我小時候的照片。

援用回憶的目的不是要你替自己寫一本自傳，而是從過往經歷中擷取題材，替故事塑造角色與情節；尤其是那些具有特別情感意義的回憶，你可以將它們的能量注入於作品中。

小說或劇本的靈感鮮少以完整的樣貌浮現，不過還是有些知名的例外。J. K. 羅琳又說了：

在找了一週末的公寓後，我搭乘擁擠的火車準備返回倫敦，而哈利波特的靈感就在這時候浮現。我從六歲開始寫作，中間幾乎不曾間斷過，卻從來沒有為了一個點子如此興奮。但我當下卻覺得很氣餒，因為我身上一枝筆也沒有，而且我很害羞，不好意思向別人借。不過現在回想起來，那或許是件好事，因為我後來只是坐在座位上，足足想了四個小時（火車誤點）。故事的細節開始在我腦中一一湧現，而這名瘦骨嶙峋、黑髮、戴著眼鏡、不知道自己是巫師的小男孩，也開始變得愈來愈真實。

所以呢，部分歸功於英國的爛鐵路，一名億萬富翁就在這短短的四小時中誕生了。靈感需要時間開花結果，在下一章中，我們就來看看促使靈感萌發的方法。

坐而言不如起而行！

你因為擁有快樂童年而少了一項優勢嗎？即便如此，它也一樣可以提供你豐富的資源與題材。

練習：重溫往日時光的方法很多，你可以翻閱相本、觀賞小時候拍攝的家庭影片，或和親朋好友敘舊。除此之外，下列的問題或許可以刺激你想起些有用的記憶：

- **你童年時發生過什麼重大事件？長大之後呢？**
- **成長時期誰對你的影響最大？**
- **成長時期你最親近的朋友是誰？你們為何會結為好友？**
- **你小時候有任何想像朋友嗎？他們是什麼模樣？**

●到目前為止，你人生中最快樂的時光是哪一段？最不快樂的呢？
●在這些記憶中，有哪些可能可以改編成故事？
●有什麼細節需要調整，讓它更適合發展成故事？

用寫作當作治療

有些作家是因為受到焦慮驅使而提筆創作。許多傑出的作家都將寫作當成一種治療，珍・瑞絲便是其中之一。她說：

> 我從不在快樂時寫作；我就是不想寫。但我快樂的時間向來不長……我的書中鮮少虛構杜撰的東西，大多時候，我是為了要擺脫那些拖垮我身心靈的可怕悲傷，才提筆寫作。我從小就發現，如果我能將傷痛化為文字，它們就會消失不見。

愛德娜・佛勒[1]對於作家的人格——大概也包括她自己的在內——看法相當黑暗：

> 我認為一名作家要寫得好、寫得令人信服，在某種程度上他必須受到情緒的殘害。厭惡、

1 **愛德娜・佛勒**（Edna Ferber，一八八五至一九六八年）：佛勒最有名的作品為《畫舫璇宮》（*Show Boat*）、《大人物》（*So Big*），以及《巨人》（*Giant*）。她原先堅持不肯將《畫舫璇宮》改編成音樂劇，直到傑隆・凱恩（Jerome Kern）說他想用它來扭轉音樂劇的型態，佛勒才終於點頭答應。她的第一份文字工作是十七歲時在鎮上的報社當記者。

不滿、怨恨、吹毛求疵、想像力、義憤填膺、受不公壓迫的感覺——這些都是很好的燃料。

威廉・斯泰龍同意她的看法：

只要是優秀的文學作品，無論出自哪個時代，都必定是飽受精神折磨的產物……對於那些無時無刻擔心受怕，恐懼無名威脅——成天神經兮兮的人來說，寫作是一項很好的治療。

田納西・威廉斯說：

我的作品記錄了我各個時期的情感。它們與我的真實人生沒有任何關聯，但卻能反映出我各階段的情緒。我試著要自己天天寫作，因為除了寫作外，我沒有任何慰藉。當你處於低潮時——戀情不順、痛失親人，或生活中出現其他失序狀況——除了寫作外，你無處可逃。

電影《計程車司機》（*Taxi Driver*）便是因此而生。編劇保羅・舒瑞德說：

我當時與妻子感情失和，欠了一大筆債，得了潰瘍，沒地方可以住，還離開了美國電影學會（American Film Institute）。整整三週，我只是開車沿著城裡的下水道繞。我住在車裡，身旁人們來來去去，卻感覺孤單到了極點。於是我開始寫劇本，當作是自我治療。我的主角是一名憤世嫉俗、有自殺傾向的計程車司機。我需要求助於藝術的力量。若我沒辦法抽離這個角色，他就會變成我；或該說我就會變成他。我就是這麼創造出崔維斯・拜寇（Travis Bickle）。

❦坐而言不如起而行！

當一名作家，最大的樂趣之一，就是可以打造一個屬於我們自己的世界，而那個世界可以比現實生活美好許多。在虛構的世界裡，書呆子可以受人歡迎，瘦弱的小孩可以反抗同儕的霸凌……等一下，這怎麼愈聽愈像我了。

言歸正傳，想靠寫作自我癒療，不見得一定要寫一本「悲慘的回憶錄」，寫盡過去或至今仍困擾你的事物；這是我——舞臺劇《弒母》（Killing Mother）的編劇的個人經驗談（唉呀，我透露太多了！）。

練習：列一張清單，寫下你對生活有何不滿，看看有哪些可以用來當作故事的基礎？

有一個方法可以幫助你更進一步從生活中挖掘題材。拿出一張紙，打橫著放，畫一張表，每格以十年為單位，然後在每一格中寫下你那時期經歷的重要事件。頭一個十年從你出生開始，裡頭或許會包含你第一天上學、弟弟或妹妹的誕生，也許還有寵物的死亡——事無大小，只要仍存在你記憶中，而且還會牽動你心情的就寫下來。

觀察其中是否有什麼規律或模式浮現，你對它們又有什麼感受。即便當下沒有獲得任何明確的靈感或主題，這項練習也能刺激你的潛意識，種下靈感的種子，等待日後浮現。

3 孤獨與夢境

當代對於創意力的研究，確認了靈感通常是在我們不刻意追求時才會出現。不過，這不是什麼新發現，法蘭西斯·培根便建議我們：

不管想到什麼都立刻寫下來，那些不請自來的想法通常也是最有價值的想法。

尼采則大力提倡將孤獨當作刺激靈感的練習：

我們不一定要藉著看書、受到書本內容刺激才能獲得靈感。我們習慣在戶外思考——無論是走路、跳躍、攀爬或舞動都一樣。地點最好是那種連小徑也發人深省的荒山或海邊。

亨利·米勒補充：

新進藝術家需要的是能獨自與心魔奮戰的機會——還有不時享用塊紅肉。

卡夫卡更進一步說明：

> 你不必離開你的房間，只要繼續坐在桌前聆聽——甚至連聽都不要聽，只要獨自一人，靜靜等著，世界便會自己揭開面紗，展現在你面前。它別無選擇，它將會在你腳邊欣喜翻滾。

說到擅長在孤獨與快樂間取得健康平衡的高手，就不能不提狄更斯。他的自傳作家麥可・史萊特（Michael Slater）說，狄更斯每天的固定作息，就是早上坐在書桌前四個鐘頭，然後下午散步十二哩，接著吃晚餐——通常是與客人一同享用。吃飽後大夥兒又一直玩到就寢時間。史萊特表示，狄更斯在早上四小時內轉化成文字的想法，大多是來自散步時所生的靈感。他寫道：

> 六月二十一日，狄更斯發現自己需要走的比平常更遠一些。他在鄉間路上散步了十四哩，思索那晚些被他形容為「複雜交織了真實與虛構」的小說情節（《塊肉餘生錄》）。

坐而言不如起而行！

諷刺的是，現在即便是簡單的活動——例如在公園長椅上靜靜坐上一個鐘頭，或漫無目的地穿過一個新社區——似乎也變成了一件奢侈的事。走在城市的馬路上，你會看見半數以上的路人不是在說話、傳手機簡訊，就是聽音樂。他們人在這兒，心卻在別的地方。

人與人之間全年無休的連結意味著傳統的寧靜綠洲——在路邊咖啡館小酌十五分鐘的咖啡，或在書店裡瀏覽十分鐘的書本——已經無法免於受人打擾的危險。

科技帶來的便利無庸置疑，但正如俗諺所說：有得必有失；而對於作家來說，少了獨處的時間與空間便是一項重大的損失。

練習：你還是有選擇的。你可以將手機留在家裡，自己出門散步；也可以打開答錄機，好好泡個澡，或去公園沉思。在這些獨處的安靜時刻中，你可以開始想像一個只有你能說的故事。試著每天空出十五分鐘，給自己一段不被打擾的時間。

夜晚與夢境

雖然有些作家覺得早上靈感比較豐富，但大多人還是偏好在晚上工作。洛夫・克拉夫特這麼說：

> 夜裡，當物質世界躲回洞窟，留下做夢者獨身在外時，那些不可能在平凡或嘈雜的白晝出現的靈感與能力將自動浮現。除非試過在夜裡寫作，否則你永遠不會知道自己能不能當個作家。

有些作家不僅在夜裡寫作，甚至還在睡夢中以夢境的形式創作。其中最有名的一個例子應該就屬瑪麗・雪萊（當時叫做瑪麗・伍爾史東克列夫特・高德溫）與她的《科學怪人》。她在小說的序中如此描述她獲得靈感的過程：

> 頭靠在枕上，我還是睡不著；並不是我正在構思事情，而是想像力不請自來，糾纏住我，

帶領我超越平時的夢想之境，各種鮮明的影像不斷浮現在我的心中。眼前看到的是——我閉上眼睛，用磨得澄澈晶亮的心眼，觀看到臉色蒼白、從事污穢行徑的研究者，正跪在自己雙手所創造出來的東西身旁。那個有如恐怖鬼魂一般的人之形體橫躺著，隨後，在某種強大的機械作用下，顯現出生命的徵兆，動作出笨拙的半帶生命的動作。那一定是非常恐怖，因為平凡的人嘗試去模仿創世主的傑出構造，必定會招致極大的恐怖結果……我自己也不寒而慄的睜開眼睛；這個靈感已經完全占據我的心，恐怖的戰慄流竄全身，我真想將這個空想所產生出來的幻影與周遭的現實交換……恐怖的幻影不是可以那樣簡單的驅逐，它依然緊緊糾纏著我，讓我非想點別的事情不可。我想起了自己的鬼故事——我那苦惱的、不幸的故事！啊！要是能構思出令讀的人也像我今晚這樣震顫的故事來就好了！有如光一般迅疾、明亮的靈感閃現在我的腦海中。「就是這個！我感到恐怖的故事，別人應該也會感到恐怖。只要將出現在我夢枕上的幻影照實描寫出來就行了。」第二天早晨，我宣布：「已經構想出故事了。」那一天，我就開始寫下「十一月的一個冷清的夜晚」，把不眠之夜那個陰森、可怕的夢幻抄錄在紙頁上。（臺灣商務，二〇一二年）

史上最成功的系列小說之一，便是在夢中得到啟發。美國《娛樂週刊》（*Entertainment Weekly*）在它們的網站 EW.com 上寫道：

二〇〇三年六月二日，史蒂芬妮．梅爾夢到一名人類少女在樹林間邂逅一名吸血鬼。隔天早晨，這位楊百翰大學（Brigham Young University）的英文文學研究生起床後便立刻開始提筆寫作。這是她這輩子第一次寫小說，而短短三個月後，她便完成一本五百頁厚的故事，主角是一名叫做貝拉的普通女孩，還有她完美的吸血鬼男友愛德華。

另一個誕生於夢境的故事是史蒂文生[1]的《化身博士》。在他的旅行回憶錄《橫渡平原》(*Across the Plains*)中，有一章專門寫他童年時做過的惡夢，以及他最後是如何將它們轉化為故事中的情節。他說傑柯博士是如此誕生的：

整整兩天，我絞盡腦汁，希望能想出一個故事，什麼故事都好。到了第二天晚上，我夢見一扇窗，然後那畫面突然分成兩半。在那畫面中，因犯罪而遭人追捕的傑柯博士使用奇怪的力量，在追捕者面前變身成海德。

當然了，夢境鮮少提供完整的情節，史蒂文生很清楚自己必須替靈感的骨幹增添血肉：

其餘部分都是我在清醒的意識中完成，不過我想大部分的功勞得歸給晚上偷偷來幫忙的小精靈（他如此形容自己在睡夢中工作的能力）。那故事是屬於我的，而且早就存在於我的阿多尼斯[2]花園之中。它找遍一個又一個軀體，卻始終無法幻化成形。沒錯，故事的寓意十之八九是我想出來的；倒楣，苦差事落到我頭上！我的小精靈並沒有那個我們稱為「良心」的退化器官。場景和角色也得靠我發想。我得到的，只有三個場景以及故事的中心主旨：原本可自主控制的改變，逐漸變得無法控制。

近代的恐怖大師史蒂芬・金也仰賴惡夢提供他素材。在接受英國作家史坦・尼可斯（Stan Nicholls）訪問時，他透露《戰慄遊戲》（*Misery*）這本小說是如此誕生：

就像我其他的小說一樣，這個故事的靈感也是在睡夢中出現；實際上，是我坐協和式超音速噴射客機飛來布朗這裡時出現的。我在飛機上睡著，夢到一名女人軟禁了一名作家，然後殺了他，剝下他的皮，將剩下的屍體餵給她的豬吃。之後她用人類的皮膚——作家的皮膚——裝訂他寫的小說。我告訴自己：「我非得把這個故事寫下來不可。」當然了，實際動筆時我在情節上做了更動，但飛機降落後，我就在旅館的大廳和二樓間寫好了頭四、五十頁……夢境也是人生的一部分，對我而言，那跟在路上看到一個覺得可以用在小說裡的題材沒有兩樣。你記下來，然後把它安插進故事裡。

艾倫・葛根諾斯也有同感，而且覺得一種夢境轉換成另一種是一件非常神奇的事：

這是一種奇怪的組合，用夢境裡的畫面與片段創作，並在自我意識的控制下做夢——也就是寫作……寫小說的樂趣就在於我可以擁有兩種夢境，最少兩種：一種是我在夜裡閉上眼

1 **史蒂文生**（Robert Louis Stevenson，一八五〇至九四年）：史蒂文生最著名的作品為《金銀島》（*Treasure Island*）、《綁架》（*Kidnapped*）以及《化身博士》（*Strange Case of Dr. Jekyll and Mr. Hyde*）。除了小說外，他也寫詩與小品散文。他的作品被翻譯成許多語言，在全世界排名前三十，僅次於狄更斯之後。

2 希臘神話中掌管植物的神。——譯者註

的八小時內做的夢，一種是我在清醒時做的夢。

雷．布萊伯利[3]強力建議我們好好利用剛起床時那段半夢半醒的時間。他在接受Booksense.com的蓋文．葛蘭特（Gavin Grant）訪問時說：

我想這就是人們喜歡我作品的原因，他們知道這是非常誠實的作品。非常直覺，就像夢一樣。這些點子大多在我早上約七點起床時出現。我不做夢，但在這段將醒未醒的時間內，你的頭腦十分放鬆，靈感便會自然而然地浮現。然後你會大吃一驚，趕緊跳下床，跑到桌前振筆疾書。

我大概有百分之六十的作品都是這樣寫出來的。我不相信做夢。別人問我：「你有夢到故事過嗎？」這種事從來沒發生在我身上過，但我相信在那種放鬆的狀態，當你正要清醒又還沒完全清醒、無法有意識地思考時，靈感會自行湧現。

不只有惡夢可以做為寫作的題材。幾年前，我夢到一個故事的開頭，內容關於一名作家決定要寫一本童書。我覺得它應該可以發展成一本不錯的喜劇劇本，下床後我就寫了頭六頁。隔天晚上，夢居然接續前一天的進展，於是我起床後又寫了六頁。我樂翻了——按照這個速度，我在三週內就可以寫完劇本！

不幸的是，夢在這時候停止了。不過，拍成電影《真假霍華》（*The Real Howard Spitz*）時，頭十二頁差不多還是保有夢境中的原貌。

想要養成捕捉夢境的習慣，茱莉亞・卡麥隆提供了一個叫做「晨間書寫」的簡單方法。她鼓勵大家一起床就先寫三頁東西，想到什麼就寫什麼，這可以幫助你獲得並維持源源不絕的創意。這些只是自己私下的書寫，並不會用在作品中，也不會出版，但其中自然會包含你部分的夢境。

坐而言不如起而行！

練習：最困難的部分在於，我們常常一醒來就忘記自己做了什麼夢，不過這是可以訓練的。在床頭櫃上準備好紙筆或錄音機，睡前提醒自己要記住夢的內容，醒來後立刻寫下或錄下記得的片段。一開始你可能只記得一個畫面或幾句短短的對話，但練習愈久，就會記得愈多。到了那時，你就可以自行挑選，只記帶給你情感衝擊的夢境，因為那些比較有可能拿來當作故事的素材或靈感。

3 **雷・布萊伯利**（*Ray Bradbury*，一九二〇年至今）：布萊伯利的著名作品有《華氏451度》（*Fahrenheit 451*）、《火星紀事》（*The Martian Chronicles*）以及《圖案人》（*The Illustrated Man*）。雖然一般被認為是科幻作家，但布萊伯利認為自己是奇幻作家。他選擇在公立圖書館中求學，因此沒上過任何一所大學。

4 靈感的萌芽與發展

成功的作家知道有了故事題材後，還必須讓它開花結果。靈感並不只是所謂的「靈光一現」，它也可以透過培養，在我們的潛意識中萌芽成長，等待時機到來時自動浮現。

產量豐富的偵探小說家喬治．西默農在接受《巴黎評論》訪問時，如此描述他構思的過程：

我想我的潛意識中一直存在有兩、三個靈感，但不是小說的情節，也不是題材，而是「主題」。而我從來也不認為它們有朝一日可以寫成故事；說得更準確一點，它們其實是我心中的擔憂。在我開始動筆寫小說的前兩天，我會刻意從中挑出一個主題；但即便在我挑選前，我也會先感到一種氛圍……我可能會記起某年的春天，或許是在某個義大利小鎮，也或許是法國鄉村或亞利桑納，然後一個小小的世界與角色便開始在我腦中成形。這些角色有些來自我認識的人，有些出於純粹的想像……接著，潛藏在我腦中的主題便會自動浮現，環繞在角色周圍。因此，那些角色也將與我擁有相同的困擾，而那個困擾——還有那些角色——便將化作我筆下的小說。

傑克．凱魯亞克的說法也相去不遠：

你想起曾在現實生活中發生的事，鉅細靡遺地告訴朋友，並在心裡反覆思量，趁閒暇時將它們串連成篇，然後等到該付房租時，你強迫自己坐在打字機或一本筆記本前，盡快把腦中的東西寫出來……成品並不會因此漏洞百出，因為你早已在心中想好整個故事了。

他在三個星期內就完成了《在路上》。

馬丁・艾米[1]斯則是如此描述他的經驗：

我所經驗的，是納博科夫稱為「悸動」的東西。你要稱它為悸動也好，靈光乍現也好，總之就是作者構思的過程。在這個階段，作者會想，嗯，我可以用這個寫一本小說……而這靈感可能非常片段——可能只是一個情景，某個角色在某個特定的時間出現在某個特定的地方。拿《鈔票——絕命書》來說吧，我當時想到的只是紐約有個胖子想拍電影；就這樣。

讓福克納提筆寫下《癡人狂喧》的，則是一個特定的畫面：

一切是從我腦中的一幅畫面開始，而我當時並沒有發現它具有什麼象徵意義。畫面是一個小女孩穿著一條沾滿泥巴的襯褲坐在梨子樹上，她可以透過窗戶看見祖母的喪禮，並向地

---

1 **馬丁・艾米斯**（Martin Amis，一九四九年至今）：艾米斯的作品包括《鈔票——絕命書》（Money）、《資訊》（*The Information*）以及《倫敦曠野》（*London Fields*）。他童年與青少年時期不看小說，只看漫畫，中學的校長說他「朽木不可雕也」。他有許多作品都隱含自傳的影子，《鈔票——絕命書》也不例外，書內有個角色與他同名同姓。

面上的兄弟們回報情況。等到我開始解釋他們的身分、他們在做什麼，還有她的褲子為什麼會沾滿泥巴後，我才發現我無法把全部的東西塞進一篇短篇故事裡，非得要寫成長篇小說不可。

愛麗絲·華克也曾分享過她最有名的一本小說，是如何從起初的靈感發展成完整的故事：

我不是每次都知道故事的種子是從何而來，但我非常清楚我是何時開始想寫《紫色姊妹花》。我和家姊茹絲有次作伴健行，路途中聊起一場我們都知道的三角戀。她說：「妳知道嗎？那老婆有天向那個第三者要她的一件襯褲。」那時我心裡正在構想一部小說——一個關於兩名女人覺得自己嫁給同一個男人的故事——但一直缺了塊拼圖。聽到她那麼說，拼圖立刻完整了。接下來的幾個月——中間經歷我生病、離婚、搬好幾次家、出國旅行、發生許多傷心的事，也得到許多啟發——我一直將姊姊的話好好放在我腦中建構的故事中央。

這些描述有個共同點，就是靈感先是憑空出現，然後啟動作家一連串的思考。正如海明威所說：

故事的主題我從來沒得選——是主題選擇了我。

坐而言不如起而行！

練習：無論你的靈感是一幅畫面、一種感覺，或是無意間聽到的一句話，都盡快將它捕捉起來。你可以大略寫在筆記本上、傳簡訊給自己、用手機錄音（現在很多手機都有錄音功能，或留個語音訊息給自己），或者拍張照片。對部分作家來說，重點並非之後的查閱，而是記錄靈感這個動作。一旦捕捉下來，靈感就可以在他們腦中生根發芽，繼續成長。

就像種子一樣，常常檢視靈感只會揠苗助長。最好就先把它擱在一旁，時機到了它自然會浮現。

在我另一本著作《發揮創意》（*Creativity Now!*）中，我曾介紹過一個收集視覺素材的方法。這方法就是由創新暨策略經理理查．史唐普（Richard Stomp）所提出的「街拍」。就像在海邊撿貝殼一樣，只是你現在不是要找貝殼，而是用相機將有趣的畫面捕捉下來。

這些畫面最後會否用在作品中並不重要。重點在於，刻意尋找有趣的畫面這個動作，會改變你看待世界的方法，你的眼睛和大腦會對身邊陌生而美妙的事物變得更加敏銳。

你也可以如此訓練自己的聽覺。雖然大部分的作家天生就有偷聽別人說話的習慣，但我還是建議你不妨找一天特意將你聽到的對話記下來（不過當然要偷偷來），記愈多愈好。在那天結束後，它們將串連成為值得果陀等待的對白——而且可能會激發出一個角色或一段故事。

這些方法也可以幫助你構思情節。比方，當你覺得故事走進死胡同時，你可以將目前有的靈感和收集到的照片，或偷聽到的對話並列排開，讓它們引導你前進。比方，在我《弒母》的劇本中，當殘忍無情的母親過世後，我不知道該如何呈現主角的心境。若是小說，我大可直接寫出他的心聲，但在舞臺上，他的心情必須翻譯成行為與動作。有次散步時我拍了幾張店家的照片，其中一家是舞廳，而它讓我想到該如何解決這個問題：主角的母親一直嘲笑他笨手笨腳，因此她過世後，他開始在房裡跳起舞來——雖然還是一樣笨手笨腳，但顯然覺得自己自由了。

還有一個方法可以幫助你培養靈感，就是想像你已經寫完那個故事，現在正接受一個好奇心強烈的人訪問。想像他們問你各種不同的問題——包括你自己也還不曉得的細節。你將會意外發現，不用絞盡腦汁，解決方案和故事情節就會自己躍然浮現。

第二部

栩栩如生的角色——

偉大的作家是如何熟悉、了解自己想像中的人物，將他們寫得栩栩如生、活靈活現呢？是什麼樣的特點能讓一個角色從紙上「躍然而出」，而讓他們開口說話——也就是寫出經典對白——的祕訣又是什麼？

在這一部分中，馬克·吐溫、費茲傑羅、派翠西亞·海史密斯，以及其他許多擅長塑造角色的知名大師將揭露他們的祕訣，我也將介紹多種練習，教你如何將這些祕訣運用在寫作當中。

5 認識你的角色

對許多作家而言，故事起源於角色，有了角色之後，劇情才從他們展開。希拉蕊．曼特爾說：

如果你想寫出一本流傳千古、值得一讀再讀的作品，你要構思的不是劇情，而是角色……只要角色創造得宜，他們將自我發揮，依照你賦予他們的性格行動，然後——你將發現——劇情就這麼出現了。

有時候，即便我們早已遺忘故事細節，但角色仍在腦中鮮明難忘。那些角色就像現實生活中的人物一樣複雜。珍．加丹說：

如果書中的角色（而這正是小說的重點：角色。除了驚悚小說外——甚至是驚悚小說——情節必須自立更生，自己想辦法發展）沒有爭議、不值得討論、無法引起不同讀者的不同感受，這本書就別想賣出好價錢。

費茲傑羅建議：

從角色著手，你會發現自己創造出一種典型人物；從典型人物著手，你會發現自己──什麼也創造不出。

《龍紋身的女孩》的作者史迪格．拉森在他寫給編輯的信中，說明他在創造他的記者偵探與其他角色時，是刻意要顛覆一般的刻板形象：

我試著讓我的主角群有別於一般犯罪小說中會出現的樣板人物。舉例來說，麥可．布隆維斯特沒有潰瘍、不酗酒、沒有任何焦慮症；他不聽歌劇，也沒有任何古怪的興趣，比如做飛機模型。他很正常，性格中最大的特點就是──如同他自己所承認的──他的行為就像所謂的「蕩婦」一樣。我是刻意要反轉書中的性別角色：布隆維斯特在許多方面都像典型的「蕩婦」，而莉絲．莎蘭德則擁有刻板印象中的「男性」性格與價值觀……經驗告訴我，永遠不要把犯罪行為和罪犯浪漫化，也不要用刻板印象去塑造受害者。

馬克．吐溫說：

想判斷一本小說是好是壞，就看你是否在乎其中的角色；你會希望好人有好報，壞人有壞報。多數小說的問題在於你會希望裡頭所有的人同歸於盡、不得好死，而且是愈快愈好。

派翠西亞．海史密斯[1]認為：

首先，讀者想看的是人、是那些他們能夠相信的角色，而且最好與他們有那麼點相似。

我認為，一名天真、魯莽但幸運的英雄主角能吸引讀者，是因為我們都害怕自己在危機中無法做出明智的應對。但如果有這樣一個角色出現，並且最後成功度過難關，讀者就會受到鼓舞。你必須讓讀者對故事中一、兩名角色產生共鳴——就算只有一點點也好——否則他們不會繼續看下去。

要創造出能讓讀者在乎的角色，你要做的第一件事就是要熟悉他們：他們的動機是什麼、在特定的情況下他們會有什麼反應、會說什麼話。正如毛姆所說：

對於自己角色的了解永遠不嫌多。

不是所有你想到的細節最後都會出現在成品中。在《如果你想寫作》這本書中，布蘭達．薇蘭特別指出：

有人曾問過易卜生他為什麼會將《玩偶之家》中的女主角取名為諾拉。他回答：「這個嘛，她真正的名字是艾琳諾，但是其他人從小就叫她諾拉。」看到了嗎？雖然劇本中只展現了主角幾個小時的經歷，但他對她的生平瞭若指掌，從她幼年開始，所有大小事他都熟爛於胸。

原始形象

對許多作家而言，角色就像有生命一樣，會自行成長、發展。起初可能只是一個簡單的畫面，而故事就由此畫面展開。正如蘿絲．崔梅所說：

一九八三年八月的一個雨天午後，我躺在布爾治[2]一間旅館的房間內，做了個白日夢。我看見鄉村某個地方，有一名中年男子站在一堵矮石牆前，他的髮色斑白稀疏，神情疲憊而哀傷。他抬頭仰望澄澈的天空，看見一隻巨大的鳥兒在空中盤旋。發現那是隻老鷹後，他的表情從悲傷轉變為好奇。老鷹愈飛愈低，最後降落在男人正前方的牆上，動也不動地打量他。男人現在變得神采奕奕，欣喜若狂。他明白有什麼神奇的事發生了。

在這一連串的影像中，我看見一個人突然間脫胎換骨，換了一個樣貌；而這薄弱的靈感，正是我《游泳池季節》（*The Swimming Pool Season*）這部小說的基礎。我將它稱為這本書的「第一個謎團」，這件事將會——或者可能——決定這個故事未來的樣貌，謎團是否能被正確解讀完全取決於它。這是小說創作過程的一部分——在這階段，想像力會在腦中召喚出畫面，並在作者的控制下賦予它們脈絡與意義。

——**派翠西亞．海史密斯**（Patricia Highsmith，一九二一至九五年）：海史密斯著名的作品包括有《火車怪客》（*Strangers on a Train*）、《天才雷普利》（*The Talented Mr. Ripley*）以及《艾狄絲的日記》（*Edith's Diary*）。她的第一份文字工作是替奈德．潘恩斯出版社（Ned Pines）編寫漫畫劇本。她用筆名寫了《索特王子》（*The Prince of Salt*），但一直要到數十年後才肯承認那是她的作品。

2 Bourges，法國的一個城市。——譯者註湯瑪斯·佛列明提供我們另一個例子：

我最新的一本小說《快樂時光》（*Hours of Gladness*）是誕生自一個人名：米克。之後米克又變成米克·歐戴。這個名字不斷衝撞我的意識，慢慢地，角色就這麼浮現了。米克是一名愛爾蘭裔美國人，心中背負越戰時受到的創傷，與他的愛爾蘭裔美國同胞一起住在紐澤西的一個濱海小鎮，他深愛的越南女人現在就以難民的身分住在附近，但兩人卻無法接觸，也永遠不可能相聚。

只要留心觀察，你會發現這些作家提到的迷人角色無所不在，關鍵就在於你是否戴上了正確的濾鏡。或許你也發現到了，當你想買新電視時，生活中會突然出現各種電視的廣告；但一買好電視，這些廣告就又消失無蹤。它們當然不是真的消失，只是你一停止尋找，大腦就會自動把它們過濾掉。

同樣的情況，我發現當我帶著相機出門時，街上形形色色的路人看起來都十分有趣；當然了，這些人一直存在，但手上有了相機後，我就會不由自主地刻意尋找。我有時可以悄悄拍下他們的照片，有時不行，但只要留心觀察，就能將他們烙印到我的記憶中。

能夠展現角色特色的，除了他的樣貌外，還有他的行為。我認識的一個女生，她每五分鐘一定要檢查一次手機訊息，十分鐘一定要看一次臉書。雖然和她聊天很痛苦，但如果我想創造一個沒有安全感的自戀角色，她是一個再好不過的範本。

下面是伊塔羅·卡爾維諾向我們示範，他是如何使用簡單卻生動的語句，描述在《看不見的城市》中相遇的角色：

一個女孩行來，轉著肩上的陽傘，也微微晃動著她的渾圓臀部。一個一身黑衣的女人走來，展露成熟韻味，罩紗下的眼睛不停轉動，雙唇不停顫動。一個紋身的大漢走過；一個白髮的年輕男子；一個女侏儒；一對穿著珊瑚色衣服的雙胞胎女孩。他們之間有某種東西在游動，目光的交換像線條一樣彼此連接，畫出箭頭、星星、三角形，直到所有的組合方式在瞬間都窮盡了，而其他的人物進入場景之中：一個用皮帶牽了隻印度豹的盲眼男人，一個手持鴕鳥羽扇的高級妓女，一個小伙子，一個胖女人。因此，當一群人偶然發現彼此聚集在一起，在騎樓下避雨，或是群聚在市集的遮陽篷下，或者駐足聆聽廣場上的樂隊演奏，會面、引誘、交媾、放蕩，在他們之間圓滿完成，卻不發一言，連一根手指頭也沒有碰到任何東西，幾乎沒有抬起眼睛。（時報出版，一九九三年）

接下來我們再以兩段精彩的節錄為例，看看經典文學大師——狄更斯和史蒂文生——是如何創造至今仍不朽於世的角色：

《孤星血淚》

《孤星血淚》的主角是一名叫做皮普的孤兒，他一心想躋身進入上流社會，成為一名有頭有臉的大人物。就像許多狄更斯的小說一樣，故事的主題環繞在社會階級、罪行和野心上。這本小說在一八六〇到六一年間以連載的形式刊出，以皮普用第一人稱的觀點來講述他一生中的重大經歷。在下面簡短的摘錄中，留意狄更斯是如何以一件衣物——喬太太的圍裙——來展現該角色的特色，還有他是如何用一句誇張卻鮮明的形容（用肉豆蔻擦澡）讓讀者在腦中想像她的模樣：

> 我的姊姊喬太太黑髮、黑眼，卻一身紅通通的皮膚。有時候我不禁懷疑，她可能不是用肥皂，而是用肉豆蔻來擦澡的。她身材高大，身上幾乎永遠圍著一條粗布圍裙，用兩個活結綁在背後。她在胸前圍了一條四四方方的厚實圍兜，上面別滿了別針和縫衣針。她成天圍著圍裙是為了宣示她打理家務的偉大功績，並做為嚴厲譴責丈夫的象徵。不過，我看不出來她有什麼理由非圍著圍裙不可；即使要圍，也沒有必要整天不離身。

《金銀島》

《金銀島》在一八八一至八二年連載於童書雜誌《年輕伙伴》（*Young Folks*）上，並於一八八三年出版成書，是史蒂文生第一本大賣的小說。

雖然它被視為是一本給青少年看的成長小說，但出版後也立刻受到廣大成年讀者的喜愛，成為最常被改編成戲劇的經典名著之一。毫無疑問，其中一個原因自然是其栩栩如生的角色。在以下節錄的故事開場中，我們將看到書中的少年旁白吉姆．霍金斯，是如何描述比利．博恩斯到達父親經營的旅館的情景。仔細留意其中的細節——久未修剪的指甲烏黑而殘缺不全、令人觸目驚心的刀疤、油膩膩的辮子、污漬斑斑的外套——這一切在在勾勒出一個你大概會敬而遠之的髒男人形象：

至今我還清楚地記得這個人剛到我家旅店時的情形。當時，他拖著沉重的步伐，吃力地來到了店門口。一個僕人拖著一輛小車，跟在他身後，車上放著一個結實而笨重的皮箱。老水手身材高大而魁梧，一身古銅色的皮膚，一條油膩膩的辮子就垂在他那污漬斑斑的藍外套肩上；他的一雙手粗糙有力，卻也傷痕累累，久未修剪的指甲烏黑而殘缺不全；一道令人觸目驚心的刀疤醒目地橫在他那飽經滄桑的臉上。我還記得他一邊吹著口哨，一邊很快地把旅店外的小海灣察看了一番，然後便扯開嗓子唱起了一首後來他經常唱的古老的水手歌謠：

「十五個人爭搶死人的皮箱——
唷哈哈，萊姆酒一瓶，快端上來！」

老水手的歌聲高亢而顫抖，像是轉動絞盤時水手喊破了嗓子似的。（崇文館，二〇〇四年）

在這短短的一段描述中，我們已經能夠想像比利．博恩斯的長相與聲音——有兩種感官派上用場了。當然了，我們評斷一個人的標準還包括他的舉止，所以接下來是對於博恩斯行為的描述：

唱完歌，他便用隨身攜帶的一根像棍子似的枴杖重重地敲著門。父親剛一出來迎接，他就粗魯地大聲嚷著要一杯萊姆酒。我們連忙去給他倒酒，但是當我們把酒端到他手中後，他卻又悠哉地啜飲起來，活像一位品酒名家在細細品味。同時，他還不時地左右看看小店周圍

的懸崖峭壁，再抬頭看看旅店的招牌。（崇文館，二〇〇四年）

另一項會吸引我們注意的是說話內容，所以讓我們來聽聽比利・博恩斯提出的疑問：

「夥計，這個地方很不錯嘛！」他終於開口說話了。「旅店開在這裡，生意一定不差吧？」

父親告訴他，最近客人很少，生意非常清淡。

「那太好了，」他說，「我就在這裡先住下了。喂，夥計！」他大聲地招呼跟在他身後那個幫他推車的僕人。「就在這裡停下，幫我把箱子搬進來。」吩咐完僕人後，他又對我父親說道：「我要在這裡暫住幾天。我這個人很隨便的，只要每天有萊姆酒、燻豬肉和雞蛋就可以了。閒暇時，我最喜歡站在崖頂看看過往的船隻。至於你們怎麼稱呼我呢？乾脆就叫我船長好了。我明白你的意思，不就是想要錢嗎？來，拿去。」他拿出三、四枚金幣扔在門檻上，說道：「暫時先給你這些錢，不夠再向我要。」他威風凜凜，那神態儼然像一位發號施令的指揮官。（崇文館，二〇〇四年）

看起來像個生性多疑的人，是不是他想知道旅店生意好不好，而且很滿意聽到生意門可羅雀。除此之外，他還想查看船隻的動向——這一切顯示出他是一個藏有祕密的男人，不僅令人害怕，自己也心懷恐懼。

別忘了配角

儘管你大部分的時間會投注在主角的塑造上，但契訶夫[3]提醒我們配角也必須精心打造：

不管你喜不喜歡，構思一個故事時，你首先要擔心的是架構：你得從一群主角和類主角中挑出一個人——一名妻子或丈夫——將他放進場景中，然後繼續發展、強化這個角色。接著你將其他角色像零錢一樣撒在周圍，最後得到一個像夜空般的景象：微小的繁星圍繞著中央一顆又大又圓的月亮。但你不能只有一個月亮，因為只有在眾星拱月時才能顯出它的特別。同時間，那些星星又不能太耀眼，以免奪去月亮的光采。

通常在故事中第一個出現的角色，就是你的主角，在電影裡尤其如此。雖然有許多例外，但觀眾很容易產生這種印象，所以除非配角的出現會直接影響到主角的介紹，否則能不用配角開場，就不要用配角開場。在電影、電視以及舞臺劇的劇本中，細節的描述會比小說中精簡許多，所以更要慎選你的角色。

如果你還缺少一個主角，不妨先訓練自己，培養作家的習性——也就是時時留心別人辛辣的談話，或者觀察別人出人意表的行為和反應。你可以留意的細節包括：

3 **契訶夫**（Anton Chekhov，一八〇六至一九〇四年）：契訶夫最著名的是他的戲劇作品，包括有《凡尼亞舅舅》（*Uncle Vanya*）、《三姊妹》（*Three Sisters*），以及《櫻桃園》（*The Cherry Orchard*）。他也出版過許多短篇小說，同時還是一名醫生。契訶夫因為希臘文被當，中學時曾重修一年。

- 風格或剪裁特殊的衣服和打扮。
- 特殊的措詞。
- 特殊的姿態或走路方式，還有這些人身上帶的物品。
- 別人是如何與服務他們的人互動（如服務生、計程車司機等等）。
- 一個人接受稱讚時的反應。
- 一個人身上是不是散發什麼特別的氣味，像是香水、菸味、清潔劑，或熟水果的味道。

除了要能生動描述你的角色之外，你還必須了解他們會做什麼、不會做什麼。而這也將是我們下一章要探討的主題。

坐而言不如起而行！

練習：下次出門或購物時，規定自己要仔細觀察至少一名有趣的人物。從他們身上選定一個細節：如磨損的鞋子、手中圓鼓鼓的特大號袋子，或是手指上的多枚戒指。

發揮你的想像力，從那個細節中發展他們的背景，打造成一個更大的故事。穿著舊鞋的那個人——他是買不起新鞋嗎？對，買不起，因為他已經失業一年多了。他看起來像是個辦公室職員——他在哪裡工作？他被炒魷魚了嗎？為什麼辦公室戀情脫軌失控了？

如果你手頭上正有作品在寫，不妨選定一個你認為可以套進創作中的細節去觀察。你可以不著痕跡地用相機拍下來，或大略記在筆記本上。只要每天練習一次，這很快就會變成自動自發的本能反應。

6 他們會怎麼做？

黛博拉·莫高琪用「假如練習」來檢驗她的角色：

我檢驗角色是否塑造成功的方法，就是想像他們處於各種不同的情境——例如困在電梯裡、騎馬等等，任何事都行，真的。如果角色成形，我就會明確知道他們會有什麼反應。此後我就可以變成他們，在腦中模擬他們的一言一行。

紀德也有相同的建議：

劣等的小說家會建構他的角色，操縱他們，讓他們開口說話。但真正的小說家會傾聽他們的聲音，觀察他們行動；甚至在還沒認識他們前，便已先聽見他們的聲音。

我第一次體認到這一點，是在訪問編劇艾文·沙吉（Alvin Sargent）的時候。他的作品有《凡夫俗子》（*Ordinary People*）、《茱莉亞》（*Julia*），並在八十多歲的高齡寫作出蜘蛛人的電影劇本。我看見他桌上放著厚厚一本劇本，便問那是什麼。他說那是下一本劇本的題材。劇本看起來約有三百頁，所以我問那是不是一部史詩鉅作，結果他說不是，裡頭寫的只是各個角色在各種場景中會有的行為，他利用這個方法去熟悉他們。內容有些和故事有關，有些無關，但是他了解自己角色的祕訣。

有時候尋找正確的角色，就像公司評估應徵者一樣。安．康敏斯說：

實際上，在寫《黃蛋糕》時，我是特意從許多角色中，挑了我覺得創作起來會很好玩的來寫。小時候我有不少想像朋友，他們都像真的一樣，而且比我有趣許多。現在，成為一名小說家，我只是跟以前一樣發揮我的想像力。我很容易受到帶有邪氣的角色吸引。我發現在發展角色的過程中，我最後一定會都喜歡上他們，就算是壞蛋也一樣。他們在我心中跟有血有肉的真人沒有兩樣。

瑞克．穆迪說：

過去當我嘗試了解一個角色卻不得其門而入時，我會訪問他。而如果想要讓這個方法發揮最大成效，最好就是不要將訪問的題材用在作品中。那個角色是喜歡小地毯？還是整片的地毯？她曾試過誣陷同事，害對方丟飯碗嗎？他願意謊報稅金到什麼程度？問角色這些問題十分有趣，而這過程也會幫助你進一步了解角色的聲音特質。聲音對角色來說，就像化妝與服裝之於演員，它能合理化創作的目的，並消除斧鑿的痕跡。

當你深入了解角色後，有一件事會變得再清楚不過，就是他們在不同情境中會有不同的反應。如同托爾斯泰[1]所指出：

許多人都有一種錯誤的觀念，認為世界上所有人都自有一套獨特且明確的特質，像是精力充沛、冷漠無情等等。但是人類並非如此……人就像河流一樣……每一條河流都是時寬時窄、時急時緩，時清時濁、時冷時暖。人類亦如是。每一個人體內都蘊藏了所有的人性，有時是這點顯現出來，有時是另一點。更不用說一個人常常會有反常的時候，但他依然是他。

角色的性格會隨時間改變嗎？

劇本的創作還強調一種叫做「角色轉折」（character arc）的編排，意即角色一開始的觀點或價值觀隨著故事進展逐漸有所轉變。許多小說也常將主角的轉變，拿來當作故事的主題。最經典的一個例子，就是《小氣財神》（又譯《聖誕頌歌》）中的史古基。故事一開始，他一毛不拔，憤世嫉俗，所有人都看不順眼，但由於聖誕鬼魂的出現，他最後變成一個慷慨的好心人。我們將在稍後的章節探討這一點，但你現在可以先想一想，你的故事中是否也會描述到主角或其他角色的轉變。如果是的話，那麼無論是在小說、故事或劇本中，「他會怎麼做？」這問題的答案在結局與開頭將有所不同。

想了解自己的角色，你還可以思考他們的欲望和需求分別是什麼，而這也將是我們下一章要

—**托爾斯泰**（Leo Tolstoy，一八二八至一九一〇年）：托爾斯泰的小說作品包括《戰爭與和平》（*War and Peace*）、《安娜．卡列尼娜》（*Anna Karenina*），以及《伊凡．伊里奇之死》（*The Death of Ivan Ilyich*）。他在小說中表達的極端觀點，使他被俄羅斯正教驅逐出教。他過去覺得莎士比亞的作品無聊又可憎，年老後全部重讀一遍，想看看感受會否不同，結果還是一樣。

探討的主題。

坐而言不如起而行！

練習：想像自己採訪你故事中的角色。抽個時間，找個你可以十五或二十分鐘不受打擾的安靜地方，閉上雙眼，想像角色坐在你面前。然後睜開眼睛，不用太久，只要瞄一眼下列的問題就好，然後再次閉起眼睛，依序提問（問出來或在心裡默問都可以）。接著想像角色回答你的問題。如果有哪個問題他們不想回答，就先跳過去問下個問題（有時他們的沉默透露的不比他們說出口的少）。你可以一面聽一面寫，也可以最後再一次寫完。

- 你會怎麼描述你的童年？
- 你小時候的志願是什麼？
- 父親的人生是否帶給你任何道德啟發或教訓？母親呢？
- 你認為人生中最重要的是什麼？
- 你到目前為止最自豪的一件事是什麼？
- 最羞恥的事呢？
- 你害怕什麼？
- 為了保護重要的人，你願意付出到什麼程度？
- 你有沒有什麼後悔的事？如果再給你一次機會，你會怎麼做？

● **你欣賞誰？為什麼？**
● **你討厭誰？為什麼？**
● **你認為自己最好的一個優點是什麼？**
● **最差的呢？**
● **你希望死後別人怎麼描述你？**

當然，你也可以自己列舉問題，特別是和你正在寫的故事有關的問題。你也可以將自己的角色放進你讀過的小說中，想像他們在不同的情境中會有什麼反應。舉例來說，在馬奎斯的《愛在瘟疫蔓延時》，我們讀到：

> 早晨六點，夜班警衛最後一次巡邏時，看見臨街的門上釘著一張字條，上頭寫著：「請進，不必敲門。還有，請報警。」

你的主角會遵從字條上的指示嗎？還是他們會叫其他人進去？或者裝作沒看見字條，多一事不如少一事？

同樣地，這練習的目的是要讓你全面了解自己的角色，而不一定會得到可以直接使用在作品中的材料。你可以自己選擇情境，不過我在此還是先列舉一些基本的問題讓你練習。請閉上雙眼，這樣比較容易想像這些情境──記住，你必須想像角色的反應，而非私自替他們決定該怎麼做。如果想像不出，就先跳到下一個場景。

碰到下列情況，你的角色會怎麼做：

- 在百貨公司目睹一名青少年行竊？
- 碰到流浪漢上前求助？
- 中樂透大獎？
- 撿到一只塞滿錢的錢包或皮夾（還有失主的證件）？
- 看到老人被歹徒搶劫？
- 必須決定是讓自己或最好的朋友受傷？
- 家裡失火，但只能救出一件東西？
- 被要求在才藝表演秀上表演？
- 在餐廳用餐時發現湯裡有蟲？
- 巧遇愛慕的知名演員？
- 獨自困在電梯裡？
- 被人誣陷罪名？
- 得知自己九十天內會死？

如果還想進一步練習，你可以想像你的兩個角色一起遇到同樣的情況。比方，兩人一起發現裝滿現金的皮夾。對於該怎麼處置這皮夾兩人是否有共識？如果意見分歧，他們會怎麼辯護自己的做法？

7 他們想要什麼？需要什麼？爲什麼複雜？

有一個問題可以幫助你聯想情節，那就是問問你的角色想要什麼。馮內果說：

過去在教創意寫作時，我會要學生幫角色設想一個他們當下想要的東西——即便只是一杯水都好；因為，就算是一個對空虛的現代生活感到麻木不仁的角色，也還是需要喝水。

喬許・艾蒙斯同意，並提供我們一些很好的例子：

大多數能夠吸引人的角色都有一件想得到的東西：想對奪去自己一條腿的大白鯨復仇、想和早熟的少女歡好、想結婚、想摧毀邪惡的金錢制度、想找一個真誠的人、想像騎士般過著理想浪漫的冒險生活、想被自己寡言內斂的女兒誇讚、想離開戰場，歸返故里……簡而言之，他們渴望自己缺少的東西（或自以為缺少的東西），而他們為了得償所願所做的努力，會引起讀者的興趣與同情。儘管還是有例外的存在——有些角色雖然安於現狀，一事無成，但他們有趣的想法或其他特質卻自有一番魅力——但這法則一般來說百無一失。

如果角色的欲望很容易滿足，你就得不到任何衝突；沒有衝突，通常就不會有太多故事可說，或至少無法支撐整部小說或劇本（這點與短篇小說恰好相反）。相反地，若角色在追求夢想時幾經波折，並且讀者和角色都十分在乎願望是否能完成，你就有很大的機會醞釀出一篇好故事。

劇作家大衛．馬梅特曾是電視影集《祕密部隊》（*The Unit*）的執行製作，他寫過一張備忘錄給節目的編劇群，這張備忘錄後來被放到 movieline.com 的網站上。內文全用大寫字母寫成，但那樣讀起來很像有人在你耳邊大吼，所以我改回正常的書寫模式。以下是備忘錄中關於戲劇定義的部分：

> 每一幕都一定要有戲劇張力，而這代表你的角色必須擁有一個簡單、直接，而且迫切的需求，驅使他出現在場景中。這個需求就是他們出場的原因，也是這場戲的重點。他們為了滿足這需求所做的努力與嘗試，到了該幕結束時將走向失敗——這一幕就此結束，而這失敗將驅使我們進入下一幕。把這些努力與嘗試串連起來，就會構成劇中的情節。

角色如果突破刻板印象，他們心中就可能會出現相互矛盾的衝動——換言之，他們內心或許會產生相互牴觸的欲望。艾茵．蘭德[1]指出：

> 我想要特別強調，一個角色是可以擁有巨大的衝突與矛盾的——但這些衝突與矛盾必須一致。你必須小心挑選他的行為和反應，讓讀者能夠理解「喔，原來這就是這角色的問題」。

舉例來說，在《源泉》中，蓋爾．華納德不斷做出矛盾的行為，但這些矛盾都可以歸結到一個原始的根源。若一個角色具有矛盾的性格，那麼「我了解他」這句話的意思代表：「我了解他行為之後的矛盾」。

接下來，讓我們來看看梅爾維爾如何透過亞哈船長反映這種矛盾。

《白鯨記》

亞哈船長是此類衝突角色最好的一個例子。他基本上是個好人，只是對於大白鯨的執念蒙蔽了他的理智。梅爾維爾利用以實瑪利前去拜訪亞哈船長的機會，向我們介紹這個角色。法勒告訴以實瑪利：

> 不過，我想你現在應該見不到他。我也不知道他究竟是怎麼一回事，但他一直把自己關在屋子裡；八成是生病了，但看起來又不像。實際上，他沒有生病；不過，不，他身體也說不上健康。總之，小伙子，他也不是每次都會見我，所以我想他應該不會見你。他是個怪人，亞哈船長——有些人這麼認為啦——不過他也是個好人。喔，你一定會喜歡他的，別擔心，別擔心。這個亞哈船長啊，他是個不信神卻又像神的偉大人物；話不多，但當他開口時，你

—**艾茵・蘭德**（Ayn Rand，一九〇五至八二年）：蘭德著名的作品為《源泉》（*The Fountainhead*）、《阿特拉斯聳聳肩》（*Atlas Shrugged*），以及《活著的人》（*We the Living*）。她青少年時期居住於克里米亞半島，教導不識字的紅軍讀書寫字。小說出版前，她先當過臨時演員，後來成為好萊塢編劇。她的第一本劇本於一九三二年售出，但由於反蘇聯的政治傾向，一直沒搬上銀幕。

最好仔細聽著。記好了，別說我沒事先警告你；亞哈不是一般人，他上過大學、去過食人族的部落，更曾深入神祕的海底，將他鋒利的魚槍插進比大鯨還要強大、更奇特的仇敵體內。他魚槍的敏捷和準確度，在我們島上可說是無人可及！他不是比勒達船長，不，他也不是法勒船長；他就是亞哈，小鬼；就像古時那個知識淵博的亞哈國王[2]一樣啊！」

發現文章裡的矛盾了嗎？——亞哈船長沒有生病，但狀況也不好；不信神，卻又像神；他上過大學，也去過食人族部落。梅爾維爾將亞哈設定成一名與大白鯨戰鬥、同時也與自己戰鬥的男人。

最受矛盾衝動所苦的角色或許可以說是傑柯博士，他最後，當然還是變成了海德先生。如同先前提過的，這故事起源於史蒂文生的一場夢。據說史蒂文生的妻子建議他應該要加強故事中的寓意，因此他把第一份手稿燒掉，重新寫過一次。他在一個星期內完成第二版的化身博士——有人說是在古柯鹼的幫助之下——之後又花了數週修改、雕琢。小說最後在一八八六年同時於美國與英國出版，一上市即造成轟動。

欲望與需求

一般來說，角色的欲望和需求之間往往存在著衝突。我們常看不見自己真正需要什麼，卻拚命追逐想要的。舉例來說，一名中年男子可能想重拾年輕時的雄風，所以把錢花在跑車、植髮和年輕的情婦上。但他真正需要的，是接受自己變老的事實。

主角想要的，也可能是一段不可能或不適合的戀情，就像《孤星血淚》這個故事。以下是主角皮普初次看見雅絲戴拉的情景：

雖然她老是「小鬼、小鬼」地喊我，口氣漫不經心，又一點禮貌也沒有，但其實她自己年紀也和我相去不遠。不過她看上去比我大得多；當然了，因為她漂亮迷人，性格又沉穩，所以自然看不起我，好像自己是個大人或女皇似的。

當哈維蕭太太要雅絲戴拉和皮普一起玩時，雅絲戴拉說：

和這小鬼玩！為什麼，他不過是個尋常的工人孩子！

皮普說：

我想我不小心聽到了哈維蕭太太的回答——但是，這實在不可能啊——她說：「因為啊，你可以狠狠傷他的心。」

若是好萊塢電影，這些衝突會拉鋸上整整九十分鐘，主角墜入愛河，最後有情人終成眷屬。但在狄更斯筆下這個或許更為真實的世界中，故事的結局與開頭一樣悲慘。皮普應該認清自己需要的，是一個能夠愛他的女人——但欲望卻使他看不清事實。

2 以色列的第七代國王。——譯者註

同樣地，心理學家可能會說雖然亞哈船長想要的是復仇，但他真正需要的是接受自己傷殘成疾的事實，繼續好好過日子。不過，雖然這可能是讓他重拾快樂的一帖良藥，對劇情編排來說卻是再糟糕不過的處方。在主角的欲望與需求間尋找一個強大的衝突點，並誇大兩者間的對立，可以幫助你寫出一個精彩的故事。

坐而言不如起而行！

想要探索角色的欲望與需求，其中一個方法是運用馬斯洛的「需求層級理論」。這個理論是心理學家馬斯洛在他一九四三年出版的論文《人類動機理論》（*A Theory of Human Motivation*）所提出的，他將人類成長劃分為數個階段，並指出在不同階段中，每個人追尋的東西各不相同。這套理論通常以金字塔的方式呈現，位於最底層的基礎是我們的生理需求，包括呼吸、食物、性、睡眠以及其他不可或缺的生理功能。

再上一層是安全需求——也就是一個人基本的安全感，家與家人等等。

再上一層是愛與歸屬感，也就是與家人、伴侶、拍檔或朋友之間的良好關係。

再上一層是尊重的需求，我們需要受他人尊重，也尊重他人，並且擁有成就感、對社會付出實質貢獻。

最高一層，也就是金字塔的頂層，是馬斯洛稱為「自我實現」的需求，這一層是屬於創造力、心靈與道德的領域。他主張人類只有在滿足低層的需求後，才有能力追求高一層的需求。

許多故事講的都是角色往金字塔頂端前進的過程。主角一開始面臨生存的危機，接著是愈來愈複雜、困難的挑戰。例如，狄更斯大部分的主角就都是遵循這模式。另一方面，卡夫卡偏好用已經接近金字塔頂層的角色來展開故事，之後再呈現要讓一個人墜落是多麼迅速簡單的一件事，而且他自始至終不明白自己做了什麼，竟要落得如此田地（如果那角色真是自作自受的話）。

練習：想想在故事開始之初，你的主角是位於需求層級理論的哪一層。他們對自己的現況滿意嗎？是否渴望追求更高層的某樣東西？故事的進展對他們又會產生什麼影響——是沿著金字塔往上爬，還是向下掉？你的角色必須對這項轉變負上多少責任？他們的心境如何？是否做了什麼事來反抗或促使這項轉變的發生？

角色的複雜性

除了考慮角色的欲望、需求以及兩者間的衝突外，我們還可以更進一步探索他們的靈魂，發掘他們天性中好與壞的一面。

只有在膚淺庸俗的小說中，英雄才會是純粹的好人，反派是純粹的壞人。正如班・尼伯格所指出：

> 角色有時會在作者的強迫下做出不自然的行為。這麼做可能是要證明一項重點、復仇，也或者只是單純要發洩挫折感——作者擁有上帝般的力量去創造人物，但同時也身負重任，

必須去了解他們，並且盡可能地運用同理心，如實呈現他們。

我們常常看見作者以「神智不清」這個藉口替壞人解套。尼伯格無法認同這做法：

就算是怪物需要的也不只是一顆邪惡的心。不管壞人骨子裡有多放浪、多風流，一個好的作者還是會詳加描述他的行為，讓他有個「合理化」的解釋……這讓我想到另一個常被作者濫用的「特權」，就是拿精神失常來替角色辯解。不管在現實世界中這理由有多充分、多合理，在小說的法庭上這只是一種推託搪塞的手段……小說中的「瘋狂」一定有其條理存在。

不過，為了證明凡事都有例外，我們就用《蝴蝶夢》中的丹佛斯太太來舉例說明。《蝴蝶夢》是達芬．杜．莫里哀的作品，出版於一九三八年，一問世即引起巨大迴響。丹佛斯太太這個角色沒什麼好爭議的，在下面的節錄中我們可以看見狄溫特夫人第一次遇見這名管家，就差點被她折磨到瀕臨崩潰的模樣：

「這位是丹佛斯太太。」麥可辛說。然後她開始說話，那隻死人手仍在我手裡。她凹陷的雙眼不曾離開過我的眼睛，以至於我必須搖擺我的目光來閃躲她。這時她的手動了起來，又有了生命，而我卻有種很不舒服的感覺。（春天出版，二〇〇二年）

接著狄溫特夫人不小心將手套掉在地上，丹佛斯太太撿了起來。

遞給我的時候，我看到她唇上有一抹輕蔑的微笑，我立刻猜到她一定認為我毫無教養。

（春天出版，二〇〇二年）

丹佛斯太太對麥可辛．狄溫特的第一任妻子蕾貝卡有種幾近病態的迷戀，更令人震撼的是，原來蕾貝卡是個極其可怕又墮落的一個人——至少對她丈夫而言是如此；說不定她對下人很好。在改編電視劇中扮演丹佛斯太太的女演員安娜．梅西（Anna Massey），認為這名管家可能對蕾貝卡有著性方面的迷戀。在《衛報》的一篇文章中，她寫道：

我不知道丹佛斯太太是不是潛在的同性戀，但毫無疑問地，她是全心全意、毫無保留地深愛並幻想擁有蕾貝卡。書中到處可見性象徵——像是在床上小心翼翼放好的梳子和女用睡袍。

當然，正因為狄溫特夫人缺乏安全感——馬斯洛會說她缺少在「尊重」這一階層中的支配能力——丹佛斯太太才能輕易操縱她的情緒。從這個例子中，我們可以看見巧妙安排受害者與加害者間的關係是相當重要的。

特別是主角。一個角色如果能讓我們產生矛盾的情緒——感覺他像我們一樣，是善良與邪惡交織而成的複雜綜合體——那麼他通常也會是最有意思的一個角色。蘿絲蓮．布朗說：

對我而言，一個角色通常要等到他開始變得麻煩、爭議後，才會吸引我的興趣。我們會因為李爾王搞砸了他決定性的一刻就鄙棄他嗎？在契訶夫的《帶著哈巴狗的女士》（*Lady with Lapdog*）中，我們會因為古洛夫是個花心、虛偽的浪子，欺騙無辜的已婚女子外遇，可能造成許多人莫大痛苦，就譴責他嗎？雖然珍．奧斯汀筆下的伊莉莎白很討人喜愛，艾瑪卻不然。

沒有一名作家可以無視生活中的黑暗面。正如契訶夫所說：

在化學家眼中，地球上沒有任何一種物質是不潔的。作家應該要像化學家一樣客觀，不讓自己受到日常生活中的主觀偏見影響。他必須承認糞肥在園藝中扮演崇高的角色，而熱烈的情感，無論好壞，在生活中都同等重要。

他更進一步解釋：

文學被視為一門藝術，是因為它如實描繪了人生。它的目的是要傳達真相，誠實且無條件地傳達真相……作家不是糕餅師傅、不是美容師，也不是藝人，他必須忠於自己的責任和良心。一旦接下這任務，他就再也沒有藉口推辭。無論多懼怕，他都必須奮力抵抗自己的反感，用人性的黑暗污染自己的想像力。就像記者一樣，如果一名報社記者只因自身的喜惡或因為想取悅讀者，所以在他的報導中，只能看見誠實的市府官員、情操高尚的女士和善良正直的鐵道員，你會怎麼想呢？

《艾瑪》

現在讓我們來看看一個令人又愛又恨的主角：珍．奧斯汀[3]筆下的艾瑪。

珍．奧斯汀如此描述艾瑪：

我要創造一個除了我以外，不會有任何人喜歡的女主角。

珍．奧斯汀對於艾瑪的描述，清楚顯示劇情將走向一連串的誤會與心碎：

艾瑪．伍德豪斯是個聰明美麗，家境優渥的女孩，性格樂天開朗，就像是集萬千寵愛於一身的天之驕女，過去的二十一年來，生活幾乎可說是無憂無慮。

她是家中的么女，父親對兩姊妹萬般寵溺。姊姊出嫁後，小小年紀的艾瑪更儼然成為家中的女主人。她對於早逝的母親只剩下模糊的記憶，那個位置早已被一名如慈母般呵護艾瑪的優秀家庭女教師所取代。

泰勒小姐已在伍德豪斯家服務了十六年，在這家人心中，她早已變得像朋友一樣，而不只是個家庭教師。她非常疼愛兩姊妹，尤其是艾瑪，兩人之間的感情比親姊妹還要深厚。即

3 **珍．奧斯汀**（Jane Austen，一七七五至一八一七年）：珍．奧斯汀的小說作品包括《傲慢與偏見》（*Pride and Prejudice*）、《理性與感性》（*Sense and Sensibility*），以及《艾瑪》（*Emma*）。她彙編成青少年讀物、帶有諷刺風格的早期作品，時常被拿去與蒙地蟒蛇（Monty Python）做比較。她一生中只被求婚過一次，她接受了，但隔天立刻反悔。

便在泰勒小姐仍是家庭教師時，她溫和的脾氣也很難約束兩姊妹。辭職後，老師的威嚴更早已消失殆盡，兩人就像朋友般一起生活，相互依賴。而艾瑪總是為所欲為，儘管心裡很是尊重泰勒小姐的判斷，但依舊任性妄為。

她真正的問題在於她太有主見，而且有那麼些自恃過高。這些缺點使她的生活少了許多樂趣。不過，她自己目前完全沒察覺這有什麼危險，因此也不覺得有什麼不好。

艾瑪沒有惡意，她最大的錯誤在於錯估自己的能力，不僅亂點鴛鴦譜，也無法正確解讀他人的情感。她家境優渥，從小要什麼有什麼，不必為了金錢婚嫁，因此可以隨心所欲地與好幾個角色曖昧牽扯，傷了許多顆的心。她這個角色複雜可愛，行為常常造成他人的痛苦。她是很好的例子，讓我們看見主角不必完全是個好人，甚至不必從頭到尾都討人喜歡——只要有趣，能吸引我們目光就好。而一個角色的有趣之處，通常就是在於他們的缺點和所犯的過錯。

電視、電影中的性格描述

在電影、電視中要創造複雜角色的困難，在於除了依靠旁白描述外，很難展現角色內心的想法。當一名天才編劇的劇本交給一名天才導演，而這名天才導演又和天才演員合作時，這點不是不能克服，只是挑戰度很高。主流電影還有另外一個問題，正如編劇保羅．舒瑞德所指出：

美國今日寫得最差是電影劇本，最好的則是電視劇本，如影集《黑道家族》（*The Sopranos*）。這是因為電視劇描述的是人性與人類行為，而不是什麼深入地心的探險故事。近年來，電影變得愈來愈不注重劇本，反而愈來愈注重壯觀的特效，編劇的重要性也因此降低。在大場面的電影中你能聽見最激昂的對白是：「看，它來了。」或「快跑，快跑，快跑！」

不過，他又帶著一線希望補充：

但是隨著螢幕尺寸變得愈來愈小——電視、有線電視、電腦、手機——壯觀的場面也將變得愈來愈不重要，而編劇的重要性將再度復甦。

尤其是在電視界中，所謂「壞蛋」的定義正逐漸改變，像是影集《雙面法醫》（Dexter；主角是一名連續殺人犯），以及《光頭神探》（The Shield；主角是一名貪腐的警察）中的主角，都打破過往的形象。我在編劇界與教學圈中的同事東尼．麥克納博（Tony McNabb）指出：

我們向來喜歡邊緣性的角色，像是特立獨行的警察、間諜或瘋子——無論在小說或電影裡都一樣。冷酷無情、良心泯滅的角色不是什麼新鮮事，但我們與他們之間的共謀關係卻是。在小說或電影中有這樣一個英雄角色，與在電視影集中有這樣一個角色是截然不同的兩回事……現在我們希望他們週復一週出現在客廳裡，追殺敵人，讓我們知道我們的力量和危險性並不輸給敵人……他們的出現並非反對英雄的存在，也不是要諷刺我們黑白分明的道德感。他們反對的是反英雄主義，要在這個道德被重新定義、迷思被重新打造的危險新世界中，做他們該做的事。

有人說，無法創造出黑暗角色的作者，可能是害怕自己的陰暗面，害怕自己性格中較為負面或具有毀滅性的那部分。榮格曾寫過：

> 不幸的是，無庸置疑地，人類整體來說並沒有自己想像或期望中的好。每個人都有其陰暗的一面，而且那陰暗面愈是沒有呈現在日常生活中，就愈是深沉、濃烈。

在小說中探索人性的黑暗——無論是寫或讀——是除了接觸外，或許還能中和這分黑暗的一種安全方法。或許這就是今日連續殺人案件的犯罪小說會如此流行的原因。

角色描述還有一個重要的領域，但在探討文本時卻較少被提起，那就是「地位」的問題。在下一章中，你將會看見它是如何影響角色的一言一行。

坐而言不如起而行！

如果你願意多接觸自己的黑暗面，有許多有用的練習可以嘗試。

練習：列出十項你最討厭別人具備的特點。比方說可能有自私、貪婪、粗魯、傲慢。（現在先列，列完再繼續往下看。）

列好了嗎？好了後想想在這些特質中，有沒有哪些是你自己也有的缺點。你是否曾表現出其中一項？心理學家說我們討厭別人擁有的缺點，很可能是我們害怕自己擁有的，這種事屢見不鮮。

接下來，設想一個擁有這些缺點的角色。他們會是什麼樣子？這樣的人可能會有什麼故事？如果不能當你故事中的主要反派，是否可以當個好對手？

也想一想你的主角具有哪些性格缺陷。如果多表現一點會讓他們看起來更有人性嗎？這些缺陷是主角努力想要克服的嗎？還是會阻礙他追求他的欲望或需求？

8 角色的地位

在社會中找到自己歸屬的位置，或嘗試到達你認為自己該歸屬的位置——也就是地位——或許是人類最基本的欲望之一。即興表演大師凱斯．約翰史東在他的著作《即興劇場》中指出，追求地位是影響人類互動最大的一項因素。有些人渴望高地位，想藉此獲得優越感，有些人則覺得居於低位比較自在。在前一章中，我們看見兩名深受地位影響的角色：丹佛斯太太與狄溫特夫人。儘管一般而言，丹佛斯太太的管家身分會令她屈居低位，但她卻能夠威嚇缺乏安全感的新主人——狄溫特夫人，並令她感到自卑。

你大概也已經在生活中遇過這兩種類型的明顯例子。如果你和同事聊起最近一次的度假，高地位的人會說那地方他去過了，並暗示以前比較好；低地位的人則會表達羨慕之意，應和：「真好，你可以去這麼棒的地方。」

此外，有些時候，一個人說的話或許讓他聽起來像是居於劣勢，但實際上他是要藉由表達自己吃過比較多苦來占得上風。蒙地蟒蛇有齣短劇就是在演好幾個人聚在一起比較年輕時誰過得比較慘，愈慘的愈厲害。其中一個人說他家屋頂上到處都是破洞，根本擋不了雨；另一人聽了便說：「你家有屋頂？」

當然，地位可能依據情境的不同而有所改變。譬如，一個人可能在工作上居於優勢，但在配偶關係中卻處於劣勢。

我們甚至可以用物品來表達地位的高低，如火車站中的售票機。假如錢被機器吃了，有人可能會拍打機器，有人卻會默默離開，希望沒有人注意到令他尷尬的失敗。

更進一步來說，一個人所擁有的物品也可以透露出他的地位，或起碼是他企圖表現出的地位。你的主角是戴勞力士還是Swatch？開保時捷還是Smart？

約翰史東寫道：

> 只要明白了每一個聲音、每一個姿態都能暗示一個人的地位高低，你看待世界的眼光將煥然一新，而且可能永遠無法回復。我認為，真正傑出的演員、導演和劇作家，要能憑本能判斷人與人之間的地位互動。這種互動統治了我們的人際關係。我們可以經由教導學會如何辨識隱藏在隨意行為下的動機……一齣好的戲劇必須能夠巧妙展現並扭轉各角色間的地位。

從莎士比亞到拜索．弗爾蒂

任何一齣莎士比亞戲劇都值得我們深入研究其中的角色地位關係。舉例來說，在《馬克白》中，主角馬克白與妻子為了追求更高的地位，而走上自我毀滅的道路。當馬克白聽見女巫稱他為考特爵士（一個已屬於他人的頭銜）和國王（由鄧肯占領的地位）時，起初還不敢相信，質問：

且慢，你們這些閃爍其詞的預言者，明白一些告訴我。西納爾死了以後，我知道我已經晉封為葛雷密斯爵士；可是怎麼會做起考特爵士來呢？考特爵士現在還活著，他的勢力非常顯赫；至於說我是未來的君王，那正像說我是考特爵士一樣難於置信！說！你們這些奇怪的消息是從什麼地方來的？為什麼你們要在這荒涼的曠野用這種預言式的稱呼使我們止步？說！我命令你們。（世界書局，二〇〇一年）

但女巫言盡於此。等到馬克白發現考特爵士原來是個叛徒，而國王將那頭銜賜給他後，他便開始相信女巫其他的預言可能也會成真。另一方面，他的妻子一心希望自己的丈夫能登上王位，不計代價都要讓這預言成真。她很擔心馬克白不願用最快的方法——也就是殺了現任國王——來達到目的。的確，馬克白說國王將他拔擢至考特爵士就夠了：

我們還是不要進行這一件事情。他最近給我極大的尊榮；我也好不容易從各種人的嘴裡博到了無上的美譽，我的名聲現在正在發射最燦爛的光彩，不能這麼快就把它丟棄了。（世界書局，二〇〇一年）

但馬克白夫人並不滿意，因此責怪她丈夫的怯懦，公然侮辱他的地位，使他犯下殺人罪行。隨著故事進展，馬克白與妻子的相對地位跟著轉換，而他們為了奪取國王地位所做出的種種背叛行為，也將戲劇推向慘烈的結局。

在《李爾王》中，李爾王由於氣憤女兒柯蒂莉亞不願意像其他兩名女兒一樣諂媚奉承，因此剝奪她的繼承權。他的其他女兒表面上逢迎拍馬，私底下卻認為他又老又笨，想要的東西一得手，就立刻撕下敬重父王的假面具，李爾王原先的地位因此急墜，其他角色也跟著展開一場爭權奪位的卡位戰。

《包法利夫人》被公認為文學史上最偉大的作品之一，它的核心主題也環繞在追求更高的地位上。主角艾瑪．包法利在讀了一本羅曼史小說後，開始對一成不變的鄉村生活感到厭倦，不多久甚至連婚姻和母親的身分都令她百般不耐。她因此和別的男人有了婚外情，過著奢侈揮霍的生活，希望藉此獲得她夢寐以求的戲劇人生。福樓拜在描寫艾瑪的少女時期時便預示了這一點：

> 正因為習慣了平靜的生活，所以她轉而追求刺激。她愛大海是因為海面上的驚濤駭浪，就連青草也只愛散落於廢墟之間的綠茵。
>
> 無論大小事，她都要從中獲益，犒賞自己。任何無法立即滿足她當下欲望的東西，她都棄如敝屣。她並不懂得欣賞，只是多愁善感。她追求的是情感，而非景物。

現代版的悲劇，則可以亞瑟．米勒（Arthur Miller）的《推銷員之死》（*Death of a Salesman*）為例。在故事中，威利．洛曼開始體到認他的推銷手法已是明日黃花，而他夢寐以求的功成名就也不過是南柯一夢。但他的妻子認為，不能因為他現在老了、再也不能像以前一樣成功，就像垃圾一樣對待他。她告訴他們的兒子比夫說：

> 我沒說他是個了不起的大人物。威利．洛曼沒賺過大錢。他的名字沒上過報紙。他也不

是有生以來品德最好的人。可是他是個人，他現在正遇上災難，所以必須關懷他，不能讓他像條老狗似地死了埋掉。關懷，對這樣一個人必須關懷。你剛才說他神經病……別說了，好多人認為他現在──不正常。可是用不著多大學問就能知道他毛病出在哪兒。他累垮了。小人物也能像大人物一樣累垮。到今年三月，他替這家公司幹了三十六年了，是他把他們的商標推銷到原來誰也沒聽說的地方去的，可是現在他老了，他們停發了他的工資。你們這些親生兒子也不比別人強！他年輕的時候，能給他們拉生意，他們對他可親呢，可是現在，他那些老朋友，那些跟他有交情的老主顧，遇到他為難總能幫他一把的老買主──不是死了，就是退休了。他當初在波士頓一天能拜訪六個、七個主顧。現在他把旅行包從汽車裡拿出來，再塞進去，再拿出來，他已經累垮了。他現在走不動了，就剩下能說了。他開著汽車一跑就是七百哩，可是到了那邊誰也不認識他，沒人歡迎他。（書林，二〇〇六年）

英國經典喜劇短劇《非常大酒店》（Fawlty Towers）的主題，也環繞在角色間的地位關係上。約翰．克里斯（John Cleese）在劇中，飾演一名破舊小飯店的老闆拜索．弗爾蒂。他對於自己老闆的身分相當自豪，卻又被妻子壓得抬不起頭。因為在老婆面前沒他說話的分，所以他只能把氣餒的情緒發洩在可憐的馬諾身上，也就是地位最低的服務生。片中許多笑點都是來自弗爾蒂，他老是對自己和他的破飯店抱著一種高高在上的幻想，但是一遇到地位顯然比他高上許多的貴族人士，又會立刻變得低聲下氣。在《階級》（Touch of Class）這一集中，他很不高興有個客人辦理入住手續時什麼資料都沒留，只簽了個名字，直到那客人說：「我是梅爾貝利伯爵，所以我只簽

『梅爾貝利』。」經過一段漫長的沉默後：

拜索：非常抱歉耽誤您，伯爵大人……我誠心向您道歉，請您原諒。現在，有沒有什麼事、任何事是我可以為您效勞的？小的任您差遣。

梅爾貝利交給他一張登記卡。

拜索：喔，不用麻煩了。（他接過表格，隨手扔到一旁。）您有什麼特別要求嗎？……單人房？雙人房？總統套房？……好吧，我們沒有總統套房……

貶抑他人，自抬身價

我們可以在易卜生的《玩偶之家》中，看到藉由貶抑他人來提升自己地位的例子。劇中有一幕是諾拉一名膝下無子、而且正急需一份工作的寡婦老友前來拜訪她：

諾拉：那妳現在是孑然一身了，真是太讓人傷心了，我有三個可愛的孩子，他們和奶媽出去了，所以妳沒看到他們，妳一定要告訴我妳這幾年來的狀況。

林德太太：不，不，我想聽妳說妳的。

諾拉：不，妳先說。今天我不可以自私了，只能談有關妳的事情。但是有件事我一定要說，妳知道嗎？我們最近運氣真的很好。

林德太太：我不知道，是什麼事？

諾拉：想像一下，我丈夫已經升為銀行經理了！

（書林出版有限公司，二〇〇六年）

這簡直就是在傷口上抹鹽嘛！

易卜生的另一個角色海達．蓋普勒（Hedda Gabler），也相當擅長貶低他人的地位。海達的丈夫泰斯曼稱讚好心的茱莉亞阿姨，說她的新帽子很好看。茱莉亞阿姨回答說因為她怕海達覺得跟她出去丟臉，才特意買了這頂帽子，她還替泰斯曼帶來了他最愛的便鞋：

泰斯曼：沒錯，我可想死它們了。（起身迎向她）快來看看，海達！

海達：（走向爐子）謝了，但我沒興趣。

泰斯曼：（跟在她後面）她嘴只是壞了點，蕊娜阿姨還替我繡了圖案。喔，妳不知道它們對我意義有多重大。

海達：（來到桌前）對我可沒什麼意義。

片刻後，海達說僕人貝塔就是愛找她麻煩：

海達：（指）看！她就這麼大剌剌地把她的舊帽子留在椅子上。

泰斯曼：（驚愕之下手一鬆，便鞋掉在地上）怎麼了，海達——

海達：你想想，如果有人進來看到怎麼辦！

泰斯曼：但是海達——那是茱莉亞阿姨的帽子。
海達：最好是！
泰斯曼女士：（拿起帽子）沒錯，真是我的。不過重點是，這帽子一點也不舊，海達夫人。
海達：我沒仔細看，泰斯曼女士。
泰斯曼女士：（試戴帽子）我說啊，這是我第一次戴這頂帽子——買來之後第一次。
泰斯曼：帽子很好看——美麗極了！
泰斯曼女士：喔，沒這麼好啦，喬治。（環顧四周）我的陽傘呢？啊，這兒。（拿起傘）這也是我的——（喃喃自語）——不是貝塔的。
泰斯曼：新帽子和新陽傘！多好啊，海達。
海達：沒錯，好極了。

如你所見，角色間地位的宣示可以用來製造喜劇或強烈的戲劇效果，而且無須明言，便可透露許多角色的細節。

地位的逆轉

許多喜劇與戲劇的基礎都是建立在角色地位的逆轉上，意即將一個高地位的角色放進一個他們劣居低位的情境中，反之亦然。電視、電影圈中常把這情境稱為「涸轍枯魚」[1]。

電影《你整我，我整你》（Trading Places）就完全呈現了這一點。故事利用調換有錢人和窮人的位置，製造不少笑料。這個手法也適用於戲劇類電影。在經典電影《僕人》（The Servant）中，狄鮑嘉飾演一名生性狡詐、詭計多端的僕人，一心要篡奪主人的人生。《聖經》中約伯的故事也是一個例子。為了證明他對上帝的忠誠，可憐的約伯從此失去平凡的生活，經歷各種可怕的試煉與考驗。

許多犯罪、偵探與間諜小說，也都是建立在角色地位的逆轉上，像是一名奉公守法的公民突然遭到誣陷，變成凶殺嫌疑犯，或在不知不覺中持有藏有珍貴資訊的微粒照片或記憶卡。地位的逆轉會具有如此強烈的吸引力，其中一個原因是它讓我們得以發掘角色的真實本性，如同上帝對約伯的試煉一樣。

優秀的作者在創造角色時，是否會拿自己或認識的人當作樣本呢？在下一章中，我們就來探討這種方法，以及它具有什麼優點，又可能帶來什麼樣的危險。

坐而言不如起而行！

在思考過角色的欲望和需求後，也想想這些是否和他們渴望的地位階級有關、如何有關。

你可以想想下列的問題：

- 他們認為現在自己處於什麼地位？
- 其他人認為他們位於什麼地位？
- 若兩者出現歧異，你是否要用它來製造喜劇或悲劇效果？

- 主角群間的地位關係是什麼？這對他們之間的衝突會帶來什麼樣的影響？
- 他們擁有什麼物品可以反映出他們實際或想要追求的地位？
- 調整角色的地位階級可以讓他們變得更有趣，或加深故事中的緊張與衝突嗎？
- 故事中是否有地位逆轉的橋段？可能有嗎？如果地位出現逆轉，角色會有什麼反應？

—原文為「fish out of water」。意指一個人與周遭環境格格不入，感到彆扭、不自在。——譯者註

9 鏡裡的角色

小說家常常會被問到兩個問題，一個是：「故事裡的角色是真有其人嗎？」另一個是：「書裡的主角就是你自己嗎？」他們通常會回答「不盡然。」但想當然耳，自身經驗是寫作相當重要的一項來源。

《生命中不能承受之輕》中的敘事者，就是寫下這故事的人，但卻不見得一定就是作者的化身。米蘭．昆德拉（他很喜歡在角色身分上玩花樣）說：

如同我先前所說，角色不像人類，他們並非由女人孕育，而是從一個情境、一句話或一個象徵中誕生。作者將他認為尚未有他人發現或傳達的重要基本人性濃縮在一個個體中。但事實是作者也只能寫出他自身的經驗……我小說中的角色都是我不曾實現的人生，因此他們除了令我深深著迷外，也同樣令我感到害怕。他們每一個人都跨越了那條我自己選擇繞道而行的界線；而就是這種「逾越」（跨過界定「我」的那條疆界）深深吸引著我。在那條疆界之後，就是小說所追尋的祕密。小說並非作者的告解，而是對於無法逃離現世生活的人類的一種研究。

莎拉·派瑞斯基說：

我寫過五本小說，書中的女主角全都是一個叫做維艾·華沙斯基的獨居女偵探，她的密友是一個叫做羅緹·赫爾蕭、年長她二十歲的醫生。別人有時會問維艾是不是我，羅緹是不是真有其人；答案都是否定的。你不能將真實存在的人物寫進書內，至少我不能——如果我嘗試以真人為樣本，讓虛構的角色依照真人的反應行動，他們的一言一行將會變得呆板生硬，劇情也無法自然流暢，因為我的想像力都侷限在真人身上了。

不過，其他作家承認他們自己與角色間的關係較為密切。比如，羅迪·道爾提到：

我有半數的作品是以第一人稱敘述寫成，所以，對，沒錯，我認為敘事者就是我自己。為了得到推動故事所需的語言、編排情節、製造幽默等，我非這麼做不可。我的第一本書《追夢者》雖然講的是許多人的故事，但我還是讓其中一個角色：吉米·瑞比提做為主要的觀察者。那是屬於他的書。

史蒂芬·金說：

所有故事都是從「我」開始。即便我試著模仿現實生活中的某個人——例如，用錢尼[1]

1 Dick Cheney，美國第四十六任副總統。總統為小布希。——譯者註當作我其中一個角色的藍本——他顯然還是出於我的想像。

奈波爾承認他虛構出的角色和他自己並沒有太大不同：

每當我需要寫小說時，我都必須創造一個和我背景約略相同的角色。我思考了好幾年該怎麼處理這個問題，最後發現答案是：大膽面對它——你要創造的不是一個虛假的人物，而是一個人各個階段的人生。

村上春樹也有相似的見解，只是他以故事的方法來比喻：

請這麼想：我有個雙胞胎兄弟，當我兩歲時，我們其中一人——另一人——被綁架了。他被帶到很遠的地方，我們從此再也沒見過面。我把我的主角想成是他。他是我的一部分，但又不是我，而我們已經很久沒有見到彼此了。他就像是另一個我。我們擁有相同的DNA，成長環境卻大相逕庭，因此思考的模式也截然不同。每次寫書時，我都會想像自己變成另一個人，因為我有時實在厭倦了再繼續做我自己。假如不能幻想，寫書還有什麼意思？

田納西．威廉斯並沒有說他直接拿自己當作角色的範本，只是總不由自主寫出某種特定的人物：

我發現我比較容易對瀕臨崩潰的角色產生共鳴。他們恐懼生活，急切想要接觸人群。但這些看似脆弱的人，實際上才是真正堅強的人。

接受英國廣播公司訪問時，E. M. 佛斯特說：

我很確定自己不是個偉大的小說家，因為我只寫得出三種人物：我眼中的自己、我討厭的人，還有我想成為的人。當你接觸到真正偉大的作家，如托爾斯泰，你會發現，他們能夠掌握各種不同類型的人物。

尤朵拉．韋爾蒂[2]同意他的說法：

要創造出一個栩栩如生的角色有時得靠運氣。但我想，只有等到你能摒除自身意念，從一個不屬於你的肌膚、心靈、想法和靈魂出發創作時，一個角色才能在書中擁有自己的生命。

電影界也不例外。有些編劇基本上是拿自己為藍本來創作，伍迪．艾倫便是最好的例子。而他晚近作品不若過往犀利，可能就是因為他在現實生活中早已過了扮演中年神經大叔的年紀。

2 **尤朵拉．韋爾蒂**（Eudora Welty，一九〇九至二〇〇一年）：韋爾蒂最有名的小說為《樂觀主義者的女兒》（*The Optimist's Daughter*）、《心的思考》（*The Ponder Heart*），以及短篇小說《舊路》（*A Worn Path*）。為了緬懷她，她的故鄉密西西比州將每年五月二日訂為韋爾蒂紀念日。她在美國經濟大蕭條時期曾擔任「工作改進組織」（WPA）的宣傳攝影師，這項經驗促使她開始提筆創作。

那是我嗎？

作者有時不免擔心親朋好友會在故事中認出自己。卡蘿．席兒德說：

我開始寫作時就打定主意不要將我的家人或朋友寫進書中，因為我不想失去他們。其他作家似乎也有類似的想法。小說家羅勃．戴維斯（Robertson Davies）有一次被問到他為什麼等到六十歲才開始寫那精彩至極的《德普特福德三部曲》（*Depford Trilogy*）。他沉默許久後才吞吞吐吐地回答：「嗯，因為有些人那時候才過世。這樣你懂嗎？」

但也有作家認為能夠隨心所欲創作比較重要，一切順其自然就好。邦妮．佛萊德曼說：

我有個朋友為了寫自己的自傳小說，決定把擔心放在一旁。她告訴我：「我認為不要去考慮後果，讓自己擁有自由的創作空間是很重要的。解放自己、原諒自己，寫下最真實——而且通常也是最醜陋、也最美麗的一面。

海明威的信念相當獨特，而且大概還有那麼點危險（就法律上來說）。他認為如果你決定拿現實生活中的人當作角色的原型，那麼你必須完完整整保留他們的真實原貌。費茲傑羅在《夜未央》（*Tender Is the Night*）裡沒有這麼做，他以此為例，說：

他一開場就對莎拉和傑洛有精彩至極的描述……接著卻開始瞎搞，讓他們來自不屬於他們的家園，把他們變成另外兩個人。你不能這麼做，史考特。如果你要拿現實生活中的人當書中角色，就不能替他們捏造一雙新的父母（因為每個人都是由他的父母和自身的經歷塑造而出），也不能讓他們做他們不會做的事。你大可拿我、塞爾妲、寶琳、海德莉、莎拉或傑洛去當書中人物，但你必須保持我們的忠實樣貌，而且讓他們只能依照原本的性格行事。你不能把一個人變成另一個人。創作的美妙的確無與倫比，但是沒有的事你不能憑空捏造。

一個角色會讓人印象深刻，除了從行為中展現的個人特質外，還有他們說的話以及說話的方式。下一章我們就來看看對白設計這門藝術。

坐而言不如起而行！

練習：如果你打算以自己為藍本塑造角色，請想想下列的問題：

- **你有哪一部分的自己是不會顯露在現實生活中、但卻能成為有趣的小說主題的？**
- **在你的成長過程中有什麼樣的經歷模塑了現在的你？若情況有所不同，你又會有什麼樣的改變？**
- **你認為自己性格中哪一點最有趣？**
- **你覺得自己有什麼有趣的經歷是可以進一步在小說中發揮的？**

想以認識的人為參考藍本，請想想下列的問題：

●你認識的人當中，誰最令你印象深刻？他們具有什麼特質？
●令你印象最深刻的兩個人若是相遇會擦出什麼火花？
●你經歷過最戲劇化的事件是什麼？它值得更進一步探討嗎？或許你可以用相關人士在事件前後的經歷做為探討的出發點。

10 讓角色開口說話

要讓角色展現自我，除了透過動作外，還可以透過對話。尤朵拉・韋爾蒂建議：

對白除了要能展現出說話者知道自己所擁有的特質外，還必須展現出說話者不自知，但其他角色知道的特質。

她還說對白設計表面上看起來可能很簡單，但實則不然：

剛開始，對白是最好寫的一部分——那是說，如果你有一雙敏銳的耳朵的話，而我想我有。但在創作過程中，它會逐漸變成最困難的一件事，因為它要傳達的東西實在太多了。有時候我需要寫出一段能同時發揮四、五種作用的對白——除了角色要說的話之外，還要能顯示他以為自己說了什麼、隱藏什麼、其他人以為他說了什麼，還有他們誤解什麼等等——這一切都必須含括在一段對白之內，而這段話又必須能呈現角色的精華本質和其獨特的觀點。我並不是說我成功了，但我想這解釋了為什麼編寫對白帶給我如此大的樂趣。

對白如果不夠精彩，會破壞角色的真實性。有些新手作家會犯一個錯誤，就是把對白當作一種合理的資訊交換。將現實生活中的對話一字不漏轉譯成文字，只會顯示它們實際上是多麼雜亂。我們常常打斷自己和他人的對話，也常話說到一半就跳到下一個主題。把對白寫得太過真實，會讓你的角色看起來像個滿嘴胡說八道的白痴，因為我們對現實生活中的對話有一定的容忍度，對虛構角色的對白卻無。

海明威[1]還指出有一項重點，那就是當角色說話時，應該是角色在說話，而非作者：

> 如果作者要讓他所創造的人物在故事中談論老主人、音樂、當代畫作、信件或科學，那麼他們必須是本來就會談論那些話題的人。假如他們不是會談論那些話題的人，作者卻讓他們談論，這名作者就不過是個江湖郎中。而如果讓角色談論那些話題只是為了展現作者自身學識的淵博，那他就是在炫耀……一名作者如果想表達自己睿智的省思，寫成論文確實比較賺不了錢；而寫成小說，把那些話放進人工創造出來的角色嘴裡，利潤的確比較豐厚。但雖然這可以讓你荷包滿滿，卻無法讓你的作品成為文學。

愈了解自己的角色，就愈容易知道他們會用什麼方式說什麼話。說話的內容和方式會受到各種因素影響，包括角色的年紀、教育程度、工作經驗，以及他們是否嘗試說服他人自己的地位是高是低、種族、價值觀等等。

蓓納蘿．費茲吉羅說電視可能降低了對白的品質：

> 我們大概都受到了電視的影響，變得綁手綁腳，無法表達太多的異議與辱罵，而這兩點

正是喜劇劇本的精髓。小說家如果想的話，大可好整以暇，慢慢發展令人滿意的對白。

海明威還警告我們另一項危險，就是在書中過度使用流行語：

> 除了在對白，而且真的是無法避免的狀況外，不要使用流行語。因為流行語很快就會過時。

要怎麼培養一對敏銳的耳朵呢？海明威說關鍵在於傾聽：

> 專心聽別人說話，不要想自己等下要說什麼。大部分的人從來不聽別人說話，也不懂得觀察。你應該要能走進一間房間，出來後對裡頭一切瞭若指掌。不僅如此，若那房間帶給你任何感受，你應該要能明確指出是什麼東西讓你產生那種感受。不妨試試下面的練習：進城時，站在戲院外觀察人們下計程車或下車時方式有什麼不同？練習的方法百百種，重點是要無時無刻想著其他人，而非自己。

安妮．普露就做過類似的練習：

> 在酒吧和咖啡館中排隊結帳時，我總是會聚精會神地聆聽，留意當地獨特的發音和節

—**海明威**（Ernest Hemingway，一八九九至一九六一年）：海明威的小說作品包括有《戰地春夢》（*A Farewell to Arms*）、《妾似朝陽又照君》（*The Sun Also Rises*）以及《戰地鐘聲》（*For Whom the Bell Tolls*）。他不喜歡自己的名字，因為會讓人聯想到王爾德的《不可兒戲》（*The Importance of Being Earnest*；海明威的名字 Ernest 與王爾德書名中的 Earnest 同音）。他與龐德（Ezra Pound）、詹姆斯．喬伊斯兩人是很好的朋友。

奏、生動鮮明的措詞，或是平凡無奇的日常生活對話。在墨爾本，我付錢請一名街頭詩人朗誦《育空的魔力》（*The Spell of the Yukon*）；在倫敦，我聽計程車司機侃侃而談他住在巴黎、罹患精神病的兄弟的故事；在橫越太平洋的飛機上，我聽一名來自紐西蘭的工程師說他在新幾內亞與建跨島管線時遇到的怪事。

鑽研戲劇幫助更大。因為它們不像電視、電影或小說一樣，簡簡單單便可呈現一連串的情節和鏡頭，而是必須仰賴精彩的對白。不過，研讀古典戲劇時，你可能會發現許多作品都是用一大段冗長的對白來開場，有時是透過兩名女僕的嘴，讓她們一面打掃一面解釋故事背景。不消說，除非你要寫的是諷刺劇，否則這在現在已經不是個好方法。

對白的脈絡

到目前為止，我們只將對白當作創作中的一項獨立元素，但想當然耳，無論是在故事、小說或劇本裡，這項元素還是必須與角色的行為整合。在小說中，除了對白以外，作者還可以描述其他元素。D. H.勞倫斯《戀愛中的女人》的開場就巧妙融合了各種元素：

一天早晨，布朗溫家的姊妹烏蘇拉與高珍坐在父親位於貝爾德歐佛的房子窗邊，一面幹活兒一面閒聊。烏蘇拉正在繡一件色彩鮮豔的刺繡，高珍則在膝上放了塊板子作畫。兩人大多時間靜默不語，只是有一搭沒一搭地聊著。「烏蘇拉，」高珍問，「妳真的不想結婚嗎？」烏蘇拉將刺繡擱在腿上，抬頭望去，神情平靜又謹慎。

「我不知道。」她回答，「看妳是什麼意思。」

高珍有些吃驚地端詳姊姊一會兒。

「喔，」她諷刺地說，「就那個意思啊！難道妳不覺得那會讓妳——」她臉色微微一沉，

「日子好過一些嗎？」

烏蘇拉臉上閃過一抹陰霾。

「或許吧。」她說，「但我不確定。」

高珍又沉默片刻。她有些著惱，想聽到姊姊明確的回答。

「妳不認為一個人需要結婚的經驗嗎？」她問。

「妳認為那一定是個經驗嗎？」烏蘇拉反問。

「一定的，不管怎樣都一定會是個經驗。」高珍氣悶悶地說，「或許不是個好經驗，但肯定是種經驗。」

「不見得。」烏蘇拉說，「我看比較像是經驗的結束吧。」

高珍動端坐不動，認真要和姊姊討論。

「當然了，」她說，「那也有可能。」說完，兩姊妹又陷入沉默。高珍著惱地拿起橡皮擦，把畫好的一部分擦掉。烏蘇拉則專心地繡著她的針線活兒。

「就算有好親事妳也不考慮？」高珍問。

「我想我已經拒絕了幾門。」烏蘇拉說。

「真的嗎？」高珍雙頰脹得通紅——「裡頭都沒有好對象嗎？妳是說真的嗎？」

「好對象多的是，而且其中有個是好到不能再好的好人。我喜歡死他了。」烏蘇拉說。

「真的假的！那妳都不會被誘惑嗎？」

「心裡或許有那麼一點，但也只是想想而已。」烏蘇拉說，「到了一個節骨眼，妳甚至不會有被誘惑的感覺——喔，如果我受到誘惑，早就閃電結婚了。我現在只受到『不結婚』的誘惑。」兩姊妹的面孔瞬時都因這玩笑亮了起來。

「這不是很有趣嗎？」高珍大聲說，「不結婚的誘惑這麼強烈！」兩人相視而笑，心裡卻感到一陣害怕。

各項元素結合得巧妙無比：家常的氣氛與稍嫌空泛卻又有趣的對話。接著勞倫斯用簡單一句話點出重點，那就是兩姊妹心裡都在害怕，這讓我們轉眼間對她們的觀感和處境的看法都起了變化。

潛臺詞

角色說的話（文本）和弦外之音（潛臺詞）之間的對比，對任何一種小說家來說，都是一項非常重要的工具。我們已經在探討角色地位的章節中，看過一些例子。例如，你買了一輛小新車，別人可能會說：「小車實用啊！我就欣賞買車完全只考量實用性的人。」話語本身是讚美，但弦外之音是你選了一輛醜死人的車。

另一個揭露潛臺詞的方法，是呈現話語內容與角色行為間的差異。舉例來說，一個人可能熱情歡迎另一個人，但擁抱時卻跟對方離得遠遠的。

既然我們時常在生活中言不由衷，那麼潛臺詞自然是揭露角色性格的一個重要手法。

對話的屬性

我在《沃夫教寫作》（*Your Writing Coach*）一書中，寫說我認同愛爾默．李納德的說法。他建議我們應該用「說」這個字來當作描述對話的標準動詞，其他像是「他笑言／得意笑道／驚呼」都不必考慮。關於這一點，有名讀者看完後特地寄了封電子郵件給我。

他在信裡寫道：

> 我至今已在小學任教三十三年，過去五年來則是擔任替代（代課）教師。有趣的是，老師總是告訴學生寫作時最好用比「說」這個字更生動的詞；實際上，什麼詞都比「說」這個字好。顯然地，儘管大部分受到這種教導的學生長大後不會成為作家，但有部分會。請問你知道這情況嗎？對此又有什麼看法？我自己寫作時總是盡量使用各種不同「說」的同義字。

不，我不知道這情況，但這解釋了很多事！（沒錯，我的確是在「驚呼」。）重點在於，我們大多時候只是在「說」而已。假如我們笑了，也不會和說話的動作完全同時，因此舉例來說，較為正確的寫法是：「我希望你不會怪我。」莉迪亞笑著說；而非「我希望你不會怪我。」莉迪亞笑了。

大部分「說」的同義字，像是宣稱、嘮叨、啞聲道、洩露、暗示、堅持、指出、咆哮等，會將讀者的注意力吸引到角色的動作，而非話語的內容上。在看到三、四個不同的動詞後，我們會開始想像作者手邊是不是攤著一本同義字字典。

或許用上許多「說」的同義詞會讓它們顯得特別突出，但基本上我們在閱讀時會自動對這些詞視而不見。這些動詞大部分時候是附加在一個角色名字之後，而那才是我們真正想知道的重點：是「誰」在說話。一般而言，不用其他文字來描述，文意就很清楚了，而一名優秀作家寫出的對白本身就會透露線索，讓我們知道說話者的語調和心情。

有時候你的角色會自己告訴你，他們想說什麼、做什麼。在下一章中，我們就來看看哪些作家樂見這種情況，又有誰對此嗤之以鼻；如果發生在你身上，你又該怎麼處理。

坐而言不如起而行！

練習：訓練自己悄悄偷聽別人說話的技巧，可以讓你的耳朵變得對對話更為敏銳。只要有機會，不妨停下來觀察一對交談中的情侶，但保持一段距離，不要讓自己聽見他們在說什麼。你自己在心裡替他們編撰對白，想像他們談話的內容。之後再悄悄走上前些，聽他們在說什麼。他們實際的說話內容與你的想像有何不同？你聽得出任何弦外之音嗎？有的話，先前有沒有任何肢體語言透露出這一點？等他們離開後，在腦中或在紙上繼續替他們編造對白。

寫完對白後，檢查看看：

- **這真的是這角色會說的話嗎？**

● 話中是否有弦外之音？

● 假如你用了流行語，它是否適合角色和故事的時代背景？

11 角色反客爲主！

許多作家都說過，一旦熟悉角色後，這些創作就會像有了自己的生命一樣，有時甚至會將故事引領到出乎作者意料之外的方向。

威廉·福克納說：

一般而言，故事是從一個角色開始。而這個角色只要一開始起身動作，我所能做的，就只有帶著紙筆，尾隨在後，盡可能地跟著他，記下他所說所做的一切。

埃利·維瑟爾以分娩比擬這個過程：

這些角色想離開母體，呼吸新鮮的空氣，品嘗友誼的醇酒。假若繼續禁錮他們，他們將蠻橫地破牆而出。是他們強迫作者寫下他們的故事。

雷·布萊伯利認為想要創作出一篇精彩的故事，關鍵就在於你得讓角色自由發揮。一九九七年接受《本周書業》（*Bookselling This Week*）訪問時，他說：

我昨晚去了一家書店，有個店員跟我說：「我現在在寫一本小說，可是不太順利。我試過什麼什麼方法……」「停。」我制止他——不要寫大綱、不要訂計畫，讓你的角色替你完成這本書。寫出《白鯨記》的是亞哈船長，不是梅爾維爾；寫出《華氏451度》的是孟泰格，不是我。如果你讓你的角色擁有自己的生命，放手讓他們發揮，你就有可能寫出一篇獨特的故事。

接受英國《書籍雜誌》（*Book Magazine*）訪談時，他又說：

我沒有一天是睜開眼就知道自己要寫什麼的。每天早上七點，我躺在床上，聽我的角色跟我說話。他們掌控了一切，我只是盡可能地寫下來，希望知道接下來會發生什麼事。

派翠西亞．海史密斯也建議作者抱持開放的態度看待角色的發展：

一個桀傲不馴的角色，可能會將故事帶到比你預期中更好的方向。你或許必須約束他、改變他、捨棄他，或一筆勾銷，重新寫過。碰到這種意外的挫折時，你需要好好深思幾天，通常也必須非這麼做不可。若這角色有趣又異常頑固，你最後可能會得到一本和你動筆之初時截然不同的作品；或許更好，或許一樣好，但總之不再相同。你無須因此裹足不前，沒有任何一本書——或許繪畫也一樣——會和作者起初預想的一模一樣。

亞倫．葛根納斯則說他的角色並不真能算是他創造出來的：

我們無時無刻被各種聲音包圍；其中包括我們自己的聲音，以及其他像我們與不像我們的聲音。我寫了二十多年的書，有一部分的樂趣在於，雖然我現在看起來像是自己一人坐在這裡，但其實我是尾隨在六個人身後。他們是我創造出的人物；或說得更準確點，是我發掘出來的人物。因為他們存在於我之前。他們一直都在我身邊，等著聲音被我聽見。

史上最被自己角色牽著走的作家，大概就屬愛麗絲·華克了。她說她在寫《紫色姊妹花》的時候，她的角色甚至告訴她，他們希望她住在哪裡：

他們也不喜歡往外看會看到公車、汽車或其他人。「我們不想看到這些東西。」他們說，「我們會無法思考。」……幸好我（在朋友的幫助下）在城裡找到一個相當便宜的地方。這又是一個角色強迫我做出的決定。只要我不滿足他們的期望（基本上就是安安靜靜、不受打擾），他們就不願意現身。

我個人是認為讓角色決定你住在哪裡有那麼點過頭了——但她也確實寫出了《紫色姊妹花》，因此至少對愛麗絲·華克來說，這是個皆大歡喜的結局。至於反方的意見，讓我們來聽聽童妮·摩里森怎麼說：

我控制他們（角色），小心翼翼地想像他們。我對他們瞭若指掌，包括那些我沒寫出來的事——像是他們的頭髮分哪邊。他們就像幽靈一樣，腦中只有自己，對自身以外的一切毫無興趣。所以你不能讓他們替你完成故事。我讀過這種小說家完全被角色掌控的書。我想告訴大家，你不能那麼做。如果那些角色可以寫書，他們會寫，但他們就是不行，而你可以。所以，你必須告訴他們：「統統給我閉嘴，不要吵，我在忙。」

若角色在你心裡變得像真實人物一樣，當書或劇本完成後，你可能會面臨離別的痛苦。狄更斯便是如此。他在一八五〇年版的《塊肉餘生錄》的序中曾寫道：

> 我發現要抽離這本書並不容易。如何在完成後立刻以平靜的心情談論它，似乎是我必須學習的課題。我對它的感情是如此鮮明又強烈，我的心就像被狠狠撕成兩半一樣，同時如此開心，又如此悲傷——開心的是漫長的寫作計畫終於完成了，傷心的是我必須和那麼多同伴分離——再這樣哭哭啼啼下去，讀者恐怕很快就會厭倦我對這些角色的私心與感情……如果他們知道在完成長達兩年的創作、在放下筆的剎那我是多麼悲傷；或知道自己即將與腦中的夥伴永別，我感到部分的自己像被打入永世的黑暗中，或許會有點擔心。

儘管鮮少角色會告訴他們的作者該住在哪裡，但角色本身置身的環境，對故事具有決定性的影響，這也是我們下一章即將探討的主題。

坐而言不如起而行！

要讓你的角色反客為主，最大的「訣竅」，就是用前面章節提過的技巧去盡可能地了解他們，然後再繼續寫下去。讓角色擁有自己的生命，與心理學家米哈里・奇克森特米海伊（Mihaly

Csikszentmihalyi）描述的「心流」狀態非常相似。當你完全沉浸在工作中時，你所有的情緒都會變得和你手邊的任務一致。你會樂在其中，不覺時間流逝。

練習：雖然你無法控制自己進入心流狀態，但還是有些方法能夠提高你進入的機會。而這些方法對於頂尖的作家來說可能就像本能一樣：

- **你必須擬定一個明確的目標。對作家來說，目標就是寫出一個場景或一篇章節。**
- **你必須相信這項任務是在你能力範圍之內，但同時也要具有一定的挑戰性，讓你必須聚精會神地去做。妨礙我們進入心流狀態的一個主要因素是來自「內在的批評」。我們會質疑自己是否具備所需的能力，因此，無視內在批評是進入心流狀態的必備條件之一。在第三十二章「創作瓶頸」中，我將會告訴你如何克服這點。**

你需要擁有一套回饋機制，讓你知道自己是否走在正確的方向上。如果走偏了，它也必須要能引導你調整方向。不過就寫作而言，作家大多時候靠的是本能，直覺會告訴你方向是否正確。實際上，不時停下來評估每個句子或每段段落，很可能只會妨礙你進入心流狀態。所以大部分的作家會建議當你手感正熱時，先不要擔心標點或文法，接著寫就是，之後再回頭校訂或修改。

12 場景：地點與時間？

在談角色塑造時探討場景的設定並不奇怪，因為兩者無法分割。你的角色存在於你創造出來的世界裡，就某個角度而言，這世界也稱得上是一個角色。它可以小如監獄的牢房，也可以大如地球，甚至是外太空。

偵探小說家彼得．詹姆斯告訴《書籍季刊》（*Books Quarterly*），他在十四歲看了格雷安．葛林的《布萊登棒棒糖》後，就立志未來要提筆寫作，有一天一定要寫一本將故事背景設定在他家鄉的小說。而他後來果然在羅伊．格雷斯系列小說中實踐這個願望。他說：

> 在我的書中，布萊頓霍夫這個城市就和羅伊．格雷斯及他的同伴一樣，是不可或缺的角色。我認為所有活躍的城市都有一個共同點，就是檯面下暗潮洶湧的犯罪活動。在英國，我們擁有許多賞心悅目的濱海名勝——但只有一個布萊頓整整七十年來以「英國犯罪首都」這個稱號聞名遐邇，在全世界擁有象徵性的地位。格雷安．葛林替它打響名聲，而我會盡全力捍衛它的地位！

偵探小說作家菲利普．柯爾（Phillip Kerr），則以一九三〇年代的柏林做為他故事的主要背景，創作出許多以柏尼．剛鐸（Bernie Gunther）為主角的小說。在《高爾基公園》（*Gorky Park*）中，馬汀．克魯茲．史密斯（Martin Cruz Smith），則是將莫斯科做為俄羅斯調查員阿爾凱迪．倫科大展身手的舞臺。甚至在電視影集中，城市也可能成為不可或缺的要角，例如《欲望城市》中的紐約。

場景包括了事件發生的日期、月份、季節、年份、天氣、歷史與當代事件造成的影響、周遭的環境，以及諸如家具之類等細節。

現在就讓我們來看看大師級的作家如何帶領我們走進故事的地點和時間。

《梅岡城故事》

在《梅岡城故事》中，哈波．李一開場即描述了主角思葛．芬鶺居住的小鎮。留意她先是從小鎮的全貌寫起，接著再慢慢拉到一連串的局部特寫。她不只告訴你那地方的樣貌，還透露了它是如何影響其中的人物和動物：

> 梅岡是座舊城，而且在我剛認識它的時候，它就已經老朽不堪了。下雨天，街道都變成了紅色的水坑；草長到了人行道上，郡政府坍陷在廣場裡。不曉得什麼緣故，那時的天氣也比較熱，黑狗在夏季的白日裡格外受罪；而套著車軛的瘦騾子們，就算躲在廣場橡樹的蔭影下，也只能邊揮汗邊揮打蒼蠅。男人們的襯衫硬領，一過了早上九點鐘就不挺了。而女士們則在昏睡了三小時之後，趁著正午前去洗澡，但到了夜幕低垂時，依然滿身的汗粒和爽身粉，看起來就像是結著糖霜的酥軟茶點。（遠流，二〇一〇年）

在這段開場中，哈波．李並沒有明確告訴讀者故事發生的時間，但男人會穿襯衫硬領這件事就告訴了我們年代距今已有一段時日，而之後附加的細節，很快就讓我們確定故事是發生在美國經濟大蕭條時期。

她指出的細節以及描述它們的方式——比方說將女士譬喻為茶點——建立起一種溫和中挾帶著點幽默的筆觸。我們不會預期立刻就發生什麼驚天動地的大事，知道自己將好整以暇地跟著作者，進入這步調緩慢的生活。稍後，當戲劇化的轉折發生時，它們便會與頭幾頁的輕鬆氣氛產生強烈的對比，帶來令人震撼的張力。

《罪與罰》

在《罪與罰》中，杜思妥也夫斯基先從外在的環境開始描述，然後帶領我們進入主角的居住空間：

> 七月初，一個十分酷熱的傍晚，有個年輕人從他位在史特尼廣場的賃屋裡走了出來。緩慢的步履，透露出他心事重重，他正準備前往柯庫斯金橋。
>
> 在樓梯間，他刻意避開女房東。他住在五層樓房的頂樓，事實上只不過是一間跟壁櫥差不多大小的房間。樓下住著女房東，租來的房間還包括伙食和共用的女僕。每次他要外出，下樓時都得經過廚房的門，而那扇門總是敞開面對著樓梯。只要他一經過，心裡總是緊張又害怕，滿腹羞恥的罪惡感。因為他欠了女房東租金，所以擔心跟她打上照面。（高寶書版，

二〇〇六年）

這段描述並沒有提供太多關於場景的資訊，但我們看得出來那裡非常炎熱、狹小，而且房間的位置讓主角每次進出時都會經過女房東的廚房——這幫忙建立起了一種幽閉感，以及年輕人的焦躁之情。稍後，我們聽見屋外的聲音，得知他也無法從中得到任何安慰：

街道上熱烘烘的，摩肩接踵的人群，眼見的全都是石灰、磚瓦和飛揚的塵埃，還有一股聖彼得堡百姓再習慣不過的汗臭味，因為他們根本沒錢租別墅避暑。眼前所有的一切讓這個年輕人早已繃緊的神經再度面臨考驗。（高寶書版，二〇〇六年）

同樣地，注意那些細節和筆觸。在這個例子中，那些一板一眼、沒有任何魔力的描述更突顯了故事的調性，並迅速帶領我們進入主角的心理及生理世界。

《巴比特》

在《巴比特》的開場中，辛克萊．路易斯描述了一個虛構的城市：澤尼斯。這場景立刻揭示了故事的主題，也就是商業成為人類社會的最新宗教：

澤尼斯的一幢幢高樓森然聳起，逸出在晨霧之上；這些嚴峻的鋼骨水泥和石灰岩築成的高樓，堅實挺拔如同峭壁，而玲瓏剔透卻像銀簪。它們既不是城堡，又不是教堂，一望而知，就是美輪美奐的企業辦公大樓。（桂冠，一九九五年）

而該時代對於傳統或一切老舊事物的鄙棄，立刻反映在下一段中：

晨霧彷彿出於憐憫，已把歷經幾個世代風雨消蝕的建築物都給遮沒了：雙重斜坡四邊形屋頂上蓋板都已翹裂的郵政局；大而無當的老式房子上的紅磚尖塔；窗眼既小，而又被煤煙熏黑了的工廠；還有灰不溜秋的幾戶合住的木頭房子。像這樣千奇百怪的房子在這個城市裡雖然比比皆是，但那些整潔的高樓大廈，正把它們從商業中心區攆走，同時，近郊的小山崗上，卻閃現許多嶄新的房子，那裡看來才有笑聲和寧靜。（桂冠，一九九五年）

路易斯接著從遠景拉到中景，這手法也常出現在電影中：

一輛豪華的小轎車正在一座混凝土大橋上疾馳而過，它那長長的車蓋晶光閃亮，而且幾乎聽不見發動機的聲響。車裡的人們身穿晚禮服，整晚排完一個小劇場劇本之後正好回來，這是一次藝術上的大膽探索，兼有香檳酒助興，所以更為光彩奪目。（桂冠，一九九五年）

之後他又拉近到一連串的細節特寫：

在一座摩天大樓裡，美聯社的電訊線路剛關閉。報務員一整夜與巴黎和北京通話之後，疲累不堪地摘下了他們的賽璐璐眼罩。女清潔工打著呵欠，拖拉著舊鞋，在大樓各處走動。（桂冠，一九九五年）

場景描述完後，路易斯接著帶領我們進入主角喬治．巴比特的生活，並告訴我們故事的時代背景：

他名叫做喬治．福．巴比特，現年（一九二〇年四月）四十六歲……（桂冠，一九九五年）

連結場景與劇情

在古典文學中，我們常常可以看見作者用冗長的敘述拉開故事的序幕，先介紹故事所在的小鎮或鄉村，接著再以同樣冗長的敘述，告訴我們主角的成長歷史，或許還會回溯到前好幾世代——等這一切結束後，故事才真正開始。現在的讀者通常沒這耐心，當代作家大多會將場景的描述整合至角色的描述中。

馬奎斯在《愛在瘟疫蔓延時》的開場中，便做到了這一點。注意場景的細節如何引導你想像故事發生的地點，並且透露了許多細節，帶領我們認識喬維諾．厄畢諾醫生發現的這名死者：

不可避免，苦杏仁的味道總令他想起單戀的命運。一走進這間依舊漆黑一片的房子內，喬維諾．厄畢諾醫生就注意到了這氣味。他接獲一通緊急電話，匆匆趕來，但從好多年前開始，他就已不覺得這類事件有什麼緊急的了。來自安的列斯的難民傑瑞邁亞．德聖亞莫過去在戰爭中受傷成了殘廢，除了是兒童攝影師外，也是他交情最深的西洋棋對手。但現在，他已靠氰化金的煙霧，從痛苦的回憶中解脫了。

醫生看見死者身上蓋著毛毯，躺在他生前睡覺用的行軍床上，旁邊的凳子上擺著一只用來蒸發毒藥的顯影盤。地板上躺著一頭有著雪白胸膛的黑色大丹犬，牠的屍體被拴在一根床腳上，旁邊擱著付枴杖。耀眼的曙光從一扇窗子鑽了進來，照亮這間悶熱、擁擠、既是臥房、也是工作室的房間。儘管只有一絲光亮，但已足夠讓他立刻感到死亡的力量。其他的幾扇窗，以及房內的每一個裂縫，都用布條嚴嚴塞起，或用黑色的紙板封住，更加重了那股沉重的壓迫感。一張檯子上堆滿了沒有標籤的瓶瓶罐罐，貼著紅紙的普通燈泡下倒著兩只破破爛爛的白鑞托盤。屍體旁擺著用來裝定影液的第三只托盤。到處都是舊雜誌和報紙、一疊又一疊玻璃底片，還有破爛不堪的家具，但所有東西都被一雙勤勞的手整理得一塵不染。

訴諸感官

在上段的節錄中，你是否意識到自己是如何從各種感官獲得資訊，先是聞到氰化物煙霧中的苦杏仁味、接著看見許多關於房內的細節，也感到那股沉重窒悶的氣氛。雖然沒描述到聲音，但是我們也不期望在這個被屍體所占據的擁擠房間內，會聽到多少聲音。

只要有機會，你就該讓讀者透過視覺、聽覺、感覺（例如房間帶來的壓迫感或是布料的質地）與嗅覺來體驗這場景。有時候味覺也會是一件適當的好工具。

連結場景與角色的動機

在部分文學作品中，場景會強烈影響主角或其他角色的想法與行為。下段例子來自普魯斯特的《去斯萬家那邊》[1]。敘事者在用冗長的描述說明他飽受失眠的痛苦折磨後，又接著描述了他的臥房。注意這房間幾乎就要轉化成另一個角色，也就是主角的敵人：

在貢布雷，每當白日已盡黃昏將臨，我就愁從中來，我的臥室那時成為我百結愁腸的一個固定的痛點，雖然還不到該我上樓睡覺的鐘點，離開我同媽媽和外祖母分手、即使不睡也得回房去獨自待著的時間還差一大截。家裡的人發覺我一到晚上就愁眉苦臉，便挖空心思設法讓我開心。他們居然別出心裁地給我弄來一盞幻燈，趁著我們等待開晚飯的當口，把幻燈在我的房內的吊燈上套好，這東西跟哥特時代初期的建築師和彩畫玻璃匠一樣，也是用捉摸不定的色光變幻和瑰麗多彩的神奇形象來取代不透光的四壁。繪上了傳奇故事的燈片，就等於一面面彩畫玻璃窗，只是它們光影不定，忽隱忽現。可是我的悲愁卻有增無減。因為我對房內的一切早已習慣，一旦照明發生變化，習慣也就受到破壞。過去除了睡覺使我苦不堪言之外，其他一切倒還過得去，因為我已經習慣。如今房內被照得面目全非，我一進去，就像剛下火車第一次走進山區「客棧」或者異鄉旅館的房間一樣，感到忐忑不安。（聯經，二〇一〇年）

場景的描述需要多詳細？

同樣地，今日大眾的喜好已不同於以往。兩百年多前，小說家通常會鉅細靡遺地描寫場景，但今日普遍的作法是盡量精簡地描述。部分是因為現代的讀者對許多場景都相當熟悉，由於電視、電影的普及，即便沒親身去過，我們也知道那些地方是什麼模樣。舉例來說，無論你有沒有上過法庭，你都知道法庭是什麼樣子；或許你從沒去過金字塔，但你想必對它們的外觀十分熟悉。因此，當代作家所面臨的挑戰，是他必須發掘該場景眾所周知的細節與觀點，但又不能太走火入魔。正如索爾．史丹在他《史丹的寫作課》（*Stein on Writing*）一書中指出的：

你是說書人，不是室內設計師。

最容易解決這問題的人是編劇。假如他們想將場景設在一般常見的法庭中，只要寫「內景：法庭。時：日」就好。然而，即便在劇本中，場景對於角色心境或特質的反映還是相當重要。假若場景設定在主角的客廳，你不妨描述一下裝潢、房間的大小，或窗簾是開是關，這些都可以在無須藉助對白的說明下，讓觀眾對居住此地的人產生特定印象。

舞臺劇劇本描述的程度通常介於一般的小說和影視劇本之間。這種做法通常很有用，一方面可配合角色的來去，另一方面也可以提供劇情主題的線索或營造該劇的氣氛。舉例來說，普利斯特里（JB Priestley）在《罪惡之家》中是如此描述柏林一家：

場景：柏林家的餐廳。這棟屋子座落於北英格蘭中部的工業城市：布魯恩利（Brumley）。時間為一九一二年的春夜。

─《追憶逝水年華》的第一卷。──譯者註

這是一棟郊區豪宅內的餐廳，主人是個成功的製造商。餐廳四四方方，建得扎實牢靠，家具也是當代堅固耐用的高級品。門只有一扇，位於舞臺的左牆。舞臺後方的壁龕內是一只沉甸甸的餐櫃，上頭有銀製的透明酒櫃、銀製燭臺、一枚銀製的香檳冰桶，還有餐後留下的各種物品。壁爐在右牆內。門的下方擺著一張書桌，桌前有張椅子。壁爐下方的牆上掛著一具電話。舞臺中央後方不遠處擺著一張厚重卻不是太大的餐桌，形狀最好是橢圓形，桌旁環繞一組堅實的餐椅。餐桌上鋪著白色桌巾，擱著吃完的晚餐。壁爐前方的舞臺前半部擺著一張扶手皮椅。牆上裝飾著幾張氣勢磅礴卻庸俗的照片及大型版畫。壁爐上下及門的下方都裝有燈架。壁爐的燈亮著，門燈則否。大致上要營造出一種富裕、舒適且老派的氣氛，但既不愜意也沒有家的溫暖。

一九九二年，英國國家劇院將這齣戲搬上舞臺，由史帝芬·戴爾卓（Stephen Daldry）執導，舞臺設計為伊恩·麥可尼爾（Ian McNeil），而布景成了這齣戲最受矚目的明星。劇情講述柏林一家在接到警察打來的電話，詢問一名年輕女子的死亡消息後，就起了翻天覆地的變化。國家劇院將布景設計成像一座架高的巨大娃娃屋，隨著家族祕密一點一滴地揭露，屋子也逐漸崩塌。這部戲同時還融入了戲劇化的燈光、配樂及音效，營造出一種黑色電影的氣氛。

場景的正確性

如果你故事中的場景出現錯誤，糾正信將源源不絕地湧入你的信箱和 email，而且信裡通常會充滿輕蔑的批評，讓你不禁要想是不是有人把挑錯當作自己的使命。丹．布朗（Dan Brown）便深深體會到了這一點，《達文西密碼》出版後，許多巴黎人氣憤填膺地批評書中羅柏．蘭登採用的逃脫路線在現實世界中根本行不通。

要解決這個問題，最好的方法就是事先謹慎調查你的場景，最好是能親身造訪該地，不過現在網路也提供了相當方便的第二選擇。不過，我說的不是某個城市或國家設立的官方網站，儘管它們也能提供你豐富的資訊，但上頭往往只會介紹知名的觀光勝地，不一定會提供較為冷僻或細微的細節，讓你有辦法將那地方描繪得栩栩如生。

我建議不妨多多參考個人網誌。現在有許多人會持續在網路上記錄自己的生活，雖然會去看的多半只有作者的親朋好友，但你要看自然也沒什麼不行。他們會提及自己造訪的餐廳、天氣，停車遇到的問題，還有其他許許多多的細節，這些都可以提供非常大的幫助，讓你熟悉那地方。

要去哪裡找這些網誌呢？你可以在網路上搜尋城市、鄉鎮，甚至特定社區的名稱，也可以使用Google快訊——只要輸入一個關鍵字，Google就會每天收集提到這關鍵字的網站和網誌，寄到你的電子信箱。找到相關的網誌後，先讀一陣子，留些回應，若對那地方有任何問題，寄封電子郵件給作者就好——他們多半都會樂意提供幫助。

若需要圖片參考，你可以在www.Flickr.com上找到非常豐富的資源。

假如故事的背景設定在過去，該時代的回憶錄或傳記可以提供你很大的幫助。不過，你最好還是自己查證一遍裡頭提到的事情，因為這一類的書有很多都是憑作者錯誤的記憶完成。部分的報章雜誌，包括《紐約時報》，都留有過去多年的檔案，只要付極少的錢或甚至免費就可以在網路上取得。

你也可以靠網路輕易找到或請教歷史學家及其他專家，而且你可能會很意外，他們大多人都非常樂意無償幫忙。假若得到這類幫助，出於禮貌，你應該在謝詞中向他們致謝。

從其他小說中汲取資訊必須非常謹慎，因為作者可能會有寫錯或刻意扭曲的部分。參考電影更要格外小心，它們素來惡名在外，常為了改善故事節奏、營造不存在的浪漫元素，或節省經費而竄改事實。

做為小說作者，你的確有無視史實的空間。舉例來說，我們無從得知兩名歷史人物過去是否相遇過，但你大可在小說中創造兩人相遇的情節。推想小說（speculative fiction）也可以採取這種做法，如羅伯特·哈里斯（Robert Harris）的《祖國》（*Fatherland*）的背景，就是建立在德國贏得二次世界大戰的前提上。

對科幻小說家而言，最高指導原則是你可以捏造各種不存在的事物，但實際存在的東西不能胡掰，否則讀者可能會無法接受。此外，在發明未來的科技裝置時，也會有許多人預期你遵循已知的物理定律。奇幻作品是最不受現實牽制的一種類別。兩者差別在哪？瑪莉安·愛倫·狄福德（Miriam Allen deFord）說：「科幻小說寫的是不可能的可能，奇幻小說則是可能的不可能。」不過，兩者的分野並不明確，如H. G.威爾斯的《時間機器》便可說是介於兩者之間。

事實之外

正如你可以從上述例子中看見的，當你描述角色所處的場景和時代時，你要提供讀者的，不僅是真實的資訊，也要替整篇故事、小說或劇本營造出獨特的氣氛，最好還要能反映書的主題。《巴比特》中對於場景的諷刺描述——晨霧彷彿出於憐憫，已把歷經幾個世代風雨消蝕的建築物都給遮沒了——就非常符合整本小說呈現的氣氛。

而在《愛在瘟疫蔓延時》內，馬奎斯鉅細靡遺地描述了男子自殺的房間，正符合他在書內檢視愛的各種面相的手法。舉一個我個人的例子，我曾寫過一齣叫做《生活技能》（Living Skills）的舞臺劇，故事講述一名女人領悟到她的夢想生活已再不可能實現，我覺得將她的角色設定成老師，並把場景設定在學校內是很明智的選擇，因為在學校裡，她身旁會環繞許多對未來仍充滿憧憬的年輕人，與她呈現鮮明的對比。

坐而言不如起而行！

同樣的場景可以用許多不同的方式描述，而不同的選擇將會帶給讀者不同的感受。

練習：想像一棟富麗堂皇、古色古香的飯店中的一間典型客房，準備好用三種方式來描述它。房內的家具、視野、裝潢都會一模一樣，但是你可以自行選擇要描述的東西和手法。

假如你故事的主角是一名推銷員，而且他已經決定如果下次和客戶見面沒有談成一筆大交易，就準備在這間房間內自殺，你會怎麼描述？

假如你故事的主角是一對幸福的夫妻，他們準備在這裡度過新婚之夜，你會怎麼描述？

假如你故事的主角是一個從來沒住過飯店的小孩，你會怎麼描述？

寫完後，再看一遍你對場景的描述——包括天氣、背景時代的細節與器物——還有這場景對你的角色有什麼樣的影響。想像你自己對小說或劇本的情節與氣氛一無所知，這些描述會給你帶來什麼樣的印象？是你想要營造的效果嗎？不是的話，怎樣描寫比較好？

接下來，檢查你是否運用了每一種感官？還有沒有擴展的空間，以便納入更多細節？

最後，確認自己是否有將場景的描述融入故事情節中，還是它只是一段說明。如果沒有，想想該如何結合兩者，改善故事的節奏。

第三部

故事的塑造

一個角色必須要等到他有所作為後，才會活轉過來，而他們的一舉一動便將成為你的故事情節。有幾種類型的寫作，像是偵探小說，在傳統上具有特定的架構——你可以選擇遵循或者打破。無論使用什麼樣的架構，都必須能吸引讀者繼續看下去，而且看完後覺得和你的角色共同經歷了一場精彩的旅程。

許多成功的作家都承認，儘管塑造角色是件有趣的工作，編撰情節卻苦不堪言。

當然了，重點不僅在於角色做了什麼，還有你說故事的方法——也就是那難以捉摸的個人風格。在這一部分中，我們便將探討作家是如何架構他們的故事，又是如何樹立自己獨特的風格。

13 視角：誰在說故事？

一個故事可以從許多角度來敘述，而你選擇的視角會造成極大的影響。無論是哪一種視角，都各有其優缺點。

第一人稱敘事

想在讀者與角色間建立親密的連結感，最快的一個方法就是讓角色用自己的話來講故事。文學史上影響最為深遠的例子之一，就是馬克．吐溫的《頑童流浪記》。在開場的段落中，主角哈克告訴我們：

如果你沒讀過《湯姆歷險記》，就不會知道我這個人。不過這也無所謂，那本書是馬克．吐溫寫的，書裡內容都是真的——大部分啦。雖然他是加了些油、添了些醋，不過十之八九都是實話。這沒什麼好大驚小怪，我到現在還沒見過從不撒謊的人，除了波莉阿姨、寡婦，或許還有瑪麗。波莉阿姨——也就是湯姆的波莉阿姨；除了她之外，瑪麗以及道格拉斯寡婦都是在書裡出現過的人；正如我先前所說，除了一些加油添醋的地方外，大部分內容都是真的。

馬克．吐溫在故事之初便營造出一種幽默的文風，並帶給我們一名可愛迷人的角色。海明威說：

美國的當代文學起源自馬克．吐溫的《頑童流浪記》。

沙林傑的《麥田捕手》的開場正印證了海明威的說法：

如果你真的要聽，首先你想知道的，可能是我在什麼地方出生、我的狗屁童年如何度過、我爸媽在生我之前都忙些什麼，以及諸如此類《塊肉餘生錄》式的廢話，可是呢，老實告訴你，我無意詳述這一切。首先，我覺得諸如此類的事情很無聊；其次，要是細談我父母的個人私事，他們一定會大發雷霆。對於這種事情，他們最容易生氣，尤其是我爸。他們人還不錯——我並不想說他們的壞話——但他們的確敏感得不得了。再說，我也不是要告訴你我他媽的整個自傳。（麥田，二○○七年）

一般而言，敘事者會用過去式的時態[1]講述故事，但偶有例外，像村上春樹的《海邊的卡夫卡》內就有部分是以現在式敘述：

1 英文文法講究時態，中文則沒有那麼明確的用法。——譯者註

他從車上的置物櫃拿出裝有檸檬水果糖的小盒子，放一顆在嘴裡。也請我吃一顆。我接過來放進口裡。（時報出版，二〇〇三年）

有時敘事者講的是他人的故事，如《白鯨記》中的以實瑪利，以及《大亨小傳》中的尼克．卡拉威。而在電影《大國民》中，描述追查「玫瑰花蕾」四字遺言真相過程，以及主角查爾斯．福斯特．凱恩一生的人，則是記者傑瑞．湯瑪森。

無論你的敘事者是誰，他們的用字與口吻都必須符合自身的背景、個性以及教育程度。一個剛陷入愛河、不識字的雜工在說故事時，使用的語言不會用和一名神經質的心理治療師一樣。如同先前所說，使用第一人稱敘述最大的優點，在於可以迅速建立角色與讀者間的連結；而缺點呢，就是你無法揭露任何該角色不知道的事。

在電影中，要建立起第一人稱的視角，可以讓主角利用旁白的方式講述故事；另一個較為少見的做法，是讓他直接對觀眾（攝影機）說話。嚴格來說，第一人稱敘事意味我們只能看見主角經歷的事，但如果想藉由旁白讓我們看見過去發生的事，他可以說「當然了，我當時不曉得我兄弟有意出賣我」這類的話，然後將畫面切換到兄弟籌劃陰謀的畫面。

若你選擇用旁白來敘述，有一點務必謹記在心：不要複述觀眾可從電影其他地方得知的事。換言之，如果已經有畫面顯示一家人在沙灘上玩得很開心，旁白就不必說：「我們在沙灘上玩得很開心」。旁白要告訴觀眾的是他們無法從銀幕上得知的事。當畫面中出海灘場景時，他可以說「那是我最後一次看見父親在世的模樣」，而這句話將大大影響這一幕帶給我們的感受。

多重第一人稱敘事

有些作家會讓一個以上的角色來擔任敘事的工作。當代小說的一個例子是凱瑟琳．史托基特的《姊妹》。書中的敘事者包括兩名黑人女僕：愛比琳和米妮，以及白人家庭中的大學生女兒史基特。頭兩章的敘事者是愛比琳，接下來兩章是米妮，再接下來兩章是史基特，之後的章節就比較沒那麼固定。要轉換各角色間的視角很容易，只要以敘事者的名字做為章節標題即可。

不可靠的敘事者

作家還常用另一種稱為「不可靠的敘事者」的手法，意即說故事的人由於種種因素，可能會有意無意地扭曲或隱瞞真相，也或者只是單純不了解真相的全貌。對讀者來說，欣賞這類故事，部分的樂趣就來自於領悟事實並非如旁白所描述。

《飛越杜鵑窩》（*One Flew Over the Cuckoo's Nest*）裡綽號「酋長」的布隆登，即為不可靠的敘事者的一個例子。在故事中，由於他的精神疾病，使他說出許多奇奇怪怪的幻想。電影《羅生門》中，則是多名敘事者對同一事件各執一詞。電影《刺激驚爆點》中，敘事者利用謊言替自己脫罪，並愚弄觀眾到最後一刻。

有些故事會在結局揭露真相，有些則讓讀者或觀眾自行決定真相為何——這是說如果其中真有一個正確版本。

第二人稱敘事

在第二人稱敘述的故事中，旁白會用「你」來指稱讀者或自己。早期的一個例子是霍桑《古事今談》中的〈神魂不安〉（The Haunted Mind）：

你奮力一搏，猛然坐起，自半夢半醒間甦醒，瘋狂環顧四周，彷彿除了在你自己疑神疑鬼的心中外，惡魔還存在其他地方。壁爐中昏昏欲睡的餘燼散發著幽光，微微照亮整間外房。明滅的火光穿過房門，卻無法驅散那分黑暗。你用雙眼搜尋任何可以將你思緒拉回現實的東西，在急切的梭巡下，你看見擱在壁爐旁的桌子上的字條、夾著象牙刀的書、攤開的信箋、帽子，還有掉在地上的手套。火光旋即熄滅，帶走眼前的一切。但在黑暗吞噬現實後，那畫面在你心中又多停留了一瞬間。

另一個例子是傑．麥克伊奈尼的《燈紅酒綠》：

你不是會一大清早出現在這種地方的人，但你現在卻在這兒。而儘管記憶模糊，你卻不能說自己對此全然陌生。你在夜總會裡，和一名頭髮剃個精光的女孩說話。

這個方法可以讓讀者將你想像成敘事者，嘗試去感受你所描寫的畫面。不過，不少讀者在閱讀一陣子後，就會開始厭倦第二人稱視角，而且可能會排斥聽你一而再、再而三地發號施令。儘管讀者會很樂於看到有人和一名光頭女孩交談，但他們知道自己並不會這麼做。

第二人稱敘述通常以現在式的時態來講述故事。舉例來說，作者會寫「你走在路上」，而非「你曾走在那條街上」。

第三人稱限制敘事

作家最常用的一個視角，是以第三人稱用過去式的口吻描述角色的行動。敘事者的身分不明，而且只知道其中一個角色的想法與感受。當然他也會描述其他角色的言行，但是我們無法得知那些角色的想法。

下段的節錄來自納旦尼爾・韋斯特探討好萊塢黑暗面的作品：《蝗蟲之日》。它便是第三人稱限制敘事的一個例子：

> 她邀請他到她房間抽根菸。她坐在床上，他坐在她身旁。她的睡衣外面套著一件老舊的白色海灘袍，看起來很美。他想求她讓他親吻，但不敢開口，不是因為她會拒絕，而是因為她會堅持這個吻是沒有意義的。（麥田出版，二〇一〇年）

韋斯特與我們分享主角陶德的感受，其他角色的心情卻付之闕如。

透過第三人稱的角度，讀者可深入主角的觀點——儘管不比第一人稱敘事深入，但卻能夠揭露第一人稱敘事無從體驗或得知的事物。

作家有時還會使用多重第三人稱敘事，在章節與章節、甚至是場景與場景之間轉換視角。派翠西亞・海史密斯說：

我喜歡一本小說中同時擁有兩種視角，但不見得每次都會這麼做……運用兩種視角——像《火車怪客》中兩名有著天壤之別的年輕男主角，還有《冒失鬼》（*The Blunderer*）中性格南轅北轍的華特和金墨——可以替故事的節奏與氣氛帶來非常有趣的變化。

第三人稱限制敘事是小說家最常使用的一種視角，有時還會與第一人稱混合使用。例如，你正在寫一本關於綁架案的小說，部分章節可以用肉票的母親做為第一人稱，其他章節則改從第三人稱的角度來描述綁匪的行為。

電影的話，通常整部片中只會使用一個角色或少數角色的視角。以綁架的故事為例，導演可能會從肉票的雙親、肉票本人和偵辦警官的角度來呈現這個故事，綁匪的視角則隱而不見（但我們可能會看到他與上述角色同時出現在其他場景中）。

第三人稱全知敘事

在第三人稱全知敘事的小說中，敘事者可以在同一章節或同一場景中，揭露多名角色的想法與感受。儘管這個方法能讓作者透露比較多的資訊，但讀者可能會感到較為隔閡或困惑。不過，不少偉大的經典文學鉅著都使用了這個方法。

托爾斯泰可說是切換故事視角的大師。正如娥蘇拉．勒瑰恩對於《戰爭與和平》的形容：

托爾斯泰切換視角的手法天衣無縫，簡直不可思議。他轉眼間從作者的角度巧妙地轉換到另一個角色身上，簡潔、清楚地傳達出各男角、女角甚至是獵犬的內心話，然後再回到作者的想法……看完後你會覺得自己像經歷了許多種人生，這或許是一本小說能帶給讀者最大的樂趣。

在《戰爭與和平》的第一章中，我們可以看到安娜．巴夫洛夫娜與公爵交談。托爾斯泰不只告訴我們公爵做了什麼，還有他言行背後的想法或感受：

「要是他們知道您不樂意，早就把招待會取消了。」公爵說。他就像一只上緊發條的時鐘，出於習慣總是說些自己也不期望別人會相信的話。

稍後托爾斯泰又告訴我們：

華西里公爵說話總是有氣無力，彷彿一名只會老調重彈的演員。安娜．巴夫洛夫娜．舍勒恰恰相反，儘管年紀已過四十，但說話依舊開朗熱情，如連珠砲般滔滔不絕。熱心已成為她的天職，有時即便不樂意，但為了不讓認識她的人掃興，她依舊會盡力表現出熱心的模樣。她嘴角總是勾著一抹與她已逝姿色不相稱的微笑。彷彿一個被寵壞的孩子般，儘管知道自己有些可愛的缺點，卻不願也無法加以克服，甚至認為沒必要改正。

藉由展現角色的行為與動機，托爾斯泰同時帶領我們進入角色的心理及生理世界，而且做得不著痕跡，讓人幾乎無法察覺。

第三人稱全知敘事的視角特別適用於角色繁多、時間線又橫跨數代的史詩故事。

在電影中使用第三人稱全知敘事，攝影機便無須顧慮視角，可隨心所欲地呈現任何時間、任何地點的畫面。所有腳本與劇本都是用第三人稱全知及現在式寫成（「喬治打開櫥櫃，意外發現裡頭空無一物」）。

熟能生巧

要知道該怎麼選擇並使用最適合故事的視角，需要時間和練習。約翰．厄文說：

> 視角是一種技巧：你必須選擇親近哪一個角色、疏遠哪一個角色——用誰的角度來講這個故事。這是可以學習的，比方說，你可以學習辨認自己的好習慣和壞習慣，第一人稱敘事能展現你什麼優點，又該怎麼使自己進步；講述歷史事件時（比方說傳記作家），第三人稱敘事又具有什麼樣的危險和優點。一個故事可包含許多種立場，預設許多種心境與狀況，這些東西呈現出來，可以比外行人想像中的更精細、更有條理。想當然耳，你不能讓讀者察覺到這些事。舉例來說，鈞特．葛拉斯（Grass）的手法便十分巧妙，他一下子喚小奧斯卡．馬策拉特[2]「他」或「奧斯卡」，一下子——有時甚至是在同一個句子裡——又將小奧斯卡稱為「我」。在同一個句子中，他既是第一人稱敘事者，也是第三人稱敘事者，但轉換得如此天衣無縫，絲毫不顯突兀。我最痛恨那些突兀的形式和風格。

你必須了解自己要讓讀者從誰的角度去看或體驗這個故事，但除此之外，還有什麼元素是你在提筆前就該先規劃好的？在下一章中，我們就來看看知名作家如何回答這個問題。

坐而言不如起而行！

練習：要決定使用哪一種視角，你可以考慮下列問題：

- **迅速建立讀者與主角間的連結對你的故事有多重要？**
- **若由主角來敘述這個故事，會比較能突顯出他哪一方面的人格特質？若讓另一個角色敘述會有什麼不同？第三人稱全知敘事呢？**
- **故事中有沒有任何關鍵事件是主角不知情的？如果有，你又打算使用第一人稱，是否有其他方法可以揭露這些事件？比方說，你可以讓主角從其他角色身上聽說這件事，但如此一來，事件就必定是已然發生的事，而且會降低它的重要性與戲劇效果。**
- **混用各種視角會對你的故事帶來什麼優缺點？**

回答完這些問題後，選擇一個最適合你故事的視角。如果在寫作過程中你覺得這角度讓你綁手綁腳，無法發揮，大可再從其他角度切入。

或者你可以分別用第一人稱、第三人稱限制敘事，和全知敘事，試寫一遍開場的段落，然後再決定哪一種寫法最上手，哪一種又最適合你的故事。

2 Oskar Matzerath，葛拉斯長篇小說《鐵皮鼓》（又名《錫鼓》）中的男主角。——譯者註

14 該不該事先規劃？

關於提筆前該不該事先規劃，有兩派截然不同的看法：一派提倡你在動筆前應該要全盤掌握故事的劇情和走向；另一派則認為預先知道任何劇情會使故事變得毫無驚喜，而且寫起來少了一點趣味。

規劃派

愛倫坡可以說是規劃派的最佳代言人。他說：

不用說，每一個故事，只要精彩動人，都必須在動筆前將它從頭到尾設想周全。只有先想好結尾，我們才能讓各事件——尤其是段落與段落間的氛圍——環環相扣，環繞主題進行，並賦予故事不可或缺的前因後果。

伍德豪斯說他的做法是：

這個嘛，只要有耐性就好。我不過是坐在桌前，寫下一頁又一頁的筆記，總共大約四百頁，但它們實際上幾乎完全派不上用場。不過到了最後，情節自會一個個銜接起來。這有點像在玩填字遊戲，你想到什麼就先填什麼，但除非兩格答案嵌得起來，否則你別想繼續玩下去……在動筆寫小說前，我必須先明確知道我的方向，必須擁有一套完整的架構。

順其自然派（對，我知道沒這個詞——但現在有了）

和愛倫坡與伍德豪斯恰恰相反，雪莉．傑克森說她在動筆前對故事情節「一無所知」，還說：

> 如果我事前先知道自己要寫什麼，就沒興趣寫了。

全世界首屈一指的犯罪小說作家喬治．佩勒卡諾斯則沒那麼極端，雖然他在動筆前「所知甚少」，但會先設想好一個情境，並大概曉得自己將怎麼收尾。他說：

> 我比較重視角色的發掘，只要這麼做，故事就會自行發展。

劇作家愛德華．阿爾比也是仰賴他的角色帶領故事發展。他如此描述他的創作過程：

> 當我坐到桌前時，我並不曉得劇本的第一句會是什麼。我知道我想要什麼樣的結局，但不曉得該怎麼做才能走到終點。我放手讓角色自己決定。他們的作為將決定故事的走向。

史蒂芬．金也說他對自己要寫的小說「幾乎一無所知」。

動筆前「一無所知」或「所知甚少」聽起來很嚇人，但達克托羅說：

寫作是一項探索。你從「零」開始，一面前進，一面學習……就像在夜間濃霧中行駛一樣，雖然你只能看見車燈所及的範圍，但這樣也能開完整趟旅程……寫作是社會所認可的一種精神分裂症。

有時無須作者絞盡腦汁，情節便會自行浮現，而且還常會帶來意想不到的效果。劇作家約翰·桂爾說：

我還記得當我領悟《藍葉之屋》的結局時忍不住吐了——作曲家主角在察覺自己作品的真正價值後必須殺了他的妻子，因為她知道他的真面目。

折衷派

不過有許多作家是介於這兩種極端之間，保羅·奧斯特便是一例。他如此描述自己動筆之初的情況：

我大概知道故事會是什麼樣子，開頭、過程和結尾在我心中都有個模糊的形體。但一開始動筆，劇情一定會有所更動，而且最後寫出來的成品往往和我原來打算寫的不一樣。

麥可·謝朋則會訂立故事大綱：

剛開始時不會，而且我從來不會事先預想太多細節。通常寫了個五分之三後，我就會開始脫離原訂計畫，而且沒有一次能回到正軌。我常常寫到後來會恨死那個訂這該死大綱的傢伙。

被問到會不會訂立故事大綱時，譚恩美回答：

我以前總是回答不會，但我想那是在說謊。我自有一套訂立大綱的方法——但不是像小學三年級老師會教你寫的那種。有時我會把突如其來的靈感記下來，寫下整個故事的約略架構。那像密碼一樣，只有我自己看得懂。或者我會坐到書桌前，先寫篇摘要——一份大約三到十頁的故事梗概。或者我會先寫出其中一章。這是個好方法，因為我可以先進行下個部分，然後告訴自己，喔，我要記得把這個或那個也寫進去。

馬奎斯說有個方法在開始寫作時幫助很大，但就長期看來卻不見得是件好事：

我剛開始寫故事時，雖然大概知道自己想寫什麼，但總是順其自然，想到哪兒寫到哪兒。以前有人告訴我，年輕時這麼做不要緊，因為我有源源不絕的靈感；但如果我不學習技巧，之後等我江郎才盡、需要技巧補強時，我就麻煩了。我想這是我得到過最好的一個忠告。若我沒有及時得知這一點，現在就無法事先想好故事架構。架構純粹是技術層面的問題，如果不早學，就永遠學不會。

以電影來說，如果你寫的是試寫劇本（spec script）[1]，那麼你無須任何規劃或大綱就可以開始動筆，想寫什麼就寫什麼。但若你期望能簽到合約，對方可能會在投入資金前要求你先寫出一份完整的大綱。劇本通常以現在式寫成，架構約分為三幕（我們將在第十七章進一步探討三幕式架構）。

無論你習慣事前訂立故事架構或一面寫一面發想，最後都必須將角色和你想說的故事結合一體，而我們將在下一章中探討這兩者間的關係。

坐而言不如起而行！

雖然大多數的作家都是經過一遍又一遍的摸索，才找到適合自己的規劃程度，但有些方法你還是可以試著用用看。特別是如果你才剛投入創作的行列，它們可以替你省下不少時間和精力。

練習：如果你還不確定自己在下筆前該做多少規劃，想想下列的問題：

- 一般而言，你的個性是比較偏向順其自然嗎？如果你在生活中就不是個習慣順其自然的人，那麼在寫作上可能也無法適應。
- 試著在毫無規劃的情況下創作看看，如果你很快就遇到瓶頸或走進死胡同，代表你很有可能是屬於規劃派的。

- 寫作時，固定寫到一個程度就停下來，寫下你覺得故事接下來該怎麼發展，觀察自己習慣預先設想多遠。
- 如果你已經在事前做好詳細的規劃，結果愈寫愈覺得無聊，大可撕掉大綱，讓你的角色和直覺帶領你前進。

註 試寫劇本是編劇在還沒簽訂合約前自行撰寫的劇本，類似模特兒或攝影師的作品集，期望日後能據此找到買主或得到編劇的工作。——譯者

15 角色變成情節（情節變成角色）

先有角色還是先有故事，這個大哉問大概永遠也不會有答案。不過，這問題根本無須細究，因為一個故事需要角色（當然不一定要是人類），而角色一旦開始互動，故事就有了展開的可能。

E. M. 佛斯特先為我們迅速解釋了什麼叫做情節：

> 讓我們定義什麼叫做「情節」。我們已將故事定義為「一連串按時間順序發生的事件」。而情節同樣也是描述一連串的事件，但強調的是事件與事件間的因果關係。「國王駕崩，皇后跟著辭世」是一個故事；但「國王駕崩，皇后因悲傷跟著辭世」則是一段情節。

無論如何，我們可以確定的是，角色與情節兩者必須相互尊重。正如只要讓角色做出合理的反應，就能讓規劃情節的工作變得比較輕鬆一樣；同樣的道理，如果你為了情節需求而罔顧角色的性格，只會增加你創作的困難。班．尼伯格說：

> 不實的情節規劃會引導你寫出超出角色決心或能力範圍之外的事件，他因此必須去做自己做不到（在某些例子中，甚至是沒有任何人能做到），或任何擁有健全心智的人都不會同

意去做的事。

不過，在某些特定類型的小說中，這是可以接受的——比方說，恐怖故事中手無縛雞之力的年輕女子聽見奇怪的聲響，還是會冒險走進地窖。不過一般而言，這種做法會破壞角色與情節的可信度。

情節與角色的發展

如同我們先前在探討角色時談過的，小說與電影的主題時常放在「角色轉折」上，也就是角色在歷經磨練後脫胎換骨，變成另一個人。

在多數的好萊塢電影中，主角通常是從負面的性格（自我中心、麻木不仁、貪得無厭）轉變成正面的性格（關懷體貼、擁有愛的能力、慷慨大方）。小說也一樣——辛克萊．路易斯的《陶茲沃斯》（*Dodsworth*）即為一例。故事的主人翁喬治．陶茲沃斯一開始是美國一九二〇年代的典型生意人，身為一名汽車公司的主管，他一心只想賺大錢，但隨著婚姻的崩解，他最後學會了欣賞歐洲的歷史和文化。

角色有時也可能是從正面轉變為負面的價值觀，像是馬克白或電影教父系列中的麥可．柯里昂。只要掌控得宜，轉變就會顯得自然，但有三種情況常會讓角色的轉折顯得造作突兀。

轉變的程度與起因事件的規模不相符

一個貪得無厭的角色不會只因與乞丐一席交談，便突然變得慷慨無私。我們從自身經驗和觀察中得知，通常要發生重大事件，才會使一個人的性格產生重大轉變。重大壓力來源是份不錯的參考名單，像是瀕死經驗、痛失親人、重病、離婚、失業等。如果你打算讓角色脫胎換骨，就必須在故事中狠狠踹他一腳——通常還必須踹上好幾腳。記得嗎？史古基需要三個鬼魂，不只一個。

有時轉變的動機甚至會完全隱匿不見。在電影《春風化雨》（Dead Poets Society）中，羅賓．威廉斯飾演一名思想前衛的老師，他教導班上的學生反抗傳統，勇於冒險，大膽表達自我，不要人云亦云、故步自封。這讓你不禁納悶，一間保守的學校怎麼會雇用他這種老師。原來，在湯姆．舒曼（Tom Schulman）的原版劇本中，老師原本的性格也是一板一眼、傳統守舊，等到他發現自己得了不治之症後，才驚覺自己虛擲了一生，因此決定要在生命最後好好教導學生，不要讓他們重蹈他的覆轍。不過，導演彼得．威爾（Peter Weir）覺得這樣的編排過於灰暗，因此刪改劇本，讓故事有個快樂結局。這似乎無損電影的價值，因為這劇本最後依舊抱走了一座小金人。但根據 Bookrages.com 的報導，彼得．威爾後來也表示他希望自己採用原本的結局。

若非出於導演的要求，重點團體或試映觀眾的反應也可能導致情節的更動，使得故事缺乏動機。在電影《粉紅佳人》（Pretty in Pink）中，茉莉．林瓦德（Molly Ringwald）飾演一名愛上富家公子的窮女孩，但男孩的好友認為茉莉配不上他，男孩聽信好友的話，便把茉莉給甩了。在畢業舞會上，富家公子終於領悟自己大錯特錯，希望女孩回到他身邊。同時間，女孩發現她那古怪的死黨——一名叫做道奇的男孩原來一直偷偷愛著她，因此最後選擇跟他在一起，要那公子哥離她遠一點，別再來煩她。

好吧，她原本是這麼做了——直到電影舉行試映，而片商鎖定的觀眾群——也就是年輕少女們，反應她們希望女主角跟富家公子破鏡重圓。因此，儘管就角色動機而言，這樣的編排不具說服力，片商還是拍了個新的結局：富家公子向女主角道歉，她也接受了，而她的朋友道奇則莫名其妙和一個到結束前都沒正眼看他過第二眼的女生湊成一對。

我希望電影保留原本的結局，但再次地，票房（美國國內票房為四千零五十萬美元；在一九八六年這算是是相當好的成績）再度證明了，角色和故事中的瑕疵不見得一定會讓電影賠錢。

轉變過於平面

以男人的中年危機為例，沒錯，其中一項最為明顯的改變，可能是那男人買了一輛紅色跑車，但你也可以運用其他各種小改變來反映他的心境，像是讓他換個新髮型（或戴假髮或植髮）、改變穿著，加入健身房等等。我不是叫你把這一切都囊括進去，那就太過頭了。但是你可以運用各種不同的手法來展現這項轉變，愈細微愈好。而每一項改變都會對角色間的關係造成影響，因此展現這些影響也有利於故事的推動。

轉變過於平順

人類不是容易改變的生物，過程也鮮少一帆風順（而且一帆風順的過程無論在哪種情況下都無法製造有趣的戲劇效果），你應該要在其中摻雜挫折、偶然或預料之外的副作用，或者主角的退縮。

儘管許多精彩的小說都以角色的轉變做為故事主軸，黛安・李佛卻說：

> 我持相反的意見，生活經驗一而再、再而三地告訴我們一個同等驚人（或許也令人氣餒）的真相：那就是即便面臨傾軋、衝突與危機，人們往往還是不會改變、無法改變，也不願改變。

即便在好萊塢，也不是所有的主角都會經歷這樣的轉變。詹姆士・龐德的性格數十年如一日，《險路勿近》（No Country for Old Men）中的殺手、《虎豹小霸王》（Butch Cassidy and the Sundance Kid）中的男孩，或《大國民》中的查爾斯・福斯特・凱恩長大成人後並沒什麼不同。我目前正在寫一本青少年小說，故事中只有那名青少年主角知道出了什麼事（不好的事），但是沒人肯相信他。即便會摧毀他的父親，他還是下定決心要揭發真相。雖然他的轉變不大，最多只是比開始時成熟了些，但我依舊相信這會是個成功的故事。

底線是，假若主角的轉變在故事中顯得生硬突兀，就沒有必要非硬塞進去不可。

喜劇的誘惑

在喜劇的領域中，作者尤其容易受到誘惑，常常為了達到目的——也就是引人發噱——就硬要角色做出某些舉動，卻沒有考慮到那是否符合角色的個性。我在這方面的指導恩師是丹尼・賽門（Danny Simon），儘管他自己的喜劇作品也相當成功，但很惱人地，人們還是老稱他是尼爾．賽門（Neil Simon）的哥哥。他的座右銘是「千萬不要為了製造笑料而犧牲角色的真實性」。真的，在我早期替好萊塢寫的劇本中，至今仍小有名氣，或至少還在重播的——像是《天才管家》（Benson）和《天才家庭》（Family Ties）——就遵循了這項教條。即便主題是喜劇，角色也一樣認真。

在替喜劇編寫情節時，我通常會從也適用於一般戲劇上的題材著手；是角色的態度讓故事變成一齣喜劇。你可以想像由伍迪．艾倫來寫哈姆雷特——故事一樣可以成功，只是會變成一齣黑色喜劇。喜劇大師雷．庫尼接受《泰晤士報》訪問時，表達過相似的意見：

> 一齣好的滑稽喜劇的情節，照理說也要能移植到一個徹頭徹尾的悲劇中。大部分的悲劇主題都是在描述個人與強大力量對抗的過程，以及他與驚濤駭浪奮戰時所付出的努力。但除此之外，主角會遭遇磨難，通常是因為他本身的缺陷，以及他無法在壓力中控制這些缺陷所造成。嗯，我想這總結了我大半的喜劇劇情。

我在修改喜劇劇本時，屢屢發現如果你想讓劇本變得更好笑，就要讓它變得更真實。這不是說要更遵循常規，而是要讓角色的行為更合情合理。許多新進作家對這一點都感到十分意外，因為他們認為愈有趣的劇本，就該包含愈多的笑點和誇張的行為。

無論是喜劇或一般戲劇，重點都一樣：角色和情節必須完美結合，彼此真誠以待。

故事的種類

馮內果[1]在一場談寫作的演講中表示所有童話都具有一定的共通性，並以家喻戶曉的灰姑娘為例來說明童話的結構性。灰姑娘在故事之初居於弱勢，飽受繼母與兩名姊姊欺凌。突然間，因為一場舞會，事情出現了轉機，但阻礙立刻隨之而來——兩個姊姊不准她參加舞會。灰姑娘絕望之際，精靈教母出現了，又帶來一線希望。她替灰姑娘做了一套美麗的禮服與玻璃鞋，還準備了一輛馬車。舞會上，事情進展得很順利，灰姑娘似乎擄獲了王子的心。但伴隨午夜鐘響，厄運再度降臨，她必須趕回家，途中不慎留下一只玻璃鞋。在嚐過短暫的快樂後，她變得甚至比開始時更加悲傷。幸而王子對她情有獨鍾，不願放棄尋找。找到玻璃鞋的主人後，王子帶著灰姑娘回到城堡，從此過著幸福快樂的日子。

在部分版本中，兩名姊姊懇求灰姑娘原諒，灰姑娘也寬恕了她們。但在其他版本中，她們的眼珠最後讓鴿子給啄了出來；還有些版本更為駭人，說兩個姊姊為了穿上玻璃鞋，甚至不惜削足適履。我想你應該看得出來迪士尼為什麼會選擇比較溫馨的版本。

弱者最後反敗為勝的模式，在全世界的故事裡都看得見，而且至今仍廣為使用，電影《洛基》（Rocky）就是個完美的例子。即便在《王者之聲：宣戰時刻》（The King's Speech）中，你也能看見相似的元素。英國國王在社會中絕非弱勢，但他還是有口吃這項障礙必須克服。今日的角色通常是要透過自身的努力，而非僅憑美麗的外表來克服迫害或殘疾，但除此之外，這結構與灰姑娘並無二異。

神話、民間故事、童話中還有其他許多共通的情節，至今仍被用來當作小說、電影、戲劇與短篇故事的基礎。學者專家對於這類共通模式的數量意見紛歧，有人說有七種，也有人說有三十六種。不過，企圖界定一個明確的數字，只是浪費時間。以下是部分的例子：

冒險任務

坎伯（Joseph Campbell）在他的《千面英雄》（*The Hero with a Thousand Faces*）中，花了極長的篇幅描述主角冒險的過程，這種主題也被稱為英雄的旅程。主角一心要找尋並帶回某樣獎賞——可能是金銀財寶、公主的愛，或某種神奇的法寶。因為喬治·盧卡斯（George Lucas）以此做為《星際大戰》系列電影的基礎，這項元素現在在電影圈中無人不知、無人不曉。

神話學大師坎伯發現在冒險故事中，有許多元素在許多文化的神話中都很常見，比方說出現一名導師來激勵並教導英雄。關於英雄旅程的解釋，各類書籍與課程說法都不同，其中一種甚至宣稱旅程中包含有超過五百種階段和元素。

—**馮內果**（Kurt Vonnegut，一九二二至二〇〇七年）：馮內果的小說作品包括《第五號屠宰場》（*Slaughterhouse-Five*）、《貓的搖籃》（*Cat's Cradle*）以及《夜母》（*Mother Night*）。他客串過幾部改編自他作品的電影，並在一九八六年的電影《大兒子小爸爸》（Back to School）中飾演自己。在小說大紅之前，他曾擔任過體育記者，但不是很成功。

重生

主角受到黑暗詛咒或自身的缺陷所困，必須透過無私的愛或行動尋求救贖。《小氣財神》便是以此為基礎。

征服怪物

主角必須打敗威脅人類的力量，《科學怪人》便是經典之一。當代的例子則有電影《永不妥協》（Erin Brockovich），這個故事中的怪物是一種致命的污染。

旅程與回歸

在這種故事模式中，主角會經歷一段旅程到達另一個世界，在新天地裡得到啟發，改變自己，最後再回到原屬的世界。《綠野仙蹤》（The Wizard of Oz）與電影《阿凡達》（Avatar）都屬於此架構。

乞丐變王子

原本一無所有的主角突然獲得財富或權勢，隨後又不幸失去，因此必須展開行動，重拾往日光輝。《灰姑娘》、《孤星血淚》以及其他許多故事，都是以此架構為基礎。一個故事裡可能會結合許多種情節元素。舉例來說，在《大國民》中，主角肯恩從一名乞丐變成有錢人，但之後卻發現財富不是一切問題的答案——他就算有錢也買不到愛。在《吉姆爺》

中，主角幻想自己是個能夠戰勝怪物——也就是小說中的大海——的英雄，結果他根本做不到。當他踏上尋找救贖的旅程後發現，他能做的，終究只有接受自己的命運。電影《星際大戰》則結合了英雄的旅程，以及摧毀怪物——黑武士——這兩項元素。

無論你想說的是哪一種故事，在它的核心之中一定都會存在有衝突。在下一章中，我們便將檢視衝突的種類，並看看它們是如何形塑你的故事。

坐而言不如起而行！

練習：如果你發現自己陷入瓶頸，不知道該怎麼繼續發展情節，第一個該找的就是你的角色。想想你賦予他們的背景是否有足夠的空間，讓他們有辦法——起碼有可能——展現你想要他們做出的行動？舉例來說，無論是電影或小說，在許多驚悚作品中，作者常讓平凡的主角一下搖身一變成為〇〇七，導致故事喪失它的可信度。要求不高的讀者或許能夠接受，因為他們只想在沙灘或飛機上放鬆一下，但這種做法絕不可能讓你的作品成為流傳千古的傑作。

當你在編故事時，一定要時常檢查角色的行為是否符合他們的價值觀與人生經驗。若你要他們展現脫序的行為，就必須創造出強烈的情境，確保轉變的合理性。

如果你的任何一個角色將經歷轉變的過程，請想想：

- **他們一開始是什麼模樣？**
- **他們最後會變成什麼模樣？**

●引發轉變的關鍵事件是什麼？

●過程中會經歷什麼挫折？

如果你還不確定要在故事中使用哪種情節，想想哪一則故事——無論是童話、民間故事或神話都好——最令你印象深刻或震撼。

●它們具有什麼模式？

●它們和你的人生經驗有什麼關聯？

●你打算把它重新改編成一個現代版的故事嗎？

16 衝突

故事情節的核心絕大多數都環繞在「衝突」上。驚悚間諜小說作家約翰．勒卡雷用最簡單的方式說明：

我有一個粗略的原則，就是我的故事一定都是從一個角色身上展開；或許兩個，而他們之間似乎存在著某種衝突。「坐在門墊上的貓」不是一個故事；但「坐在狗墊上的貓」就是了。

衝突的程度可大可小。有些作家偏好盡可能地強調這一點，舉例來說，艾茵．蘭德曾寫道：

我認同雨果的做法，場面愈是聳動，故事就愈精彩。若你能統整兩者——用相關而且合理的方式，具體傳達出你想呈現的精神衝突——就能寫出一齣高檔的戲劇。

有時衝突雖然是一個故事的起點，卻不一定是那本書的起點。伊莉莎白．包溫舉例說：

我通常是先想好一個情境，有時還是相當激烈的情境，像是有人把另一人推下懸崖，然後我便會想，摔下懸崖的是誰，憤怒的兇手又是誰……只要開始思索什麼樣的人最有可能、為什麼遇上這種事件、行為或災難，角色便會自動成形。

衝突的種類

所有故事都有一個關鍵的核心問題：角色面臨什麼樣的危險？他們想要什麼？阻礙他們的力量又是什麼？

衝突可分為許多種，單一或結合兩種以上的衝突，通常是推動小說與電影情節進展的動力，或可做為短篇故事中的一項元素。與電影相比，短篇故事大多時候比較像是一張照片，衝突有時呈現得很隱約，我們只能看見其後果或事件發生時的短暫片刻。

其中一項檢視衝突類型的方法，就是回到馬斯洛的需求層級理論。

在最基本的層級中，人類與大自然間的衝突可能會危害到我們的生理需求。狄福的《魯賓遜飄流記》、傑克·倫敦的《野性的呼喚》（在這個例子中，對抗自然的主角不是人類，是狗），還有海明威的《老人與海》都屬於這類的主題。

在安全需求的層級中，衝突可能是發生在人與人之間。這項元素在電影、犯罪小說與間諜小說中最為常見，像是罪犯與警察、黑幫老大與他的敵人、〇〇七與Dr. No。《悲慘世界》、《鐵面人》、福爾摩斯探案以及其他無數作品，都強烈呈現了這個主題。

瑞蒙·錢德勒[1]建議我們：

不知道該怎麼寫的時候，就讓一個人舉著槍走進門。

換言之，若你想吸引讀者的興趣，就替你的主角製造威脅。

在心理層級中也可能發生人與人之間的衝突，像是父母爭奪小孩的監護權、兩女同時愛上一男，或父子間的權力鬥爭。

在關於自尊、尊重、成就感，或犧牲奉獻的主題內，競爭的情況可能發生在運動、學術或工作環境中，大衛．馬梅特的戲劇作品《大亨遊戲》即為一例。

在人類對抗社會這類衝突中，主角對抗的是社會中一項強大的元素，可能是政治、商場，也可能是一般的道德規範。舉例來說，《紅字》（*The Scarlett Letter*）中的赫絲特，便以蕩婦的形象反抗社會，而非試圖隱匿或逃脫。拉爾夫．艾理森的《看不見的人》以及哈波．李的《梅岡城故事》，都屬於個人對抗社會種族歧視的故事。

在最高級的需求——自我實現——中，衝突是來自人與自我的對抗。當一個人內心受到兩種以上的反向力量拉扯時，就會產生內在的衝突。有時衝突也來自一個角色漸漸開始領悟他需要的，和他在故事開始之初想要的原來並不相同。舉例來說，在經典喜劇電影《窈窕淑男》（Tootsie）中，麥可．朵西一心想在影劇圈中出人頭地，完全沒想過戀愛的事。他藉由假扮女人，終於得償

—**瑞蒙．錢德勒**（Raymond Chandler，一八八八至一九五九年）：錢德勒著名的作品包括有《大眠》（*The Big Sleep*）、《漫長的告別》（*The Long Goodbye*），以及《湖中女子》（*The Lady in the Lake*）。他出生於美國，但兩歲時移居英國，十九歲成為英國公民，到了四十九歲後又恢復美國公民身分。出現在他小說中的地名都是真實存在於洛杉磯的地點，只是改了名字。

所願，在一齣肥皂劇中得到他夢寐以求的角色。他隨後愛上同劇中的女演員，但若他想表白心意，就必須揭露他的真實身分，而這麼做會讓他失去這份工作。

內在衝突也可能來自一個人努力想要克服某種成癮症、恐懼、執念、疾病及弱點。麥爾坎・勞瑞（Malcolm Lowry）的類自傳小說《在火山下》（*Under the Volcano*）即為一例。書中記述了酗酒對主角的感情世界造成的衝擊，以及他想寫書的欲望。

有些評論家還補充了更多衝突的種類，包括人類對抗上帝、人類對抗超自然力量（鬼魂、吸血鬼、狼人、外星人），以及人類對抗科技（例如機械人）等等。

這些種類的分野通常模糊不清，而且只要不是太單純的故事，其中大多包含有各種不同程度的衝突。比方說，《唐吉軻德》中的主角受自己的幻想所迫害，並與許多羞辱、打敗他的角色起衝突。

一個衝突常常會導致另一個衝突。在《蒼蠅王》中，拉爾夫起初是與傑克之間產生一對一的衝突，但當傑克成為男孩們公認的領袖後，拉爾夫衝突的對象便變成了新建立的社會。

在下一章中，我們便來看看有哪些故事架構可幫助你將角色經歷的衝突轉化為情節。

坐而言不如起而行！

偉大名著中的衝突可能大如史詩（如《戰爭與和平》），也可能小如家庭戰爭（如珍・奧斯汀的小說）。只要你能吸引讀者關心書中的角色與他們的經歷，衝突的規模大小並不是重點，

完全取決於你和故事的種類。

練習：當你在編排故事時，不妨回答下列問題：

- **故事的核心衝突是什麼？你的主角對抗的對象是自然、另一個人、社會、他們自己，或者兩者以上的結合？**
- **有什麼東西可以吸引讀者關心衝突的結果？你的角色是否能讓他們產生共鳴或喜愛？**
- **這個衝突會隨時間改變嗎？為什麼改變？**

17 建立情節

只要準備好有趣的角色與衝突，你就擁有打造故事的基石。正如前文所說，有些作家認為動筆前無須事先規劃好情節，但這些人通常對創作早已是駕輕就熟，僅憑經驗與敏銳的直覺便知道該如何有效建構劇情。

傳統的故事形式可分為許多種，最有名的大概就是「三幕劇結構」（three-act structure）。其中最簡單的一個形式，就是將一齣戲分為三幕，包括開場，大約是故事的前四分之一；接著是過程，大約占故事的一半；最後是結局，也就是故事的後四分之一。

在第一幕中，你要先建立起角色的形貌與世界，並介紹一起煽動的事件——發生了什麼樣的新事件，讓你的角色踏上旅程，完成某項目標。

在第二幕中，你的主角將面臨許多險阻與挫折。有些版本建議故事在第二幕中途必須出現重大的轉折或變化，因此改變主角對於這段旅程的想法與完成目標的方式。正如我們先前在探討欲望與需求時提過的，目標本身也可能在旅途中產生變化。旅程到了第二幕結尾將進入關鍵性的時刻，在這時候，結果可能是好，也可能是壞；可能幫助、也可能危害你的主角。這時候通常也是危機的最高潮，失敗意味主角可能會失去一切，包括生命。

最後，你在第三幕中呈現真相帶來的後果與影響，並揭露主角的命運。

這個架構最早是亞里斯多德在他的《詩學》（*Poetics*）中所提出。想當然耳，今日的作家不會真的將故事拆成一幕一幕，即便是舞臺劇，通常也只會在劇情中段處安插一段休息時間。

有些編劇偏好四幕劇的架構，也就是將傳統的第二幕一分為二，而且中場時通常會發生一件顛覆局面的事件。

我的教學同行麥可．豪格（Michael Hauge）說，任何一部成功的好萊塢電影都可以套進情節結構的六階段理論，即：在傳統的第一幕中包含有「設置」（Setup）和「新的局面」（New Situation）兩階段；在傳統的第二幕中包含「進展與困難」（Progress & Complication）與「更高的賭注」（Higher Stakes）兩階段；第三幕則是由「最後衝刺」（Final Push）和「結尾」（Aftermath）所組成。不過即便真是如此，你可能也不會想寫一部傳統的好萊塢電影。

選擇眾多

特別是小說，架構情節的方法多到不勝枚舉。你可以讓書中的一個角色從他的角度、按照時序講述故事，也可以讓主角在回憶往事的同時，摻雜他當下的經歷。

你也可以創造多個敘事者——而且他們不一定統統要是人類。

你可以讓書中所有細節都符合現實世界的樣貌，也可以走魔幻寫實路線，讓原本平凡的角色經歷神奇的事件。

儘管自由，但擁有這麼多選擇也是很嚇人的一件事。如果你不確定該怎麼做，特別是在剛起步的時候，不妨先使用傳統的架構。除非你確定跳出框架可以增加故事的精彩度，否則不要輕易更動。

電影劇本的選擇性就侷限多了，但像《記憶拼圖》（Memento）、《黑色追緝令》（Pulp Fiction）、《怵目驚魂28天》（Donnie Darko）等其他許多電影——尤其是歐洲電影——都在在證明傳統架構中依舊有例外的存在。

找到屬於自己的路線和方法

許多作家都自有一套發展情節的獨門方法。艾瑪·泰寧德說：

我過去曾把一大疊未完成的手稿塞到床底下，而且一塞就是許多年，直到認識科幻小說家麥克·摩考克（Michael Moorcock），他告訴我：「妳不懂得要如何架構故事。妳可以將一百六十頁分成四個部分，分別標成『角色介紹』、『角色發展』等類。」他還用彩色筆替我把這些全寫了下來。對他，我永遠心懷感激。而且我不停告訴別人，你一定要擁有一顆謙遜的心，想著：這裡是我的一百六十頁，我要把它們分成好幾部分。只要這麼想，事情就不會那麼可怕了。只要你告訴自己：「這裡是我的頭十頁，而在這頭十頁中，我必須介紹——嗯，一半的角色出場。」那麼你便有了計畫，知道自己的任務就是介紹角色出場，讓讀者透過情境認識他們。而這將自動帶領你繼續思考故事接下來的發展。儘管這方法聽起來粗糙又簡陋，而且似乎只適合幼稚的科幻小說，但它卻能讓作家繼續寫下去，並省去剛起頭時必須面對一疊白紙的恐懼。這個尋常的方法可以幫助你完成作品。

奧罕・帕慕克則說：

替一本書畫分章節對我的思考來說非常重要。寫小說時，如果我事先知道整個故事的走向——而且大多數時候我確實都知道——我就會替它分好章節，然後思考各章中要出現什麼樣的細節。我不一定會從第一章開始，按照順序一章一章寫下去。遇到瓶頸也無所謂，這對我來說不是什麼值得大驚小怪的事，只要就跳到我想寫的地方寫就好。我可能會先從第一章寫到第五章，如果寫得不開心，就先跳到第十五章，從那裡開始寫下去。

坐而言不如起而行！

練習：無論你到了哪個階段才打算開始考慮故事的架構，下列的問題都能帶給你不少幫助。這些問題反映了傳統的情節架構，儘管許多作家都沒有遵守這些規則，但多數人都同意，了解架構的確有助於創作。而且就算你真的違背，也是為了推動故事才這麼做。

- **開場的橋段或章節是否能夠吸引讀者？**
- **故事中的事件進展是否合理——或至少能說服讀者？**
- **劇情是否愈演愈烈，將衝突和張力推向高潮（而且中途是否有讓讀者喘息的時間）？**

● 主要衝突最後是否有得到解決？
● 如果故事中還有其他的旁支情節，是否也記得收尾？——當然了，除非你是刻意要它懸而不決。
● 找幾本你喜歡的書，將它的劇情拆解開來，看看作者是如何架構的。把劇情的關鍵發展大致列出來，注意作者是如何畫分章節，又是如何吸引你看到最後。

索引卡法

索引卡法是個非常好用的工具，可以輔助你架構情節。首先，在平常生活中，只要想到任何靈感，就先記在索引卡上。既為作家，也是寫作教授的安．拉莫特是如此使用它們：

我家裡到處都擺著索引卡和筆——床邊、浴室、廚房、電話旁，連在車子的置物箱裡也有。遛狗時我也會放一份在褲子後方的口袋——事實上，如果你想知道的話，我卡片還是縱著折起來放在口袋的，上帝保佑，這樣屁股才不會看起來很臃腫。或許你也會想這麼做。雖然我不認識你，但是我敢打包票，你一定已經有夠多事要煩心了，不用還要擔心自己會不會看起來臃腫。所以只要我沒帶包包出門——裡頭有一本真的筆記本和索引卡——我就會直著將索引卡折成兩半，和筆一起塞在褲子後方的口袋。這樣一來，假如我路上突然有了靈感，或看見什麼可愛、古怪或任何值得記下來的事，就可以先記下來，方便日後回想。有時候，如果我聽見或想到一句明確的對白，就會一個字一個字完整記下，然後將卡片塞回口袋。我可能會在沿著鹽沼散步途中、在前往鳳凰湖的路上，或在喜互惠超級市場[1]的快速結帳隊伍中，突然聽見什麼妙事，讓我不禁想彈指稱好或面露微笑——像是我終於想起一件我想了很久的事一樣——我就會拿出我的索引卡，快速把它記下來。

另一個方法是在索引卡上寫下故事的片段，然後依照順序排出來，藉此檢視劇情發展是否合理，或者是否缺了什麼、多了什麼。納博科夫大部分的作品都是這樣完成的，《蘿莉塔》也包括在內。在寫《婀妲：家族史》（*Ada*）時，他甚至用了超過兩千張的索引卡。除了自己採用這個方法外，他還讓小說《幽冥的火》（*Pale Fire*）中的詩人主角約翰．謝德，用這個方法創作出他的驚世傑作。

在小說《尋找萊拉》中，羅勃．波西格也讓主角用這個方法來創作。在下段的節錄中，我們可以看到波西格是如此形容索引卡優於傳統大綱之處：

> 費卓司選用小紙卡而不用紙張的原因是，一疊疊的小紙卡比較能夠隨意取得、使用。整理成一小堆一小堆的資料，可以任意取得、隨意編排順序，這比已整理成固定頁數或編號的資料來得有價值。好比一家郵局的顧客，若能每人擁有一個郵政信箱，便可以隨時前來領取郵件。如果必須在固定的時間到郵局排隊，等老趙把郵件按照字母順序排好後才能拿信，而

1 Safeway，美國一家大型連鎖超市。——譯者註

偏偏老趙又是個患有風濕症、過幾年就要退休、根本不在乎別人等多久的老頭，那就會造成極大的不便。當任何一種分配形式流於僵化、改不改變或改變的程度完全取決於像老趙這一類的人時，這種僵化的制度通常非常要命。（遠流，一九九八年）

希拉蕊．曼特爾則是如此使用索引卡：

那些小小的字會自我繁殖——有時甚至會生出上百個後代。我將它們排列在板子上，順序不拘，直到哪天時序與邏輯自動浮現眼前。接著我便會重新排列，先大概、幾乎是隨便地按照我認為該有的順序排一下。接下來的幾週，我會將這些卡片——原本的卡片以及所有新累積的東西——放進一本活頁資料夾中。用活頁資料夾的好處是你可以輕易更動次序——到目前為止還是先不要將自己侷限在一個固定的順序上。你可加入新的卡片、更動頁數，不過現在呢，你可以開始看見自己寫了多少。有些事件……會描述得很完整，有些角色會先成形，擁有出身背景、片段的對白、樣貌與說話方式。其他部分的故事不會「自己出現」——你必須全神貫注地思考，它們才會現身。但是你會知道——你可以確實看見——有多少工作等著你去做……

這個方法很讓人安心。它的好處在於你永遠不用擔心自己會走進死胡同。你有彈性的空間，直到你坐下來，開始按照順序寫出初稿前，你都還沒侷限在一直線上。這真的非常神奇，只要你給它們機會，並且不要太早限制它們的可能性，靈感就會簡簡單單串連起來、自我繁殖。這其實應該說是讓你去「培養」，而非「寫出」一本書的方法。

行為／反應表

另一個方法幫助你編撰情節的方法，是使用一張由我所開發的表格，我將它稱為「行為／反應表」。最上方的一欄是角色做出的行為，它的下方則是其他角色的反應（時機適當時）。下表即為一個例子——之後我也將依據這張表的內容來解釋用法。

這張表格假設我們想寫一篇關於失業男子的家庭短篇故事，或甚至是一本長篇小說。這是故事的第一個情節，所以寫在左方第一欄最上方的格子中。情節右方列出故事的其他角色：他的妻子瑪麗、兩人的子女，以及同住的婆婆。我們可以從表格中選擇要將故事重點集中在哪些角色的反應上。

行為	喬治	瑪麗	兒子	女兒	喬治的母親
喬治失業		嚴厲譴責喬治	很開心—爸爸可以多陪他了	擔心以後沒有禮物了	為喬治感到難過
瑪麗嚴厲譴責喬治	借酒澆愁，和別的女人過夜		躲在房間	支持媽媽	警告瑪麗這樣會傷害他們的婚姻
喬治喝得酩酊大醉，背著妻子偷情				看見喬治出門	
女兒將喬治的事告訴瑪麗	對女兒大發雷霆	回娘家	支持爸爸		對喬治很失望
瑪麗回娘家	變本加厲地酗酒		告訴老師	責怪喬治	成為一家之主

假設我們要強調的是瑪麗的反應，因為她是喬治第一個告知的人，而且受到的影響最深（這是假設我們從第三人稱全知或第三人稱限制敘事，而非第一人稱的視角來寫）。當然，其他人的反應我們也可多加著墨，但下一幕的主角是瑪麗，她厲聲斥責丈夫丟了工作。

在表格右方我們可以看見其他人對此事有何反應：夫妻爭執時兒子躲在房內、女兒和媽媽同一鼻孔出氣、婆婆則警告瑪麗這麼做會危害他們的婚姻；之後喬治跑去喝了個酩酊大醉，在酒吧邂逅了一名對他表達同情的女人，兩人共度一夜春宵。

在這當中，喬治的反應顯然是最戲劇化而且最有意思的一個，因此接著用它來寫下一幕。如此不斷重複這個過程，直到故事結束。這方法不僅能輔助你建構情節，也能幫你深入了解角色，因為你必須設想每個人在各重大事件中會有什麼感受，即便他們不是該事件的直接關係人。

假如你是屬於規劃派的作者，可以利用這表格來建構你的故事；假如不是，你也可以用它來設計初稿，如此一來，若你發現似乎有情節脫離了故事主題，或者不夠有趣，它便能提供你其他選擇。如果是情節不夠有趣，不妨將焦點集中在另外一個角色的反應上，或許反而能帶給你更豐富生動的故事或順序。

在下三章中，我們將進一步探討該如何建構故事的開場、過程與結局。

坐而言不如起而行！

練習：以下是使用索引卡法的步驟：

- 規劃故事內容時，將你的靈感、角色的特色、對白，以及任何想得到的相關事物寫在索引卡上。一件事一張卡。
- 寫完後，將卡片分成幾大類，如情節、角色特質、對白與其他。
- 把與情節相關的卡片按照你心目中的發生順序，釘在軟木板或鋪在平坦的表面上。這步驟或許能幫助你將它們組織成第一、二、三幕的事件。
- 想想故事中還少了什麼、又該如何填補那些空缺。將你的想法寫在索引卡上，放進所屬的位置中。
- 檢查看看有沒有哪張卡片上的事件是不必要的。移除那些卡片。
- 檢查一遍與角色有關的卡片，注意你對角色的了解有沒有什麼不足之處。運用前幾章討論角色塑造時提過的方法，賦予他們血肉。將新想法寫在卡片上，與其他張一起收好。
- 在動筆前，先決定自己要規劃到什麼程度。納博科夫的兩千張卡片顯然代表他把所有細節都鉅細靡遺地規劃周全。其他作家可能有個幾十張就滿意了，也有作家的目標可能是一百張。
- 當你要開始寫一幕場景或章節時，再看一遍相關的人、事、對話的卡片。

在使用索引卡法的前後，不妨也列一張行為／反應表，看哪一種方法比較適合你，或是否能利用兩者來截長補短。

18 開場、伏筆與第一幕

會先翻過書後再決定要不要買的人，考量的因素通常依序為：

- **封面**
- **封底**
- **開場**

開場若是不夠吸引人，他們就不會繼續看下去——無論是在書店裡翻閱，或看網路書店的試閱版都一樣。

寫出好開場的祕訣是什麼？大仲馬建議我們：

> 用有趣的內容開場，不要用無趣的內容開場；用情節或事件開場，不要用背景資訊開場。先讓角色出場再介紹他們，不要先介紹之後再讓他們出場。

有些經典名著的確一開場是先好整以暇地描述天氣、景觀、建築，最後才讓主角或其他角色上場。但今日的讀者沒有這耐心，實際上，連契訶夫都警告作家同僚：

你應該要用「索莫夫似乎很苦惱。」這樣的句子替故事開場。在這句話之前的所有一切——什麼密布的烏雲啦、麻雀、綿延不絕的原野啦——都只不過是千篇一律的廢話。

就算之後隨時可以回頭修改，面對開場的第一句，有些作家還是誠惶誠恐，不知該如何下筆。菲利普・羅斯[1]便深受這問題困擾：

我寫出開場的段落，但它們糟透了。我期望它們能擺脫我前一本書的影子，結果反而卻像無意識間模仿出來的劣作。我需要一個核心目標，一個可以把所有東西都吸引過來的磁鐵——我在寫新書的頭幾個月中就是在找這個東西。我常常要等寫了上百頁後，才會寫出一段有生命的內容。然後我就會對自己說：好，這就是你的開頭，從這裡開始寫，它就是這本書的第一段。接著我會重看一遍前六個月寫下的東西，看到還算生動的文句，就用紅筆在底下畫線，它可能是一整個段落、也可能是一句話，有時候甚至只是幾個字。接著我會將這些內容用打字機打在一起，長度通常不會超過一頁，不過幸運的話，它們就會成為我第一頁的開始。那些具有生命的句子決定了這本書的調性。在寫完可怕的開場之後，你就可以無拘無束地玩耍好幾個月，但玩完後又是麻煩等著你。你會開始痛恨你的題材、痛恨這本書。

1 **菲利普・羅斯**（Philip Roth，一九三三年至今）：羅斯的小說作品包括《再見，哥倫布》（*Goodbye, Columbus*）、《波特諾伊的怨訴》（*Portnoy's Complaint*）以及《美國牧歌》（*American Pastoral*）。他常將自己和親朋好友寫進小說裡，並相信閱讀小說這項活動會在二十五年內變成一種像祕教團體的儀式。

另一個同樣也為開場所苦的作家是馬奎斯：

> 最困難的部分就是寫出開頭的第一段。光是第一段就會花上我好幾個月的時間，但完成後，剩下的就簡單了。你必須在第一段中解決書中大部分的問題，像是確立主題、風格和故事的調性。起碼就我個人而言，開頭第一段就像是這本書的樣本，它將決定之後內容的走向。

開場的形式並沒有一定的通則。正如黛安．李佛所說：

> 卡夫卡以故事中最戲劇化的一刻替他的《變形記》開場：「一天早晨，葛雷戈．桑姆薩從不安的睡夢中醒來，發現自己在床上變成了一隻大得嚇人的害蟲」（麥田出版，二〇一〇年）。我可以想像現代寫作研習營的講師會告訴卡夫卡「變形」這個橋段顯然是故事的高潮，所以必須放在結局附近。
>
> 卡夫卡同時也完美示範了第一句的重要性。憑這一句話，讀者立刻就可看出這是一個融合了魔幻與現實的故事。

喬治．佩勒卡諾斯替我們——無論是作者或讀者——總結了小說第一章必須達到的目標：

> 站在作者的角度，開頭的第一段應該要能激勵你堅持繼續寫下去。你應該要能看著它說：「這是個好開頭。」我說的不是小說的第一段應該要能立刻吸引讀者之類的廢話；我的意思是，第一段的聲音必須夠強烈、夠有吸引力。

接下來，從柯南・道爾其中一篇福爾摩斯探案的開頭中，我們可以看見你不見得一定要立刻進入故事情節，假若你的主角夠有趣，也可以從他開始。還有，別忘了留意故事的時間點有多剛好——華生剛從阿富汗的戰場返鄉，福爾摩斯也正好需要有人讓他分心。

《四簽名》

夏洛克・福爾摩斯從壁爐臺的角落邊上拿過一瓶藥水，又從一只光滑潔淨的羊皮皮匣中取出一支針筒。（我們的好奇心立刻被挑起，猜想他拿針筒要做什麼）他用修長白皙、強而有力的手指裝上精巧的針頭，捲起左臂袖管，肌肉賁張的手臂上布滿密密麻麻的針孔。他若有所思地凝視手臂好一會兒，然後將針頭插入肌肉之中，推動小小的活塞，隨後心滿意足地靠倒在柔軟的安樂椅上，長長吁了口氣。（這大概不是我們預期看到的發展，因此顯得格外有意思）

許多月來，他每天都會這樣替自己注射三次，我已是司空見慣。但就算看慣了，也不代表我接受這種行為。（現在，我們開始好奇這個「我」到底是誰，他與福爾摩斯之間又是什麼關係）恰恰相反，隨著日子一天天過去，我卻愈來愈如坐針氈。每當夜深人靜時，只要想到自己沒有阻止他的勇氣，我的良心就一陣不安。我一遍又一遍告訴自己，我應該向他坦承我的想法，但我這個朋友個性冷漠又孤僻，讓人不敢對他有話直說。他的毅力、高傲，以及其他許多我親身領教過的爆烈脾氣，都讓我話到嘴邊又吞了回去，一點也不敢忤逆他。（我們這時會猜想他一直極力避免的衝突或許不多久就會爆發，並好奇結果會是如何）

但在那天下午，也許是因為我午餐喝了波恩紅酒，也許是因為我再也受不了他裝模作樣的態度，總之我突然覺得忍無可忍。（很好，來了！）

「你今天打什麼？」我問——「嗎啡？還是古柯鹼？」

他從攤開的舊書中無精打采地抬起頭。「古柯鹼，」他回答——「濃度百分之七。你也想試試嗎？」

「不用了。」我沒好氣地回答，「我身體在阿富汗搞壞了，到現在還沒恢復，經不起再次摧殘。」（我們對敘事者的角色又多了個有趣的線索）

當華生繼續指責他時，福爾摩斯解釋：

「我的腦袋討厭停滯。」他說，「只要你給我難題、給我工作、給我最難解的密碼、最複雜的分析工作，我就會恢復正常，立刻捨棄人工的刺激。我痛恨一成不變的平淡生活，就是為了追求心靈上的喜悅，才會選擇這獨特的職業——或說創造這獨特的職業，因為全世界只有我能勝任這工作。」（現在我們知道福爾摩斯是個獨特又迷人的角色）

先勾起讀者心中疑問，隨後一步步抽絲剝繭，但在提供解答的同時又繼續製造更多疑點，這是十分高段的一種方法，很適合貫穿全書。你的目的是要讓讀者打開第一頁就停不下來，要做到這一點，你需要不停刺激他們的好奇心，並不時拋出些解答，以免讀者看得一頭霧水或提不起勁。

你的導火線是短是長？

如先前所見，有些故事在一開場就投下一枚震撼彈，有些則需要一點時間醞釀，等到爆發時威力更大。

在今日的電影與小說中，作者大多會使用一件驚天動地的事件拉開序幕。有時是先在序中揭露，到了第一章時間又回到過去。但從序文中我們知道未來將出現緊張的場面，所以願意耐心看下去。

兩種開場都各有其缺點。

將故事導火線拉長的風險在於，你還沒引爆核心的衝突，讀者可能就已經先失去興趣。這代表你的角色必須像福爾摩斯一樣非常有魅力，而且你必須預告讀者之後將有更刺激的情節等著他們。

短導火線的風險則在於，石破天驚的開場會把讀者胃口養得更大。若你一心只顧著滿足讀者的胃口，到頭來很可能會失去故事的靈魂，或甚至把自己逼入死角——電視影集《Lost 檔案》就是一個很好的例子。影集中加入了太多重大的謎團，不管編劇怎麼寫，最後都不可能給觀眾一個滿意的交代。

有些作家習慣在動筆前先考慮這個問題，有些則習慣提筆就寫，等修稿時再來考慮這件事。無論如何，你遲早都要考慮哪一種導火線最適合你的故事，並確保自己有勾牢讀者的興趣。

有很多方法可以讓你第一句就挑起讀者的興趣。不過最重要的是，這方法必須符合故事的調性和主題。

開場白

下列幾則例子即是不畏時間考驗，至今仍雋永流傳的開場白。在前三個例子中，作者利用有悖常理或顯然自相矛盾的敘述，挑起我們的興趣：

那是最好的時代，也是最壞的時代；是睿智的歲月，也是愚昧的歲月；是信心的年代，也是猜疑的年代；是光明的季節，也是黑暗的季節；是充滿希望的春天，也是絕望的冬天……（狄更斯，《雙城記》）

除了讓我們好奇句子中的矛盾外，它也立刻揭露了這是一個驚天動地的故事。

我是一個隱形人。（拉爾夫．艾理森，《看不見的人》）

從上頭這句開場白中，我們知道自己即將聽到一名男子的故事。

我這個故事，點點滴滴由不同的人們拼湊而成，因此可以想見，每一次述說，都是不同的故事。（伊迪絲．華頓，《伊森．佛恩的故事》）

這段開場白暗示我們接下來將聽見不同的角色從不同的角度來說這個故事，而且可能沒有一個明確的真相解答。

下一個例子則讓我們好奇作者之後會如何解釋這古怪的情況：

一定是有人誣陷喬瑟夫．K，因為他根本沒犯什麼罪，一天早上卻無緣無故被逮捕了。

（卡夫卡，《審判》）

從這段開場白中，我們知道自己接下來將看到一個蒙受不白之冤的男子奮力對抗無形力量的故事。

最後，下頭的這句開場白不僅在字面本身就能激發讀者的好奇心，其中象徵的意涵更是令人玩味——起碼中年的讀者會這麼認為：

在人生的中途，我離開筆直的康莊大道，醒轉後發覺自己置身於一座幽黑的森林。（但丁，《神曲，煉獄篇》）

坐而言不如起而行！

練習：你可以毫無準備地提筆就寫，也可以事先規劃好開場白中需要包含什麼內容。無論怎麼做，找個時間把它好好分析一番都將帶給你不少收穫。為此，你或許會想認真思索你的第一句、第一段、第一頁、第一章該怎麼寫。針對你的開場白，想一想：

- 有沒有帶出任何一名關鍵角色？有的話，你給了什麼細節或線索，讓讀者對他產生好奇？
- 是否保證之後會出現衝突場面？任何類型的衝突都可以。
- 有沒有提示故事接下來的重點元素？
- 有沒有在讀者心中引起疑問？有沒有一面解答，一面製造更多謎團？
- 調性和風格符合接下來的故事嗎？
- 如果開場的內容沒有直接帶領我們進入劇情，有什麼元素可以吸引讀者繼續看下去？

伏筆

所謂伏筆，就是提供線索，或暗示讀者故事之後即將出現重大的發展。就像優秀的開場白一般，它能挑起我們的好奇心，讓我們想知道後續的發展。這也代表當故事進入高潮時，儘管意外，我們心裡也或多或少有了準備。舉例來說，在鬼故事中，作者會在鬼魂尚未出場前便先暗示它們的存在，即便當下可能還有其他的解釋。

瑪麗·雪萊在她的《科學怪人》（又名《現代普羅米修斯》）中，便是以羅伯·華頓寫給他姊姊的一封信拉開故事的序幕。華頓是第一個看到法蘭根斯坦博士創造品的人。依照現代的標準來看，這封開場信步調緩慢，但留意從第一句開始，作者便暗示故事會有個悲劇的結局。

信札一

致薩維爾夫人，英格蘭

寄自聖彼得堡，一七—年，十二月十一日

妳一定很欣慰，因為原先妳預感不祥的這項探險計畫，如今進行初期並未遭逢災難。（「預感不祥」這四個字不僅挑起我們的興趣，也讓我們好奇這人是誰）我是昨日抵達此地，而我的第一個任務是讓我親愛的姊姊對我的安危感到安心，並且增加對我此行成功的信心。（現在我們知道有不祥預感的是寫信者的姊姊）

此刻我已在倫敦的極北方。走在聖彼得堡的街頭，感到凜冽的北風拂面，令我精神抖擻，心中充滿喜悅。妳可了解這種感覺這吹自我即將遠征之地的北風，讓我預嘗到當地的冰寒氣候。因著這帶來遠景的北風啟引，我的夢想變得更為熱切而鮮明。（「熱切而鮮明」顯示出主角激動的心情；很好的揭露）我試圖說服自己北極是一片冰雪荒漠，但是徒然；它在我的想像中，始終是個美麗而令人欣喜之地。（這幾句話預示了我們未來會在法蘭根斯坦博士的理想與殘酷的現實之間看見強烈的對比）瑪格麗特，那兒的太陽永恆不墜，飽滿的圓盤掠過地平線，散發著永久的璀璨。那兒——我的姊姊，容我姑且相信航海前輩之言——冰雪已退；而航行在一片平靜大海上，我們可能無意間漂流到一塊土地，其神奇美麗超乎之前在這人類可居之星球上所發現過的任何地域。（作者告訴我們在這背景下任何事都可能發生）它的物產和特色或許前所未有，因為天堂般的奇景無疑存在於那些未被發現的孤絕寧靜中。在一個永晝之地，會有什麼是不可能的？（臺灣商務，二〇一二年）

假如你還不知道之後的劇情，就不會留意到這些提示。但與所有高明的伏筆一樣，它會先在你潛意識中悄悄種下種子。

以電影來說，我們常可看到導演在開場之初，便先以對話預示劇情的核心衝突或議題。舉例來說，在《窈窕淑男》一開始，麥可·朵西的室友便問這名一心要當上演員的服務生，他為什麼非得做個「最佳演員」或「最佳服務生」，而不能當個「最棒的麥可·朵西」就好。而這就是整部電影的主旨：麥可想受人簇擁，尤其是女人。當然了，你不能太刻意強調這些對白，愈不著痕跡效果愈好。

坐而言不如起而行！

練習：看看你故事開頭的前幾頁，檢查它們是否預先暗示了：

- 之後會出現某個關鍵角色（假如合乎你故事發展的話）。
- 會在故事後半出現的關鍵事件。你或許在開頭中先描述了一個幸福的家庭，但如果你打算之後讓他們經歷什麼恐怖事件，最好先預留伏筆。舉例來說，假如這個家庭稍後會遭歹徒入侵，其中一名家庭成員可能會注意到家裡有什麼不對勁（之後你會揭露搶匪趁沒人在家就已先闖過一次空門）。
- 書本後半部分的走向。再次以鬼故事為例，開頭時可能一切看起來都很正常，但有個角色做了噩夢，使他坐立難安。這可在輕鬆的氛圍中增添一點緊張氣息。

開場

目前為止，我們只探討了開場白的部分，現在就讓我們來分析完整的開場章節——也就是故事第一幕——並看看康拉德在《吉姆爺》中是怎麼做的。

《吉姆爺》：開場

康拉德的《吉姆爺》講的是一名英國船員的故事，一次的一念之差改變了他的人生，使他從此踏上追尋救贖的旅程。故事以第三人稱全知的角度敘述吉姆的境遇。以下是故事的開頭第一段：

> 他身高大約五呎十吋、十一吋，體格孔武有力。看見他微微弓著背，頭向前傾，筆直走來，目光由下至上牢牢盯著你的模樣，會讓你不禁聯想到一隻準備發動攻擊的公牛。他的聲音低沉而宏亮，舉止間透著一股頑強的專橫，但又不給人任何暴戾之感。這彷彿是一種必要的姿態，顯然他必須這麼做給別人看，也做給自己看。他的儀容整潔無瑕，從鞋子到帽子都潔白如新。他在東方許多港口擔任船具商的船務員，到哪兒都備受歡迎。

康拉德先用「專橫」這個形容挑起我們的興趣，接著描述吉姆的工作。到了第二頁他暗示接下來即將發生一件事，而這件事將成為故事的核心主題：

> 在岸上工作的白人和船長只知道他叫吉姆——僅此而已。當然了，他還有另一個名字，

但希望永遠再也不會有人那麼叫他。他這個像篩子般漏洞百出的假名要隱瞞的並非是身分，而是一樁事實。當假名再也掩飾不了那樁事實時，他便會一聲不響地離開當時所在的海港，遠走他處——通常是東邊更遠的地方。但他始終不曾遠離港口，因為他是個水手，被大海驅逐的水手。

這段話勾起我們的好奇，讓我們願意耐著性子先看康拉德描述吉姆的童年和他的夢想，還有他第一次出海的經驗，包括那樁害他與英雄之夢錯身而過的意外。我們看見他東躲西藏，隱姓埋名，顯然是要逃離過往的某件經歷。

接著故事開始敘述他是如何成為「巴拿號」上的大副，這艘蒸汽船上載滿了前往麥加朝聖的信徒。有天船上突然出現奇怪的震動，船員相信他們撞船了，巴拿號即將沉沒，而這讓我們開始好奇吉姆會怎麼應對。

第四章開始，時間跳到一個月後，從陪審官對吉姆的審問中，我們可以知道吉姆相信巴拿號當時撞船了，而船即將沉沒的命運將在乘客間引起恐慌。透過第三人稱全知敘事，作者告訴我們吉姆作證時腦中在想什麼、心裡又是什麼感受。吉姆環顧證人臺下的人群，看見坐在其中的馬洛，他感到兩人間似乎隱隱存有某種聯繫。

從第五章開始，敘事者變成了馬洛。他坐在陽臺上，身旁圍繞著一群人，急著要聽接下來的故事。這樣的轉換十分罕見，但卻一點也不顯突兀。

吉姆引了起馬洛的興趣，審判結束後他上前找吉姆攀談，並邀請他共進晚餐。晚餐期間，吉姆說出了那晚的經過，包括船員決定棄船，留下乘客自生自滅的事。船員看見船上的燈光消失，便以為船沉了，於是捏造了一個故事來合理化自己的行為。但事實上巴拿號只是轉了個方向，所有乘客（除了一名白人男子之外）都獲救了，平安生還。

馬洛說法庭最後撤銷了吉姆的資格，代表他再也不能擔任船員。故事到此大約進行了三分之一，代表開場的結束，我們可將它視為第一幕的結局。我們現在知道吉姆心中的恐懼是什麼，除了風風光光成為海上英雄的夢想徹底粉碎外，他謀生的方式也被奪走。

康拉德的方法

康拉德不僅勾起我們對吉姆的興趣，更讓我們好奇他在逃離什麼。第五章的敘事者馬洛除了受到這分好奇的驅使，還覺得自己與吉姆間有種共鳴，不時大聲疾呼「他和我們所有人一樣」。我們會忍不住一頁接著一頁繼續看下去，其中一個原因就是想知道巴拿號上到底出了什麼事，而康拉德步步抽絲剝繭的解答手法，就是一個極為傑出的示範，讓我們看見他是如何以一個謎團做為故事架構，用它來探索主角的內心世界與各種抽象議題，如恐懼與自我形象的本質。

坐而言不如起而行！

除了擁有一段強而有力的開場白，並在其中埋下劇情伏筆外，你也可以再看一次你的第一章，確保它們：

- 介紹了主要的角色。
- 建立或起碼暗示了主角群間的關係。
- 成功建立起故事背景（可能是主角為了實現目標而即將前往的地方，也可能是整篇故事發生的地點）。
- 成功建立或暗示了故事的主題（若你寫初稿時還不清楚自己的主題是什麼，這點可能晚些時候才能做到）。
- 揭示將促使主角踏上新旅程的事件或情節。

19 棘手的過程

故事中段的過程往往是作者最感棘手的部分。要如何在發展情節的同時維持讀者的興趣呢？製作一張行為／反應表除了可以帶給你極大幫助外，配角的行為和反應也可以提供你額外的旁支情節或劇情軸線。

除此之外，一般而言，有三點通則相當管用：

- **不要落於俗套。假如我們能預先察覺故事未來的進展，而且結果正如我們所料，我們就會失去興趣，懶得看下去。**
- **隱瞞資訊。如果我們能隨著情節進展一步步了解角色，就會有興趣繼續看下去。**
- **增加變化性。每章的篇幅不一定要一樣長。不只故事內容可以出現轉折，內容連結的方式也可以多有變化。適合的話，不妨加進一封信、一篇報導、推特上的討論串，或用其他方法透露資訊。**

正如第一點所示，製造一些意外的轉折可以維持讀者的興趣。不過當然了，這些轉折必須是合理的轉折，以下的四個例子適用於所有種類的故事。

雙面人物

有時朋友原來是敵人，敵人原來是朋友。舉例來說，在驚悚小說中，一名中情局探員可能原來是個雙重間諜。在浪漫愛情劇中，女主角的戀愛顧問原來是自己暗戀的男主角。在科幻故事中，對地球虎視眈眈的外星人原來其實是要拯救人類的命運。

角色有時可能會先變節，之後又恢復他的忠誠。比方說，兩名競爭的敵手在面對第三名敵人時可能會先聯手合作，等擊敗對手後又恢復原本的敵對關係。

意外的風波

想在故事中製造一場出人意表的風波，你可以問問自己這個問題：「這個時候，發生什麼事是最糟糕的？」不必擔心，你可以讓主角因種種巧合陷入麻煩，只有利用巧合解決主角的麻煩時才會讓人覺得投機取巧。因此，舉例來說，在驚悚小說中，你的英雄可能被壞人追殺，不慎跌斷了腿。在愛情故事中，家境優渥的女主角假裝自己身無分文，想藉此試探男生是愛她的人還是愛她的錢，誰知道卻在約會時巧遇她的銀行專員，開始聊起她的投資基金。在科幻小說中，能挽救人類命運的外星人感染流感病毒——而這種病毒會殺死那些外星人。

光明中的危機

你的主角可能暫時先占領上風，但檯面下仍是暗潮洶湧、危機四伏。這種情況通常稱為「一波未平一波又起」。舉例來說，你驚悚小說中的主角終於找到可以洗清自己謀殺罪嫌的證據——但卻因此被真正的兇手發現她的身分。在愛情故事中，女主角終於找到她的真愛——卻發現對方患有不治之症。或者在科幻小說中，原本敵對的國家聯手打敗威脅人類生存的外星人——但共同的敵人消失後，他們就開始用殲滅外星人的毀滅性武器攻打彼此。

可怕的困境

這有點類似光明中的危機，只是在這種情境中，你的主角仍有所選擇。他可以得到他急切想要或需要的東西，但同時也必須做出等價的犧牲，或因此危害到另一個角色。你驚悚小說中的主角查到大家搶破頭的文件就藏在小孩的夏令營裡，但是追去那裡不啻引狼入室，置小孩於險境。愛情故事中的主角得到她夢寐以求的工作，但卻必須遠走他鄉，離開她以為自己深愛的男人身邊。科幻小說中的科學家發現了一種可以延長五十年壽命的藥物，但這意味他會活的比他認識、心愛的每一個人都還要久，最後只剩他孤獨一人。

如果故事寫到中段出現問題，你該做的就是回到第一幕找尋解決方法。你必須在第一幕種下種子，讓它在第二幕中發芽綻放。契訶夫有句名言，他說如果你在第一幕裡亮出了槍，那麼到了第二幕最好有人開槍。反過來說，若有人在第二幕開槍，你就必須先在第一幕裡埋好伏筆。

現在就我們來看看康拉德是如何編排《吉姆爺》的第二幕。

《吉姆爺》：過程

馬洛除了覺得自己對吉姆有一份責任感外，還對他有種親近的感覺，因此替這名忍辱偷生的船員在碾米坊中安排了一份工作。吉姆接受了，但六個月後，巴拿號的另一名船員也進入米坊工作，吉姆於是離開。他接著找到一份新工作，但又有人開始談論起那艘被他棄之不顧的沉船，他只好再次遠走他方。相似的情況不斷重演，最後馬洛安排吉姆與他同樣也有一段悲慘過去的朋友史坦因一起工作。吉姆接受了這份工作，前往遙遠的巴都桑，擔任島上交易站的站長。在那裡，他可以將過去遠遠拋在身後。

故事往前快轉，我們看到吉姆在島上的工作很成功。馬洛前去拜訪他，他似乎克服了過去的重擔，在那裡展開他的新生活。他勇敢反抗荷槍實彈的敵人，被想控制交易站的酋長俘虜後又逃離魔掌。種種英勇事蹟讓他從此成為島上原住民口中的「吉姆爺」。

另一條劇情支線是吉姆與一名女人之間的關係。吉姆喚她為「珍兒」，她是交易站前任站長康留勒斯的繼女。珍兒幫助他躲過酋長盟軍派來的刺客，救了他一命。

正如當初巴拿號船上的乘客是他的責任一樣，現在那些仰賴他的原住民也成了他的責任。馬洛注意到：

> 吉姆雖貴為領袖，但無論從哪方面看來卻都像名囚犯。那片土地、人民、友誼、愛，都像是寸步不離的衛兵，緊緊看牢他，日復一日在那詭異的自由鐐銬上添增鍊鎖。

馬洛離開了。吉姆明知前途兇險（對比過去，或許正因他知道前途兇險），卻仍堅持要留下來幫助原住民。兩人都明白這是他們最後一次相見了。

故事至此可說是第二幕的結束。在這一幕中，吉姆對於救贖的追尋來到了最高點，但從許多伏筆中我們可以知道故事並不會有個圓滿的結局，吉姆的敵人正準備發動最後一次攻擊。

康拉德的方法

那時代的小說多連載在報章雜誌上，《吉姆爺》也不例外，因此有時會導致劇情雜亂又不連貫。這情況也出現在康拉德的小說中。之後出版成冊時，他在自序中說：

> 這部小說首次以單行本的形式出版時，不少人認為我到後來根本脫離了故事主題。部分書評堅稱這故事開始只是一篇短篇小說，最後因為超出作者的控制能力才愈寫愈長。其實在我最初的設想中，它的確只是一篇關於朝聖船沉沒事故的短篇小說，僅此而已。而這設想也合情合理。但在寫了幾頁之後，我不知為何突然覺得很不滿意，於是把它擱置了一陣子，一直收在抽屜裡。直到已故的威廉·布萊克伍德先生要我再替他的雜誌寫些東西，我才將它拿了出來。到了那時，我認為這則朝聖船的故事可以發展成一篇關於自由和流浪的長篇小說。而沉船是其中一起事件，可以替一個簡單又敏感的角色大大增添「感性和存在感」。

沒錯，馬洛的敘述的確有幾次偏離了主題，但康拉德總是會將我們帶回核心故事上。事後回想，這也讓我們更容易看出吉姆各段經歷間的主題關聯。

康拉德的其中一項高明處，就在於他同時運用了正、反兩面的元素來相互平衡。無論是在康拉德或我們的世界中，光明和黑暗是不可能獨立存在的。在他的巧筆下，這個表面上看似簡單的故事——主角悔恨自己過去怯懦的行徑，因而亟欲追尋救贖——於是變成了一段複雜的探索過程，帶領我們看見浪漫夢想的本質，以及打破夢想的現實。

次要情節

所謂次要情節，就是另一段與故事主線同時平行進展的劇情。它的重點通常是放在主線之外的配角上，但在主題、背景或情感層面上，仍與主線有關。即便次要情節可能在第一幕便開始發展，但往往要到了故事中段才會發揮最大功效，提供多樣化的劇情，保持讀者的興趣。

一般而言，次要情節會與故事主軸之間呈現一種反差的對比。若主軸的氣氛嚴肅認真，次要情節就可能會提供幽默的笑料。若故事主軸充滿刺激的動作場面，次要情節就可能會把重點放在主角感性的那一面。次要情節也可能聚焦在一個和主角截然相反的角色上，呈現人生的另一種可能。

有時候次要情節的目的，只是要推動故事主軸前進。在《哈姆雷特》中，羅森克蘭滋和基騰史登只是兩名被國王召喚出來的小角色，命令他們調查哈姆雷特的古怪行徑，然後押解他到英格蘭接受死刑。但哈姆雷特隨後扭轉情勢，喪命的反而變成他們兩人。劇作家湯姆．史塔博德（Tom Stoppard）發揮奇想，將故事改編成一齣荒謬的喜劇。在《君臣人子小命嗚呼》（Rosencrantz and Guildenstern Are Dead）中，羅森克蘭滋和基騰史登成了主角，哈姆雷特和其他人則成了配角。

在蕭伯納的《賣花女》（電影改編為《窈窕淑女》）中，劇情主線是亨利．希金斯與亞莉莎．杜立德之間的感情，次要情節則是佛萊迪對亞莉莎的追求。佛萊迪與傲慢自負的亨利成為一組鮮明的對比，而亞莉莎決定離開亨利，宣布自己要嫁給佛萊迪的結果更是突顯了故事的主旨：愛是無法操控的，你只能透過善良與真誠的關懷獲得。

次要情節如果一開始看似與劇情主軸毫無關聯，最後還是可以與之銜接。這麼做也可以吸引讀者的興趣，讓他們好奇兩者最後會如何連結。

次要情節也會有自己的開場、過程與結尾，並交織於主線的劇情之中。作者通常會將劇情帶到一個緊張的高潮點後，先切換至次要情節，吊吊讀者的胃口，讓讀者因為好奇主線的結局而繼續看下去。

在電視電影中，次要情節有時被稱為「B情節」，有時甚至還有更次要的「C情節」。動作片中的次要情節通常是感情戲，而在犯罪類的電視影集中，劇情主軸可能是一樁謀殺案或其他犯罪事件，次要情節便是主角群之一的私人生活。次要情節的目的有時只是為了讓和劇情主線關聯較小的角色有事可做，以免觀眾忘了那角色，同時還可取悅演員。

坐而言不如起而行！

如果你打算在你的小說或劇本中加入次要情節，想想下列的問題：

- **它會揭露什麼劇情主線沒有揭露的事？**

- 它會怎麼增加我們對主角群的了解？
- 它會改變劇情主線的節奏或調性嗎？
- 如果一開始看似與主線無關，最後會銜接起來嗎？

20 結局與主題

無論是小說或劇本，作者在結局上最常犯的錯，就是利用巧合或不曾在故事中強調的力量，而非主角的努力來解決關鍵事件。這不僅像是一種作弊手段，而且會讓讀者覺得前三分之二的內容都白看了。阿嘉莎．克莉絲蒂（Agatha Christie）的個人風格或許不是特別突出，但她的推理小說有一點做得非常好，就是你永遠無法預測結局，但知道後，一切想來又是那麼合情合理。無論是哪種類型的小說，結局都該如此。

結局的悲喜取決於你想說什麼樣的一個故事。但是世界閱讀日幾年前曾做過一項調查，結果顯示讀者喜歡喜劇與悲劇結局的比例為五十比一。

不過，這不是什麼新鮮事。《賣花女》首次在倫敦西城劇場上演時，製作人便更動結局，改成暗示亞莉莎最後會跟希金斯教授在一起，而非佛萊迪。製作人告訴作者蕭伯納：「我的結局才能賺錢，你應該要感謝我。」

狄更斯也受到同樣的壓力，因此更改了《孤星血淚》的結局。在原本的結局中，皮普醒悟自己不該以父親為恥，並遠赴海外工作。回到倫敦後，他與雅絲戴拉——那名從小被哈維蕭太太訓練成冷血無情、當作報復男人手段的女孩重逢。這其實不完全是個壞結局，皮普與雅絲戴拉都學到了教訓，變成更好的人，只是也意味了兩人永遠不可能在一起。

但狄更斯的好友，小說家威爾基．柯林斯（Wilkie Collins）認為這故事應該要有個更圓滿的結局，因此狄更斯又重寫了另一個版本。在新的結局中，皮普和雅絲戴拉在哈維蕭太太的沙提斯莊園廢墟前重逢：

> 「我們還是朋友。」我說著站起身，彎腰扶她從長椅上站起。「即使分離，也永遠會是朋友。」雅絲戴拉說。我握著她的手，一同走出這片廢墟。記得在很久之前我第一次離開鐵匠鋪時，晨霧正漸漸消散；現在夜霧也正開始消散，無垠的寧靜月色下，一切似乎都在向我表明，我和她從此再不分離。

狄更斯在世時只出版了這個版本的結局，但包括蕭伯納與喬治．歐威爾在內的書評都認為第一個結局比較好，不過狄更斯顯然對新結局一點疑慮都沒有。在寫給朋友的信中，他說他認為新版本比較容易被讀者接受，他自己也比較喜歡。

故事的結束不一定是小說的結束。許多小說都有所謂的「終曲」，而其中最沒蕩氣迴腸的一個莫過於《大亨小傳》：

> 我坐在那裡懷想著那個古老而不可知的世界，忽然想到當蓋茨比第一次認出了黛西家碼頭上的那盞綠光時，必定也有著同樣的驚奇。他千里迢迢好不容易來到這方青青草地，夢想眼看著就要實現，幾乎是不可能破碎的。但是他不知道這個夢早就落到後頭去了，落到紐約

背後那片廣袤的黑暗之中，落到那片在美國夜空下綿延不盡的漆黑田野中了。

蓋茨比相信那盞綠光，相信那是一個能夠滿足他欲念的未來，只不過這個未來卻是一年又一年地在我們眼前倒退。未來曾經從我們手中溜走，但無所謂。因為明天我們會跑得更快，我們的手臂會伸得更長……總會有那麼一個美好的早晨——

因此，我們要像逆流的船隻，雖然不斷地被推回過去，仍要奮力向前。（立村，二〇〇九年）

一般而言，作者不會在最後一幕還介紹重要的新角色出場，除非先前已經先埋下妥善的伏筆，或這個角色是先前某項元素累積的結果。就像在故事中段出現的問題通常起源於開場一樣，終章出現的問題也通常起源於中段。如果沒有妥善的安排與建立，故事就無法引起迴響。若你不知道該怎麼收尾，或者有人反應你的結局不合理，你必須回到中段，在那裡做一些調整。

一個好的結局應該要能讓讀者看完後覺得心滿意足，而且覺得自己完成了一趟旅程，帶著更多的了解與啟發回到故事起點。許多講述英雄旅程的故事都包含有這項元素——英雄贏得獎賞，衣錦還鄉，並在歷練後變成更好的一個人。事實上，心靈上的成長或許才是真正的獎賞，那些珍寶不過是促使他啟程的契機。

現在就讓我們來看看康拉德如何在《吉姆爺》的結局中呈現這一點。

《吉姆爺》：結局

馬洛最後一次與吉姆道別後，敘事者又恢復成一開始第三人稱全知的視角。兩年後，其中一名在陽臺上聽馬洛說故事的人收到他寄來的一個包裹，裡頭總共有三封信，一封描述馬洛離開吉姆後發生的事、一封是吉姆剛開始動筆寫的自述，還有一封是吉姆的父親在他登上巴拿號前寫給他的信。

馬洛東奔西走，拼湊出吉姆的遭遇，並用文字告訴我們最後的故事。他拜訪了吉姆的雇主，在那裡找到珍兒與吉姆的僕人。珍兒認為吉姆背叛了她。

吉姆離開巴都桑島，回到內陸的這段期間，一名名叫紳士布朗的現代海盜與他的手下登島覓食，被當地人攻擊，雙方於是爆發戰爭。紳士布朗先使計與酋長結盟，擊敗村民，之後又背叛酋長。而吉姆的敵人——康留勒斯也助了他一臂之力。

吉姆回島後見到紳士布朗。看著布朗，他彷彿能預見自己未來面目可憎的模樣，布朗的話也令他想起了人生中最恥辱的一刻。吉姆承諾他會讓紳士布朗與他的手下平安離去，但紳士布朗卻殺害當地首領的兒子，吉姆因此失去村民的信任。他知道接著將發生什麼事——首領會開槍殺了他——他大可與珍兒與僕人逃離巴都桑，卻依舊選擇留下。故事在史坦因非常簡短的敘述中結束，他就是當初帶吉姆到島上工作的那個人，如今已垂垂老矣，來日無多，珍兒則成了個啞巴，身心俱殘。

康拉德的方法

令人意外的是，沒有一個聽故事的人追問馬洛吉姆最後的下場，就這麼帶著殘缺的故事默默離去。康拉德試圖在第三十六章的開頭解釋這一點：

> 說完這些話，馬洛結束了他的故事，而聽眾們也立即在他茫然的沉思目光前散去。人們或隻身、或兩兩結伴地離開陽臺，沒有多做停留，也沒有留下任何一句話。彷彿那未完故事的最後影像、那未完本身，以及馬洛的語調，讓一切討論都是無益，說不出任何一句話。

我對這名偉大的作家沒有一點不敬之意，但我必須說，這聽起來實在有點可疑。這些人花了那麼長時間聽故事，最後竟然沒有一個人追問結局？其中一種可能的解釋是，這些聽眾震驚的沉默與其說是人性的一種刻畫，不如說是作者刻意要營造的效果。

小說的最後幾章與開場頭尾呼應，兩者之中都存在著一個謎團：第一幕的謎團是巴拿號的沉船真相；最後一幕的謎團則是馬洛離開後，吉姆究竟發生了什麼事。故事結尾同時也回到小說最初的視角，這也是頭尾呼應的另一個例子。

你也可以批評說布朗出現的很晚，但他只是一個催化劑，而推動故事走向結局的力量早已存在。在吉姆眼中，布朗就像是他自身的殘缺倒影，讓吉姆看見他永遠無法逃離自己的天性，也永遠無法擺脫他過往的行徑。

故事落幕了，小說卻留下讀者許多思考的空間：什麼是命運、什麼是選擇、什麼是勇氣的本質、什麼又是假象與錯覺，以及這些之外的複雜人生議題。

坐而言不如起而行！

當你在建構結局時，不妨問問自己以下的問題：

- **結局合乎邏輯嗎？更進一步來說，根據先前的劇情，這是否是故事必然的結局？**
- **結局是否出於主角的努力和選擇，而非巧合？**
- **次要情節是否也記得收尾？**
- **次要情節是否有與劇情主線銜接（非必要，但有最好）。**
- **有沒有留下讀者思考的空間？**

故事的主題

讀完一本書後，我們可能會思考它的主題。這裡所謂的「主題」，是指故事真正的核心主旨。表面看來，《白鯨記》是個人類獵殺鯨魚的故事，但實際上要探討的遠不只如此，其中之一便是執迷的代價。而正如前文所述，《吉姆爺》探討的主題包括有浪漫的假象、現實的殘酷、個人的命運，以及英雄與懦夫的定義。

這代表儘管情節各異，但你的故事必須不時呈現各類議題，像是企圖規避命運只是徒勞無功的行為、人類與生俱來的黑暗，或者人生在世的大哉問（不過不用一次探討全部的主題）。

有人會說，你在動筆前應該要先知道自己的主題：重要文本《劇本寫作的藝術》（*The Art of Dramatic Writing*）的作者伊格里（Lajos Egri）便是其中之一。他主張在動筆之前，作者心中應該具備一種他稱為「前提」的概念，像是「嫉妒導致悲劇」，或者「驕矜必敗」。

但我認為先設想好前提很容易讓你的作品淪為說教，而非寫出一本偉大的小說或劇本。實際上，作家本人，包括非常優秀的作家，有時反而是最後一個知道自己作品主題的人。他們寫下心中感受到的那分熱情，說出覺得自己非說不可的故事，最後才領悟蘊含於作品中的深意。

法蘭納莉．歐康納寫道：

> 人們總是問：「你故事的主題是什麼？」而且也期望你發表一段聲明，回答說：「我的主題是關於機器對於中產階級造成的經濟壓力」或之類的無稽之談。一旦得到這樣的答案後，他們就會心滿意足地離開，而且覺得再也沒有讀這個故事的必要……但對作者自己來說，故事本身就是意義所在，它是一個具體的歷程，而非抽象的幻想。

只要是用真心與靈魂完成的故事，就會具有主題。無論你自己知不知道，讀者都能感受得到，甚至進而討論它。但會覺得自己非抽絲剝繭地分析它不可的，大概只有文學課的學生。

企圖用故事來證明一個前提，而非讓它自然發生，感覺會像是要把小說變成一種知識分子的工具，但那並不是小說的重點，正如康拉德如詩般優美形容的：

然而藝術家憑藉的並非智慧：那是一種天分，而非習得的技巧——因此，更經得起時間的考驗。他勾起我們的快樂與驚奇，撩撥環繞在我們生活周遭的神祕，打動我們的同情心、激發我們的美感和痛苦，喚醒我們內心深處那分與萬物共生的情感——並且打動那分細微卻屹立不搖的團結信念；這分信念聯繫起無數孤單的心靈，無論是在夢中、喜悅中、悲傷中、抱負中、幻想中、希望中與恐懼中，都牢牢繫起人類，繫起所有人性——繫起死者與生者，生者與未出生者。

除此之外，過於強調故事的主題或前提，可能反而會扼殺你的作品。D.H.勞倫斯說：

一本書一旦被了解、被察覺，意義被固定或框建起來之後，它就可以說是死了。一本書的生命在於是否能夠感動我們，並以不同的方式感動不同的人。只要我們每次閱讀都有不同的感受，它就擁有生命。

坐而言不如起而行！

關於故事的主題，你可以問問自己：

- 主題是否「深埋」在情節之下，以免看起來像在說教？
- 即便沒有察覺出主題，讀者是否也能享受表面上的故事？
- 有沒有留下一些曖昧之處，讓不贊同你主題立場的讀者也能享受這故事？

21 修改

羅德．道爾說：「好的寫作基本上就是不斷修改。」雖然有些作家宣稱自己鮮少修稿，但大部分人還是認為修改是必需的。有些作家樂在其中，有些卻覺得它和根管治療一樣痛苦。

我們先來看看修稿的概略過程，作家及教授巴森如此描述：

在文學與出版界，我們將修稿稱為校閱，因為你必須先重新檢閱，也就是重看一遍自己的作品——然後繼續第二遍、第三遍。當你學會抽離情緒，以批判的眼光檢視自己文字時，你會發現即便連續重看五、六次，每一次還是都會發現新的瑕疵。那些瑕疵有時是很基本的錯誤，你會納悶自己怎麼會用代名詞來指稱複數名詞。這種錯誤很容易修正。但其他時候，你會覺得自己像走進迷宮一樣，出口卻非一眼可見。因為重複性、句法、邏輯或其他種種考量，有時後文的內容似乎會阻礙前文的修改，而你想不到有任何方法可以同時兼顧兩者的完整與清晰。若是這種情況，你可能需要回溯到更之前的內容，從那裡開始從頭來過。你的判斷愈敏銳，就會發現愈多瑕疵。據說有些知名的段落和篇章是經過嚴格的作家六、七次的修改才完成。只有等到對藝術的要求統統得到滿足、所有瑕疵都被移除的一乾二淨後，他們才會滿意。

斯威夫特曾寫過一段小詩，透露修稿這項工作壓力也不小：

刪除，改正，插入，修飾

放大，縮小，加註

留心啊，腸思枯竭時，

只能搔搔頭，啃啃指甲。

改稿大師點名錄

如果你有時就是無法對自己的初稿有信心、而且無法想像自己不必改上好幾遍，讓我告訴你，你並不孤單。下列是你的同伴和他們的聲明：

我從來不認為自己是個優秀的作家……但是我是全世界最好的修改家。（米契納）

寫作的樂趣就在於修改：在最後一句完成前，第一句是不可能完成的。我知道這聽起來像在打禪語，但我無意故弄玄虛，沒這必要，只是事實就是如此。任何作品只要一完成，就會自動啟動校閱的工作。（喬伊斯．卡洛．奧茲[1]）

當我說起「寫作」二字時，相信我，我心裡想的主要是修改。（史蒂文生）

對某些作家而言——像是蘇珊·桑塔格，修稿這項工作反而可以減輕寫初稿的壓力：

> 雖然修稿這件事——還有重讀作品——聽起來很費事，但它們其實是寫作過程中最有趣的一部分；有時候還是唯一有趣的部分。當你準備提筆時，如果腦子裡想的是「文學」兩字，那是很可怕的、很嚇人的；好像你準備要跳進一座冰湖裡一樣。但接著就溫暖了，到了那時，你已經有了可以動筆、雕琢、編輯的材料。

海明威利用他的寫作工具建立了一套修稿系統：

> 在你學會寫作後，你的目標就是要把所有一切：每一種感覺、每一幅畫面、每一樣感受、每一個地點和情感，統統傳達給讀者。要做這一點，你必須徹底研究自己的作品。如果你一開始是用鉛筆寫作，你就有三次檢視作品的機會，看它是否真有呈現你想傳達給讀者的東西。第一次機會是你重讀的時候，再來是打進打字機的時候，這是你第二次修改的機會，打完後再檢查第三遍。一開始用鉛筆寫作可以多給你三分之一的修改機會。對打者來說，零點三三三的平均打擊率可是好的不得了的數據。這麼做也可以讓作品不至於太早定型，讓你更方便修改。

—**喬伊斯·卡洛·奧茲**（Joyce Carol Oates，一九三八年至今）：奧茲的作品包括《黑水》（*Black Water*）、《人生的意義》（*What I Lived For*），以及《金髮》（*Blonde*）。她小時候最喜愛的書是《愛麗絲夢遊仙境》，並認為這是對她寫作生涯影響最深的一部作品。在紐約雪城大學（Syracuse University）念書時，她曾寫了一系列小說，但寫完立刻就扔了。

正如我們在先前幾章所看過的，每個作家都有自己一套寫作的方法。有些人會盡快趕出初稿，之後再修改；有些人，像喬伊斯．卡洛．奧茲，則偏好一面寫一面修改：

我的方法是一種比較持續性的校訂法。寫長篇小說時，我每天都會回頭修改先前的部分，以便維持一致、流暢的筆觸。等到寫到小說的最後兩、三章時，我會一面寫，一面修改開頭，這樣一來，起碼就理想上來說，這個故事就會像河水般穩定流動，段落與段落間不至於出現太大的落差。

休息的必要

修稿的其中一項挑戰，就是你很難客觀看待自己的作品。所以不妨先將作品擱置一段時間，之後再帶著嶄新的眼光回來檢視，正如懷特所描述：

完成《夏綠蒂的網》後，我把它擱置一旁，總覺得哪裡不對勁。我花了兩年的時間，斷斷續續地寫完它，反正我也不急。之後我又花了一年修改，而這一年花得十分值得。如果我對自己寫出的東西有所疑慮，我就會先遠離它一陣子。時間對於評估一部作品具有不小的幫助。

海明威也喜歡這麼做。在給他的編輯好友邁克斯威爾．柏金斯（Maxwell Perkins）的一封信中，他提到：

我想先完成這本（《戰地春夢》）。如果可能的話，先放個兩、三個月，之後再來修改。只要寫完，我想修改應該不會超過六個星期到兩個月。不過對我來說，在開始修稿前先冷靜一陣子是很重要的。

局外人的眼光

我們常常需要藉助他人的力量來找出自己的錯誤，正如馬克．吐溫所說：

另一件事：當你認為自己正在校對時，其實不過是在自我想像。你對於事物的主張充滿缺漏與空洞，自己卻不會察覺，因為你會一面讀，一面在腦中補完。有時候——但是這種情況非常少——印刷廠的校對員會救你一命——並且得罪你——他會在空白邊緣冷冷地寫下註記，然後你重回內文中尋找，發現侮辱你的人說得沒錯——你的故事並沒有說出你想傳達的事：煤氣燈就在那裡，但是你沒有打開開關。

有些作家則仰賴同儕的意見，像海明威就十分歡迎葛楚．史坦（Gertrude Stein）對他作品的批評。海明威資源中心網站上提到：

她勸他放棄新聞，專心在寫作上，並向他解釋文句的節奏以及文字重複的力量。但她對他早期的作品很是失望，要求他重新再寫一遍，而且這次要更專注。海明威非常感激她，不僅請她當他長子的教母，還在他幫忙編輯的小型雜誌中刊載她的作品。

海明威的另一名導師是史考特．費茲傑羅[2]。網站上寫著：

> 費茲傑羅對海明威的寫作生涯有非常重要的貢獻……他將海明威介紹給他的出版商斯克里布納（Scribners）出版社，並協助編輯他第一本長篇小說《妾似朝陽又照君》，書一出版便立即受到廣大的好評。

當然，我們不是所有人都能找到一個大師級的個人導師，但今日透過網路我們就可獲得他人的回應，非常方便我們在修稿前聽取外界的意見。

謀殺你所愛

另一個問題在於，我們可能會因為太喜愛作品中的某些段落而無法割捨。這些段落可能本身很好，但卻不符合整個故事的脈絡。我幾年前在義大利的繪畫節也有過類似的經驗。我畫了一棟房子，門口畫得特別好，其他部分相較之下就顯得失色許多。我們的繪畫老師走上前，問我介不介意她做個小小的修改。我說不介意，以為她只要輕輕揮灑幾筆，就可以提升其他部分的層次。結果恰恰相反，我一開始甚至嚇傻了。只見她用畫筆沾上白色顏料，然後塗掉我畫得美輪美奐的門口。但她做得沒錯，我重畫之後，雖然門口沒有之前好看，但整幅畫的美感卻提升了。

塞繆爾．詹森的解決方法是：

> 重讀一遍自己的作品，看到一段寫得特別好的段落時，刪掉它。

亞瑟・奎勒—庫奇爵士說的「謀殺你所愛」也是同樣的意思。對於該刪減哪些部分，羅迪・道爾提供了更進一步的建議：

> 刪掉凌亂、刻意、寫得不好的部分。但最難刪除的是寫得好、但實際上在小說或故事中沒有任何真正用途的部分。可惜是難免的，但每次這麼做，我都會覺得自己做了一件對的事。

就劇本而言，在被買走之前，你對劇本擁有完全的控制權；但一旦被人買走後，出資者很有可能會要求你改寫，以便配合某位特定的明星，或者方便電影控管預算、配合導演或製作人的想法。變成受人聘雇的編劇後，雖然如果對變動的地方有所不滿時你可以據理力爭，但如果製作人真想改，他們大可炒你魷魚，另請高明。沒錯，在好萊塢，一本劇本經過原作之外的許多編劇修改是很稀鬆平常的事。

在這裡分享一個處理這種問題的小方法，如果你無法接受別人提出的修改意見，先去找到提出該意見的人，問他們這些更動是為了要解決什麼問題。他們通常是對的，故事的確有問題，只是他們的解決方案不夠好。如果你能想到一個更好的解決方法，他們就會欣然接受，你也不用再耿耿於懷。

---

2 **史考特・費茲傑羅**（F Scott Fitzgerald，一八九六至一九四〇年）：費茲傑羅的著名作品包括《大亨小傳》（*The Great Gatsby*）、《塵世樂園》（*This Side of Paradise*），以及《美麗與毀滅》（*The Beautiful and the Damned*）。他是將一九二〇年代稱為「爵士年代」的第一人。他與妻子賽爾妲間驚濤駭浪的關係，常被描繪於美國和日本的電影及音樂劇中。

坐而言不如起而行！

有人說：「人生沒有第二次機會。」無論這句話是不是真的，幸運地，在寫作中我們永遠有第二、第三、第四次機會來修改你的小說或劇本。

練習：假如你是規劃派的作者，現在先將寫好的部分拿來與大綱相互比對，看看有沒有需要修改的地方。如果你比較隨性，沒有訂立大綱，現在也不妨停下來看看故事的結構是否足夠緊湊。下列是幾個與故事結構大方向相關的問題，從它們開始著手考慮是個不錯的方法：

- **你的故事是否一開始就能抓住讀者的心？**
- **角色是否夠生動？**
- **故事的發展是否合理——或至少說得通？**
- **故事是否符合你的主題？（如果寫的時候還沒有明確的主題，現在有了嗎？）**
- **故事是否從頭到尾都具有足夠的張力，同時也有適時轉換氣氛，讓讀者有時間喘口氣？**
- **結局可以令讀者滿意嗎？**

請幾名信任的同儕看看你的作品，看完後詢問他們這些問題也是個好方法。大方向改好後，你就可以開始考慮風格方面的細節。而這也就是我們下一部分要探討的主題。

第四部

尋找自己的風格

所謂風格，就是每位作家間與眾不同的特色。正如黛安．李佛所說，那是一種由內而外發散的特質：

我不否認，如果你希望成為一名當紅作家，或甚至靠寫作賺錢，仿效史蒂芬．金的路線機會的確會比像維吉妮亞．吳爾芙來得高。但是我不認為這是你可以自由選擇的。多數作家的創作都是出於個人的視野，而我們每個人都有自己一套看待世界的獨特方式。

風格也是寫作的一部分，懷特說：

年輕的作者往往認為風格是替文章錦上添花的裝飾，我們利用這種調味料將平淡無味的菜餚變得美味。但風格並非一項獨立的個體，它不可分割，也不可篩選。

若更進一步檢視，我們會發現有幾項風格元素是許多文學大師一致認可的，而這也就是我們即將在這部分探討的主題。

22 簡單、清晰

有些作家認為獨樹一格的自我風格是天生的，你要嘛有，要嘛沒有。但史蒂文生相信風格可以透過學習習得，或起碼可以學到一定的程度。

風格是一名大師特有的專屬印記，不過對於那些並不冀望有天能與巨擘齊名的學生們而言，這仍是一項可熟能生巧的特色。喜好、才智、創意力、感知神祕或色彩的能力，這些是在我們一出生就分配好的，無法學習，也無法被激發。但靈活且準確地運用自己所擁有的特質、知道哪些該用得多，哪些該用得少，去蕪存菁，並且從頭到尾維持一致的連貫性——這些結合起來便能成為完美的技巧，而且在某種程度上，只要你有堅持的勇氣，是可以透過勤勉與智識習得的。該增添什麼、捨棄什麼？哪些細節是必需的、哪些純粹是裝飾用的若純粹是裝飾用，它是否會破壞或遮蔽整體的設計？最後，如果我們決定採用，是應該大刀闊斧地用下去，或者替它包上一層傳統的偽裝？這些都是創造風格時會不停湧現的問題。

簡單

許多作家都同意「簡單」是最基本的風格元素之一。馬克．吐溫以下面的話稱讚一名同行作家：

我注意到你使用平易近人的語言，言簡意賅。英文寫作就該如此——這是最符合現代也是最好的一種方式。堅持下去，不要讓華而不實又冗長的文字入侵你的作品。

維拉．凱瑟則拿寫作與繪畫比較，解釋「簡單」所蘊含的力量：

我認為藝術應該要簡單化。這幾乎可說是高等藝術的一切重點所在；尋找形式的規則，思考哪些細節就算捨棄也無損整體的靈魂——因此，即便被創作者壓抑或刪除，它也像清清楚楚印在書頁上般，依舊能進入讀者的意識之中。米勒畫了好幾百張農夫播種的草圖，有些構圖非常複雜而且有趣，但等到他要畫最後的定稿時，他將所有靈魂都結合在一張畫中。《播種者》的構圖非常簡單，簡單到如此理所當然。是那些之前捨棄的草稿造就了最後的成品。所謂的創作過程，就是創作者不停簡單化、捨棄許多好的概念，以成就一個更好、更能引起共鳴的作品。

《變形記》

以卡夫卡的《變形記》為例，注意它的開場是多麼簡單又直接地描述一個怪誕至極的情況。

一天早晨，葛雷戈・桑姆薩從不安的睡夢中醒來，發現自己在床上變成了一隻大得嚇人的害蟲，硬如鐵甲的背貼著床。他稍稍抬頭，就看見自己的褐色腹部高高隆起，分成許多塊弧形的硬殼，被子在上頭快蓋不住了，隨時可能滑落。和龐大的身軀相比，那許多雙腿細得可憐，無助地在他眼前舞動。

「我怎麼了？」他想。這不是一場夢，他的房間靜臥在熟悉的四壁之間，的確是人住的房間，只是稍微小了一點。桌上攤放著布料樣品——桑姆薩是推銷員——桌子上方掛著一幅畫，是他不久前從一本雜誌裡剪下來的，以漂亮的鍍金畫框裱起。畫中是一名仕女，頭戴毛皮帽子，頸上一圈毛皮圍領，端坐著，朝著看畫之人抬起裹住整個前臂的厚重毛皮手籠。

葛雷戈把視線移向窗外，天色灰暗，雨點滴滴答答打在窗簷上，讓他心情鬱悶。「不如再睡一會兒，把這些蠢事全忘掉。」他想，卻完全辦不到，因為他習慣向右側睡，在目前的情況下卻根本無法翻身。不管他再怎麼使勁往右翻，總是又倒回仰臥的姿勢。他試了大概有一百次，還閉上眼睛免得看見那些踢個不停的腿，直到體側傳來一陣前所未有的隱痛才罷休。（麥田出版，二〇一〇年）

以更近期的作家為例，海明威簡潔的文風激發了許多模仿者，多到他本人的作品現在有時看起來反而像嘲諷的仿作。瑞蒙·卡佛也採用了這種文風，並成功地化為己有。舉例來說，下段節錄便是出自卡佛《當我們討論愛情》短篇小說集中的〈為什麼不跳舞？〉：

那男人提著一袋從市場買來的東西走在人行道上。他買了三明治、啤酒和威士忌。走著走著，他看見車道上的車和床上的女孩。他看見開著的電視和門廊上的男孩。

「哈囉，」男人對女孩說，「妳找到床了，很棒。」

「哈囉。」女孩起身說，「我只是試試而已。」她拍拍床，「這張床挺不賴的。」

我這麼說，並不代表簡單與清晰等同於貧乏的詞彙。格雷安·葛林的風格較為大眾，但他精準的用字至今仍廣受推崇。嘴巴出名刻薄的易夫林·華歐認為這是個端不上檯面的特色，說葛林「根本稱不上有什麼風格」，不過大部分的評論家和讀者都不贊同。舉例來說，下面是葛林《喜劇演員》（*The Comedians*）的開頭，故事背景設在海地：

想到倫敦街上那許多灰色的紀念碑，有騎馬的將軍，有殖民戰爭時的英雄豪傑，有被遺忘得最徹底的長麾厚裘的政客，我哪裡還找得出理由去恥笑瓊斯遠離自己家鄉——雖則我到今天仍然不能絕對確切地說出他故鄉的地理位置——建立在異國的那一塊謙遜微不足道的紀念碑呢？離鄉背井，但他沒能越過那條國際公路就死了，碑就立在路遠方那一頭。至少，瓊斯這塊紀念碑？是他付了代價的——不管他多麼不情願——他付出了他的生命做代價。而反觀世上的將軍，一將功成萬骨枯，哪一個不是拿部下的血做代價，自己安全歸來？至於政客

們——恐怕沒有人會那麼關心他們而記得這些死亡了的政客當年做過什麼事。（時報文化，二〇〇一年）

葛林尖酸起來也不遑多讓，但在華歐過世時，他仍稱讚華歐是當代最好的作家。評論家克萊夫．詹姆斯（Critic Clive James）稱華歐的風格為「渾然天成的優雅」。以下的例子來自他《欲望莊園》的開場：

「我來過這裡。」我說。我以前來過這裡，第一次是在二十多年前，我與賽巴斯汀在六月裡的一個陰天來到此地，水溝裡滿滿一片白茫的愚人芹和繡線菊，空氣中充滿濃郁的夏日氣味。那天如此美麗，就像一年之中難得擁有的一、兩天好天氣。樹葉、花朵、鳥兒、陽光灑落的石頭與影子，彷彿都在歌頌上帝的榮耀。儘管我時常帶著不同的心情回去那裡，但只有這一次，這最後一次，令我想起第一次造訪的情景。

重點在於，你有許多種風格可以選擇，但記得一定要保持文章的簡單與清晰。這些特質在劇本中更是重要。無論是經紀人、製作人或任何讀劇本的人，都習慣閱讀簡短的敘述。不過，這不代表編劇不能擁有自己風格。舉例來說，下面是喬治．葛洛在電影《午夜狂奔》中的一段描述：

內景：奧茲莫比爾車內。時：夜

駕駛敲了敲手上的駱駝牌香菸，舉到唇邊，用他的 Zippo 打火機點燃。火光照亮傑克．

華許冷硬剛毅，桀驁不馴的面孔，臉上的目光如殺手般寒冰。他就像一只人型的壓力鍋，永遠處於爆炸邊緣。火光閃動，藍煙繚繞。火光漸熄。

不用說，整本劇本內都沒有描述太多的細節，這是我們第一次見到華許，而葛洛只用這短短幾句話，便成功地替這角色營造出一股黑色電影的氣氛。

做為對比，我們來看看編劇查理·柏奈特在《與憤怒共眠》中，是如何介紹主角吉迪恩的：

內景：房間。時：日

吉迪恩是名強壯但年邁的黑人。他坐在桌前，桌上擺著一大碗的水果，桌旁垂落著針織桌巾的一角。吉迪恩穿著一套白色西裝，腳上則是一雙光可鑑人的雕花皮鞋。帽簷幾乎遮住了他眼睛，只見兩點散發綠光的黑瞳。熊熊火焰吞噬著碗中的水果。

無論在哪個例子中，作者的筆觸都符合故事整體的調性，並在清晰的描述中成功展現個人風格。

坐而言不如起而行！

練習：檢視作品時，你必須評估自己是否清楚説明了：

- **情節發生的地點。**
- **發生的時間。**
- **説話者是誰。除了沒有標明説話者的對話，會讓讀者看得一頭霧水外，角色名字過於相似或太多角色也會產生同樣的問題（關於後者，讀者對俄國的文學大師有較高的容忍度，但對你可就不一定了）。**

這不代表你必須將一切細節解釋得清清楚楚，但你的確必須提供足夠的線索讓讀者想像。

有一項危險要記得避免，那就是對你來説再清楚不過的東西，對讀者來説卻可能像霧裡看花，因此，找個信任的同事或朋友提供意見相當重要。你不見得一定要找寫作的同行；實際上，有時候不是同行最好，因為作家會習慣性地嘗試告訴你他們覺得哪裡有問題，應該如何修改，不過這通常只是代表他們和你的寫法不同。而一般的讀者往往能給你最直接的反應，特別是如果故事中有他們跟不上或看不懂的地方。

23 簡潔

契訶夫對於「簡潔」的重要性持有相當強烈的意見（對其他很多事也是）：

我認為對於自然景觀的描述應該要非常簡短，而且一定要恰如其分。那些千篇一律的描寫，像是「太陽西下，沒入漸黑的海面，散發耀眼的紫金色的光輝……」、「燕子歡欣啁啾，掠過水面」——這些陳腔濫調統統都該消滅。你要做的，是從小細節來描述；而這些小細節聚集起來之後，要能讓你讀完閉上眼後還能想像那畫面。舉例來說，從下面的描述中你可以想像出一幅月光皎潔的夜景：在磨坊的外牆上，碎瓶如燦星般閃耀，一道不知是狗還是狼的黑影如滾球般一閃而逝……

針對這一點，他如此批評高爾基（Maxim Gorky）：

首先，我認為你缺乏自制力。你就像戲院裡不懂禮貌的觀眾，自顧大剌剌地表達自己的熱情，也不管會不會妨礙自己和其他人看戲。尤其是你打斷對白，轉而描述自然景物的時候，更能看出你自制力有多缺乏。當讀者看到這些描述時，他們會希望句子簡潔一點，最好短上個兩、三行。

馬克・吐溫的說法——嗯，十分簡潔有力：

一本書會成功不是因為它裡頭寫了什麼，而是沒寫什麼。

海明威說明我們該捨棄什麼：

一個作者如果清楚自己在寫什麼，就可能略過那些他明確知道的東西不寫；而讀者呢，只要作者的文筆夠真誠，也將能感受到那些事物，並鮮明的像是作者真真切切地寫出來了一樣。冰山的厲害處就在於它只有八分之一露在水面上。但如果一名作家是因為自己的無知而省略不寫，就只會在他的作品中留下空洞。

達克托羅[1]特別指出有一樣東西也可以刪除：

現在的作者可以透過省略銜接性或過渡性的說明，製造出各式各樣的效果——像是省略故事如何從一個角色切換至另一個角色，或角色如何從一個地方轉移到另一個地方，或時間

---

1 **達克托羅**（El Doctorow，一九三一年至今）：達克托羅的作品包括有《拉格泰姆》（*Ragtime*）、《丹尼爾之書》（*The Book of Daniel*），以及《行軍》（*The March*）。他的第一本小說《歡迎來到苦日子》（*Welcome to Hard Times*）的靈感，來自許多他在電影片廠工作時讀到的西方作品。美軍占領德國期間他曾服役過一段短暫的時間。

如何從昨天向前快轉到明年。

但不是每個人都同意這一點。埃爾金說：

我相信多就是好，少就是差、胖就是胖、瘦就是瘦，夠就是夠。費茲傑羅和湯瑪士．沃爾夫（Thomas Wolfe）之間有過一次著名的舌戰。費茲傑羅批評沃爾夫的一本小說，說福樓拜推崇精確的用語，並認為世界上只有兩種作家——喋喋不休和言簡意賅。沃爾夫或許不是像費茲傑羅那樣優秀的作家，但回的信顯然更勝一籌。他回覆：「誰管什麼福樓拜不福樓拜。莎士比亞愛喋喋不休，梅爾維爾也愛喋喋不休。」我想不到還有誰也愛喋喋不休，但我寧願喋喋不休，也不要言簡意賅。

既然契訶夫的建議在這一章中扮演極為重要的角色，那麼我們不妨來看看他在短篇小說〈廚師的婚禮〉（The Cook's Wedding）中，是如何巧妙又優雅地描述開場的場景。注意他不僅告訴我們發生了什麼事，還有這件事對各個角色的影響：

一名身材圓胖、一臉嚴肅的七歲小孩葛理夏站在廚房門邊偷聽，還湊在鑰匙孔上偷看。廚房內，正發生一件他從沒見過的奇特事情。一名身材高大魁梧的紅髮農夫坐在用來剁肉和切洋蔥的餐桌邊，他臉上蓄著鬍子，鼻上沁著汗珠，身上穿著車伕的長外套，用右手五指穩穩頂著一枚茶碟，就著杯子喝茶，把糖咬得喀啦喀啦作響，大聲到葛理夏背心不禁起了陣寒顫。那名老奶媽，亞克辛雅．史蒂朋諾夫娜坐在一把髒凳子上，面對農夫，嘴裡也啜著茶。

她神情嚴肅，但同時也透著一股洋洋得意的光彩。廚娘佩勒吉雅正在爐邊忙著，顯然不想讓旁人看見她的面孔。葛理夏看見她臉上的神色和平常一樣，熊熊燃燒並變換著各種色彩，開始是紅紫色，最後停在死氣沉沉的慘白。她發抖的雙手一下拿起刀子，一下又拿起叉子、木柴或抹布，這裡晃一下、那裡沾一下，一面喃喃低聲抱怨，一面製造各種碰撞聲響，但其實只是在瞎忙。她一眼也沒瞄向喝茶的兩人，聽見奶媽的問題，也只是聳聳肩、悶悶咕噥幾聲當作回答，始終不曾轉過臉。

裡頭描述的許多細節——像是鼻子上的汗珠——都有助於我們在腦中勾勒一副栩栩如生的畫面，卻又不會覺得過於繁瑣冗長。契訶夫選擇了最鮮明的景象來描述，讓我們體會到廚房中暗潮洶湧的情緒。

縮短你的描述

毫無疑問地，今日小說中的描述顯然比過去少了許多。達克特羅認為部分的原因是來自電影的影響：

> 這百年來我們不停將文學名著改編成電影，而這造成了非常巨大的影響。許多評論家都注意到，今日的作家不會像十九世紀的小說家那樣，將故事描寫得鉅細靡遺。斯湯達爾（Stendahl）在《紅與黑》（一八三〇年出版）的第一章中好整以暇地描寫了法國的一個鄉村小鎮，包括它的地貌景觀、經濟基礎、市長的性格、豪邸、豪邸中的露臺花園等等。福克納

的《聖殿》（*Sanctuary*；一九三一年出版）是如此展開的：「普派藏在環繞泉水四周的樹籬後，看著那人喝酒」……但二十世紀的小說盡可能地將論述減到最少，只集中在場景、角色的經歷等等之上。作家發現，如果像電影一樣，把一切必要的資訊整合進情節中，順著故事的進展漸次揭露，比較容易被讀者所接受。

全球暢銷作家詹姆斯·派特森便是這種做法的死忠支持者。他告訴美國《成功雜誌》（*Success*）：

> 我省略許多細節沒交代。這就像如果你要跟我說一個故事——而且又知道該怎麼把故事說的有意思的話——我們就不會一而再、再而三地不停描述一堆常常在非小說，甚至是小說中看到的細節……所以我的小說裡不會有那些冗長的敘述，而情節自會往前進展。

在這點上，契訶夫可說是超前了他所屬的時代。上文引用的短短一段節錄就像是電影導演會使用的分鏡鏡頭，帶領觀眾進入廚房和那緊張的氣氛。

引進故事的時機是否正確？

你不妨往前回溯到最前頭，確認自己有沒有太早引進故事。如果你正在寫一篇關於盲目約會的故事，無論是從角色著裝打扮的過程、和朋友聊起這次約會、抵達餐廳、找人——或許一開始還找錯人來開場都是合理的做法。然而，如果一開場就看見兩名陌生人分別坐在餐廳桌子兩頭、不知道該說什麼才好，或許會更有戲劇效果。他們的身分以及出現在那裡的原因，都可以在之後的互動中自然揭露。

在電影和舞臺劇中，一般的規則是愈晚進入場景愈好，我相信這也可以運用在小說和短篇故事上。

坐而言不如起而行！

如你所見，「簡潔」實際上無關語句的長短或小說的長短，而是你辨別重點、去蕪存菁的能力，無論對象是描述、情節或對白都一樣。

練習：首先，檢查自己有沒有盡可能地推遲進入故事情節的時間。做個實驗，試試晚一點再展開故事。你錯過什麼？得到什麼？

初稿完成後，仔細考慮每個句子的功能——如揭露角色、推動情節，或介紹新的劇情支線等等。問問自己：

- **它完成什麼目標？**
- **它是必要的嗎？**
- **它是否成功激發出你期望讀者會有的情緒？**
- **有沒有可能將兩、三句結合成一句？舉例來說，如果有句對白能清楚顯露角色正在生氣，你還有必要描述他在生氣嗎？**

24 魔鬼藏在細節裡

所有寫作老師一定都會告訴你一項準則，那就是：「不要說，要呈現畫面給讀者看」。C. S. 路易斯[1]建議我們：

不要說那是「開心的」，要讓讀者在讀到那些描述時，自己說出「開心」二字。直接使用那些文字（可怕、美妙、恐怖、精緻）就像是和你的讀者說：「可以請你幫我寫小說嗎？」

同樣地，馬克．吐溫也告訴我們：

不要光說那老太太在尖叫——把她帶上場，讓她叫給我們聽。

接著是契訶夫的建議：

不要告訴我月光皎潔；讓我看見碎玻璃上閃耀著微光。

從上述的建議我們可以知道，要做到以畫面取代敘述，關鍵就在於你必須選擇生動而獨特的細節。

馬奎斯寫道：

新聞界內有個祕訣同樣可以運用在文學上。舉個例子，如果你說「有大象在天上飛」，沒有人會相信你；但如果你說「天上有四百二十五隻大象在飛」，別人就有可能相信。《百年孤寂》裡就是充滿這類東西。

契訶夫指出：

角色的心理也需要細節描述。不過願上帝保佑，拜託不要出現陳腔濫調。最好的，是避免描述任何一個角色的精神狀態。你必須試著透過角色的動作和行為來清楚呈現這一點。不過不要用在太多角色上，集中在兩個角色上就好：男主角和女主角。

現在讓我們來看看珍．奧斯汀在《諾桑覺寺》（*Northanger Abbey*）中，是如何運用各種細節來描述凱瑟琳．莫蘭這名女主角。我們在當代小說中不會看到作家如此鉅細靡遺地描述一個角色，但奧斯汀寫來字字珠璣，充滿幽默的諷刺，因此一點也不顯冗長。

—**C. S.路易斯**（CS Lewis，一八九八至一九六三年）：路易斯的著名作品包括有《納尼亞傳奇》（*The Chronicles of Narnia*）、《地獄來鴻》（*The Screwtape Letters*），以及《太空三部曲》（*The Space Trilogy*）。托爾金是他任教於牛津大學時的學生，兩人私交甚篤。儘管一般被認為是基督教小說家，但他其實是個無神論者，而且從青少年時期到二十多歲時還信仰神祕主義。

《諾桑覺寺》

一個擁有十個健康孩子的家庭，向來都會被認為是個幸福美滿的家庭，不過除此之外莫蘭家便沒什麼特別的了。孩子們都不怎麼出色，即便是凱瑟琳，小時候也和其他平凡小孩沒什麼兩樣。她身材又乾又癟，老是笨手笨腳，膚色暗黃、一頭黑髮又直又塌，五官線條硬邦邦……不僅貌不驚人，才智心性也沒有任何出色之處，怎麼看都不像個女主角的料。只要是男孩的遊戲她都愛，喜歡打板球勝過玩洋娃娃；就連小時候也不愛照顧睡鼠、飼養金絲雀、替玫瑰花澆水這類女孩兒愛玩的玩意兒。（注意奧斯汀明確地列出各種活動，這些都是一般心思細膩的鄉村女孩會有的嗜好——但是在這女主角身上一點也看不見）真的，她對養花弄草的事一點興趣也沒有，假使真去採花，也只是為了惡作劇——從這一點就可以推斷她天生叛逆的個性，你不准她做的事，她就更愛做——這就是她的脾氣，就連她的學習能力也是百年難得一見！（你將在接下來的節錄中看到不少諷刺）她絕對不是那種你還沒教她，她就自己會了的類型，有時即便試著教她，她要嘛不是心不在焉，要嘛就是腦筋轉不過來。她的母親曾花了三個月教她背誦〈乞丐的懇求〉這首詩，結果後來連妹妹莉莎都念得比她還要好。不過凱瑟琳並不是笨到什麼都學不會（事實上，她一點也不笨），比如〈野兔與朋友們〉這首寓言詩，她也像任何一個英國女孩一樣，沒多久就學會了。她的母親曾想讓她學鋼琴，凱瑟琳也很肯定自己會喜歡，因為她向來喜歡叮叮咚咚亂按那臺乏人問津的老舊小鋼琴，所以八歲那年開始學琴。不過呢，才學了一年就舉手投降。莫蘭太太也沒反對，畢竟無論是因為資質不足或缺少興趣，她從不逼迫自己女兒非學成什麼才藝不可。辭退鋼琴老師那一天，是凱瑟琳一生中最開心的一天。她也沒什麼畫畫的天分，不過她絕不放過母親收到的信封，或任何奇奇怪怪的小紙片，只要看到，一定會在上面大畫特畫一番。只是不管是房子、樹木、母雞、小雞，畫來畫去卻全是同一個樣。至於父親教的作文和算數，或母親教的法語，無論哪一門都學得零零落落，到了上課時間她總是能躲便躲。（作者摧毀主角形象的精巧手法實在太有趣了：就像是用手術刀砍柴一樣）這個性是不是很奇特又很不可思議，才十歲大的孩子就這麼任性。不過，她心地善良，脾氣溫和又不倔強，鮮少與人爭吵，對弟弟妹妹也很友愛，很少欺負他們。除此之外，她非常外向，最討厭受約束和保持整齊清潔，最愛的就是爬到屋子後方，從那片大斜坡一滾而下。

這就是凱瑟琳十歲的模樣。到了十五歲，她的外表開始起了變化——她燙捲了頭髮，成天盼著能參加舞會，容貌也變美了，原本剛硬的五官線條因圓潤的面頰和紅嫩的氣色而柔順不少。眼神光彩流盼，身材也出落的婀娜多姿。（現在我們對這可憐的女孩興起一線希望了——我們想像她一點一滴愈變愈美，情況漸入佳境了！）因為喜歡穿美麗的衣裳，所以也不再愛玩泥巴了。她變得愈來愈愛乾淨，也愈來愈聰明。現在的她喜歡三不五時聽見父母讚美自己的容貌，誇說：「凱瑟琳長得可真好看，幾乎可稱得上是個美人兒了。」這些話好聽極了。與那些打從襁褓時就是個美人胚子的女孩相比，「幾乎可稱得上是個美人兒」這句話對一個在過去十五年生命裡一直其貌不揚的女孩而言，已是無上的讚美。（我們的希望又被降低了些，無論她才智多平庸或多無知，一個聽見別人稱讚「幾乎算是個美人兒」就開心的

女孩，立刻引起了我們的同情心）

奧斯汀透過鉅細靡遺的描述來製造她想要的效果。直接說凱瑟琳沒有繪畫天分很簡單，但她卻選擇描述凱瑟琳從哪裡拿到紙、她想畫什麼，然後最後只說她畫的母雞和房子看起來沒兩樣。她其他的缺點也用了同樣的方法來呈現。這些細節讓文章讀起來很有趣，少了它們會顯得很殘忍。

這段摘錄也是一個相當好的示範，讓我們看見如何運用細節來總結一段長期的歷程，又不會覺得像趕鴨子上架般，匆匆忙忙就過去十年。

經典黑色漫畫《優良血統》的作者法蘭納莉．歐康納說：

人類的知識是從感官開始，而你不能冀望抽象的事物能給我們感官帶來任何刺激。對大多數的人來說，直接說明一個抽象的概念，比描述與重新創造出他們親眼看見的實體簡單多了。但小說家的世界中充滿了各種事物，而這是新手作家十分痛恨去一一創造的。他們在乎的是抽象的想法與情感，希望自己能改革世界；他們想要寫，不是因為心裡被故事所占據，而是因為想傳達某種還不具任何血肉的抽象概念。他們只意識到各種難題、問題與議題，卻沒意識到生命的樣貌、歷史，以及所有蘊含社會意義的事物；沒意識到是什麼樣的具體細節讓人類存在的意義變成一個難解之謎。

隱喻及明喻

新手作家常愛在作品中使用明喻及隱喻。所謂明喻，就是拿兩個相像的東西來做比較；而隱喻則是一種生動，卻不能照字面上意義來理解的比喻。在文學作品中，這類例子不勝枚舉，像是：

一陣熱風吹過我頭顱四周，讓髮絲四下飄晃，猶如在水裡化開的墨水。（瑪格麗特．愛特伍，《盲眼刺客》；天培，二〇〇九年）

老嫗倚著她們的枴杖，如比薩斜塔般斜斜朝我靠來。（納博科夫，《蘿莉塔》）

輕聲！那邊窗子裡亮起來的是什麼光那就是東方，朱麗葉就是太陽！（莎士比亞，《羅密歐與朱麗葉》；世界書局，一九九六年）

全世界是一個舞臺，所有的男男女女不過是一些演員。（《莎士比亞》，〈皆大歡喜〉；世界書局，二〇一一年）

儘管恰當的明喻及隱喻具有十分強大的力量，但過度使用或過於牽強附會，只會顯得可笑或突兀。

波赫士說：

我年輕時總是不斷尋找新的隱喻，但我最後發現，真正的好隱喻從來沒有改變過。你會將時間比擬為道路，死亡比擬為睡眠，生命比擬為夢境，這些在文學中都是歷久不衰的偉大隱喻，因為它們在本質中具有某種共同點。如果你自己創造一個新的隱喻，它們可能會在讀到的瞬間產生驚喜，卻無法激盪內心深處的情感……我想老套的比喻總要比讓人震驚的比喻、或想辦法把風馬牛不相及的兩件事湊在一起比喻來的好，因為它們之間根本沒有半點相關。

除非你想要製造喜劇效果，否則千萬不要混雜使用隱喻；也就是說，不要在同一個句子裡比較兩個不同的元素；舉例來說，「像金塊一樣大的心臟」，或者「我可以聽見牆上的字跡」都是糟糕的比喻。

如果你回頭重讀我先前引述過的經典著作，你會發現那些大師們鮮少使用明喻或隱喻。他們多半是直接一針見血地描述那些準確的細節。而他們的成功顯示我們也該如此效法。

在電影中，「不要說，直接呈現畫面」這條格言更是重要，因為在一般的情況下，你無法直接說出角色的想法，必須用其他方法呈現。當然了，這責任最後絕大部分會落在導演和演員身上，但是你必須提供他們一份藍圖，讓他們去發揮。

然而，劇本與分鏡劇本是兩樣不同的東西。有時你會在劇本中加入一些說明，方便其他人閱讀。但這麼做並不會取悅演員。我早期曾幫忙修改過電影《神氣活現》（Mannequin）的劇本，由於製作人是零零碎碎地看，所以我在對白之後加註不少括號註解，像是（憤怒），好方便他想像我想要的效果。但在演員對腳本的第一天，金．凱特羅（Kim Cattrall）就拿一枝大黑麥克筆，把我所有的註解統統劃掉。有人問她在做什麼，她便怒氣沖沖瞪著我，說：「把所有編劇要我一個口令一個動作的地方統統劃掉！」

無論你選擇使用什麼樣的文字，目的都是要讓讀者有所感受。正如達克托羅所說：

好的作品應該要能激發讀者感受。你不是要讓他知道現正在下雨，而是感到自己被雨水淋濕。

坐而言不如起而行！

練習：在檢查初稿時，列出每個角色與場景的細節，問問自己：

- **是否訴諸了不同的感官？不只要描述東西的外型，還有它們聽起來、聞起來、嚐起是什麼感覺？**
- **是否描述了較不易為人察覺的細節？**
- **你使用的語言是否能把細節描述得活靈活現？**
- **是否只在少數地方使用強而有力的明喻或隱喻？**
- **是否避免使用混雜的隱喻？**
- **你提供的細節是否能夠影響讀者，讓他們對某個角色或物品產生你期望中的印象？**
- **有沒有將描述整合進情節和對白裡，而不只是塞成一大段？**

現在不妨來做個練習：想像一名睡倒在門邊的流浪漢。寫下三段關於他的描述，每一段都要呈現不同的目的：

- **引起讀者對他的同情。**
- **讓讀者討厭或鄙視他。**
- **讓讀者不帶任何好、壞的偏見，純粹對他感到好奇。**

每一段敘述都可選用不同的細節，但必須是出自同一幅畫面。換言之，不能在其中一段裡他骯髒不堪又鼾聲如雷，另一段中卻是乾乾淨淨，發出輕柔的嘆息。

25 正確的詞句與錯誤的詞句

馬克．吐溫在一篇讚頌威廉．迪恩．豪威爾斯作品的文章裡寫道：

正確詞句的文字是一項強大的媒介。每當我們在書報雜誌上讀到一針見血的描述，它們引發的效果不僅是生理上的，還有心靈上的，你會感到一陣電流般的刺激。它隱隱穿過你的嘴巴和味蕾，彷彿漆莓上的秋季奶油般清爽酸甜又美味。

馬克．吐溫最後的結語十分簡潔：

「正確的詞句」和「幾乎正確的詞句」之間的差別，就像閃電和螢火蟲之間的差別。

但什麼是正確的詞句呢？想當然耳，這其中並沒有一定的準則。但喬治．歐威爾[1]指出的幾項方針或許可以提供你一些幫助。他在〈政治與英文〉（Politics and the English Language）一文如

1 **喬治．歐威爾**（George Orwell，一九〇三至五〇年）：歐威爾最為人知的作品為《一九八四》以及《動物農莊》（*Animal Farm*）。他原名艾力克．亞瑟．布萊爾，就讀於伊頓公學時赫胥黎是他的法文老師。

此寫道：

一名嚴謹的作家，針對自己寫的每一句話起碼會自問四個問題，它們分別是：

我想要說什麼？

哪些字可以傳達我的想法？

什麼樣的畫面或成語可以將它表達地更清楚？

這個畫面是否夠鮮明，足以達到效果？

之後他還可以再多問兩個問題：

我可以用更簡潔的方式表達嗎？

我是否說了什麼不好的話是可以避免的？

我們常會對某個字或某個詞製造出的效果有所疑慮，而當直覺失靈時，我們必須有一套可遵循的準則。我想下列的規則足以涵蓋絕大部分的情況：

永遠不要使用你常在報章雜誌或書本上看過的隱喻、明喻或任何一種比喻。

可以長話短說的時候千萬不要短話長說。

如果有字可以省略，務必省略。

可以用主動式就不要用被動式。

如果可以用日常英文用語表達，就不要用外來詞彙、科學用語或術語表達。

在使用任何難聽的粗話前請先打破以上規則。

歐威爾在他知名的小說《一九八四》的開場中，便運用了他所建議的方法，盡可能地簡單描述。但注意那些文字和語句（包括「時鐘敲了十三下」）立刻就攫獲了我們的注意，引起我們好奇。

《一九八四》

四月的某一天，天氣晴朗寒冷，時鐘敲了十三下，溫斯頓．史密斯下巴緊緊抵著胸口，想要藉此擋住凜冽的寒風，趕快溜進勝利大廈玻璃門後，但他的速度還是不夠快，只見他的腳步捲起一陣沙塵，跟著他進入大廈。

走廊瀰漫著一股氣味，像是煮過的高麗菜跟用很久的腳踏墊。走廊的一頭有張彩色大海報，看起來不像室內裝潢展示，用大頭釘釘在牆上，海報上只有一張巨大的人臉，超過一公尺寬，是個年約四十五歲的男人，留著又濃又黑的八字鬍，長相粗獷而瀟灑。溫斯頓走向樓梯，沒必要去試電梯能不能動，因為就算是情況好的時候，電梯也很少能動，而且現在白天電力都被切斷了，這是為了準備憎恨週而實施的省電措施。溫斯頓住在八樓，他今年三十九歲，只是右腳踝上有靜脈曲張性潰瘍，所以他只能慢慢爬，中途還得停下來休息好幾次。每爬上一樓，總瞧見電梯對面貼著那張巨大人臉的海報，八字鬍男人就從牆上盯著你看，這張海報製作得很巧妙，不論往哪移動，眼睛都會跟著你。底下的文字寫著：老大哥在看著你。

（遠流，二〇一二年）

安伯托．艾可也列了一份規則清單，以下是吉兒．克萊佛（Gio Clairval）個人翻譯的譯文[2]。

如你所見，其中幾點與先前提過的重複，只是說法更加戲謔有趣：

1. 避免頭韻，即便它們是白癡的精神糧食。
2. 不用對假設語氣趕盡殺絕，必要時還是可以使用。
3. 避免陳腔濫調，它們就像死人復活。
4. 汝等應以最簡單的方式表達自我。
5. 不要用簡寫或縮寫。
6. （永遠）記住括號（即便看似非用不可）會破壞文句的流暢。
7. 小心……刪節號……讓人……頭昏……
8. 少用引號。引號並不「優雅」。
9. 不要語焉不詳。
10. 外語並不 fashion。
11. 不要引述他人的話。正如愛默生一針見血的形容：「我討厭引述，只要告訴我你知道的事就好。」
12. 譬喻法就像朗朗上口的流行語。
13. 不要重複；同一件事不要重複兩次；重複是多餘的累贅。

14. 娘炮才會說髒話。
15. 無論何時，都要把細節說清楚到一定程度。
16. 誇飾是所有修辭法中最好的一種。
17. 不要一個句子只有一個詞。永遠。
18. 小心使用太過大膽的隱喻：它們就像蛇鱗上的羽毛。
19. 適當，使用，逗點。
20. 認明分號和冒號的差別：即便很難。
21. 如果有合適的表達，盡量少用口語或方言。在威尼斯，他們說「Peso el tacòn del buso」，「補丁比洞還要糟」。
22. 你確定有必要反問嗎？
23. 語句要簡潔。試著用最少量的文字表達你的想法，避免任何過於冗長的句子——或在句子間插入附帶語句，否則會讓一般大眾看得一頭霧水——以免造成資訊污染，這想當然是現在這個媒體時代的一大悲劇（尤其是其中充滿不必要的無用解釋或不是不能省略的細節時）。
24. 不要強調語氣！小心使用驚嘆號！
25. 不要寫錯外國人名，如波萊特爾[3]、福斯羅[4]、采尼[5]等等。

26. 明白指出你要說的作者和角色，不要拐彎抹角，像是十九世紀完成《五月五日》（*The 5th of May*）一書的偉大倫巴族作者。

27. 文章開頭應該多說些 captatio benevolentiae[6]，好討讀者歡心（但或許你太笨了，笨到甚至不知道我在說什麼）。

28. 小心不要寫錯字。

29. 我想應該不用我告訴你話說一半有多討人厭（就像跟別人說：我知道一件事，但我不能告訴你）。

30. 沒必要不要換行，至少，不要太頻繁。

31. 我就我，不要說我們。相信大家一定都覺得那聽起來很自以為是。

32. 不要把原因當作結果：你有可能是錯的，所以你一定會犯錯。

33. 不要寫出違背前提和邏輯的結論：如果大家都這麼做，就會變成先有結論才有前提。

34. 不管你覺得語意上的差異有多重要，都不要太常使用古代的語言、只在文學作品中出現過一次的詞，或其他沒人使用的說法，這些都會破壞作品——更糟的是，如果有人一個字一個嚴格考證後發現這些用法有爭議——還會超出讀者的理解能力。

35. 永遠不要說一堆囉嗦的廢話。另一方面，該說的也要說清楚。

36. 一句完整的句子應該要包含。

馬克·吐溫[7]補充還有一個詞我們應該能不用就不用：

每次你想用「非常」兩個字時，就用「該死的」代替；你的編輯會刪掉它，而那才是你作品該有的樣貌。

費茲傑羅則建議作者使用動詞時要格外注意：

所有好的文句都是用動詞引領句子前進……像是「野兔發著抖，一跛一跛穿過結霜的草地」這句話是如此生動，你一眼掃過，幾乎沒有多加留心，但那分動感卻替整首詩添上一抹鮮明的色彩，讓你彷彿眼前就能看見那隻發著抖、一跛一跛的野兔，還有那片天寒地凍的景色。

---

3 正確名稱應為「波特萊爾」（Baudelaire）。——譯者註

4 正確名稱應為「羅斯福」（Roosevelt）。——譯者註

5 正確名稱應為「尼采」（Nietzsche）。——譯者註

6 拉丁文，意指稱讚、說好話。——譯者註

7 **馬克・吐溫**（Mark Twain，一八三五至一九一〇年）：馬克・吐溫的著名作品包括有《頑童流浪記》（*The Adventures of Huckleberry Finn*）、《湯姆歷險記》（*The Adventures of Tom Sawyer*），以及《密西西比河上的生活》（*Life on the Mississippi*）。他在一八五八年夢到他哥哥將死於一艘爆炸的蒸汽船上；一個月後，夢境竟然成真，他也因此加入「心靈研究社」（Society for Psychical Research）。

坐而言不如起而行！

練習：審閱初稿時，再重讀一遍歐威爾與安伯托．艾可建議我們的準則。若你違反了其中任何一點，務必確定是因為其他方法無法製造出你要的效果。

形容詞與副詞（少用為上）

儘管我章節標題這麼寫，但形容詞和副詞並非錯誤的詞句——只是必須小心使用。我們再度請出契訶夫，以下是更多他對高爾基提出的建議：

另一個建議：當你審稿時，劃掉愈多形容詞和副詞愈好。你用了太多修飾語，會讓讀者看得一頭霧水、精疲力盡。「那人坐在草地上」這種寫法很好了解，因為它表達的很清楚，而且不會耽擱你的注意力。但如果我寫：「那名胸膛高窄、中等高度、蓄有紅鬍的男人坐在被行人踐踏的綠草上，一語不發，膽怯又驚恐地左右張望」，讀者的頭腦會無法一下立刻吸收所有的細節，而藝術必須是在接收的當下立刻理解吸收的。

伏爾泰說：「形容詞是名詞的敵人。」或許是為了響應他的話，馬克．吐溫又說：「副詞是動詞的敵人。」他還補充：「只要一發現有形容詞，殺了它。」

愛爾默．李納德是其中一名用字精簡卻又一針見血的當代大師。下文是他小說《誰來相信我》（*Split Images*）的第二段：

從羅比．丹尼爾的柯爾特蟒蛇左輪手槍射出的子彈並沒有立刻殺死路佛契。前來探病的好心人被他的模樣嚇壞了，他在加護病房內躺了三天，一片肺葉毀了，鼻子、手臂、胸膛和陰莖上插滿一根根塑膠管。

李納德曾說過他寫作的十大守則，其中之一是：「如果看起來像是寫的，我就重寫。」另一條是：「試著刪掉任何讀者會想跳過的部分。」

坐而言不如起而行！

練習：審閱初稿時，檢查每一個形容詞和副詞。先讀一遍有它們的句子，再讀一遍省略它們的句子。哪一句比較有力？

除此之外，留意你用了多少形容詞和副詞。如果用得太多，讀者可能會覺得厭煩。留下效果最強烈，或你無法以其他方式表達的就好。

---

26 發展個人風格

故事本身是一回事，說故事的方式又是另外一回事，而後者就是你的風格。有些作家忘了風格的目的是要加強讀者的經驗，而非炫耀作者的才氣。

儘管風格應為伴隨故事而生的副產品，但還是有些方法可以幫助你發展自己的風格。

留意下筆時的情緒

據說狄更斯有時讀到小奈兒[1]過世的段落都會忍不住掉淚，不過他在寫的時候情緒恐怕沒這麼激動。契訶夫建議作家最好多注意自己下筆時的情緒：

> 當你在描述悲慘不幸的事件，並想引起讀者同情時，試著將筆觸放冰冷一點——這麼做似乎能營造出另一種哀淒的氛圍，兩相映襯下那情緒會更顯突出。當故事中的角色哭泣時，你只需要嘆息。沒錯，冷漠一點……你的立場愈客觀，營造出來的印象就會愈強烈。

費茲傑羅說，如果你能在作品中加入一些客觀性，說不定反而更能打動人心：

大題小作，這麼做將引領你進入小說的藝術殿堂。

《孤星血淚》

下文的摘錄是年輕的皮普初遇到逃犯馬格維奇的情景。儘管場面驚險，但注意狄更斯只是平鋪直敘地描述：

「安靜！」突然響起一聲令人毛骨悚然的恫嚇，同時，有個男人從教堂門廊一邊的墓地裡竄了出來。「不許出聲，你這個小鬼；否則我就割斷你的脖子！」

男人一臉猙獰，穿著一身粗布灰衣，腿上拴了一條又粗又重的鐵鐐。他頭上沒戴帽子，只用一塊舊破布裹住頭，腳上的鞋也破破爛爛。看上去曾泡在水裡，淹在泥裡，兩條腿除了被石頭砸傷之外，還被碎石割得鮮血淋漓，蕁麻的尖針和荊棘更是扎得他渾身傷痕累累。他發著抖，一瘸一瘸地走上前，一面咆哮，一面狠狠瞪著我。他一把抓住我的下巴，嘴巴裡的牙齒不住格格打顫。

（這一連串針對男人的描述讓我們能夠想像他狀況很糟，而且愈往下看還愈慘。讀起來就像在看電影般，一個鏡頭顯示他一個狀況。）

—狄更斯小說《老古董店》（*The Old Curiosity Shop*）裡的角色。——譯者註

「喔，大爺，不要割斷我的脖子，」我驚恐求饒，「求求你別這麼做，大爺。」

注意狄更斯只用非常簡單的幾個字帶過皮普的反應（「我驚恐求饒」），讓讀者自己去想像一個小孩遇到這種事會有什麼感受。

標點與拼字

有些作家樹立個人風格的方式之一，是透過特立獨行的標點與拼字，如E. E.康明斯（ee cummings）的拒用大寫字，或喬伊斯那彷彿永無止盡的長句。不過海明威表達了不同的觀點：

我認為標點的使用應該愈符合傳統用法愈好。如果高爾夫球賽允許選手在輕擊區用槌球或撞球桿擊球，將會失去許多樂趣。在你標新立異之前，應該要先證明你有能力將傳統工具用得比別人更好。

馬克．吐溫卻對嚴守規矩的態度表示懷疑：

我從來不認為正確的拼寫有什麼太大意義，到現在還是這麼認為。在拼寫課本帶著唯我是命的姿態出現前，人們透過獨特的拼字方式在不知不覺間展露個人特色，並讓作品的表達更顯生動。因此拼寫課本的出現，對我們來說很可能是禍不是福。

蕭伯納在寫給倫敦泰晤士報編輯的一封信中，表達了他對文法的質疑：

你員工裡有個愛管閒事的傢伙一天到晚在挑文章中分離不定詞[2]……我要求你即刻解雇這名迂腐的死學究。看他是打算迅速離開、迅速地離開，或離開得非常迅速都好，重點是他必須立刻消失。

對於標點的用法，費茲傑羅特別指出一點：

> 刪掉所有的驚嘆號。驚嘆號看起來就像是自己笑自己的笑話一樣。

如果你對標點的用法或文法有所疑慮，也不要讓它妨礙你寫作。你可以找一名編輯幫你審查，或準備一本史傳克與懷特（Sturnk and White）合著的寫作寶典：《風格的要素》（*Elements of Style*）——它至今仍是最好的一本參考書，而且本身就是「簡單明瞭」四字的最佳示範——之後再來細細雕琢你的作品。

大膽尋找自己風格

要發展獨樹一幟的風格並不是一件簡單的事。瑞蒙．錢德勒警告我們：

> 在文字作品中，最歷久不衰的一項要素就是風格，而風格是作者可以透過時間得到最寶貴的一項資產。它的回報來得很慢，你的經紀人會對它嗤之以鼻，出版商會誤解它，而你必

2 在英文不定詞片語的 to 與動詞之間加入副詞，如「to easily win」。——譯者註

須仰賴那些你聽也沒聽說過的陌生人以非常緩慢的速度說服他們。但是將自己特色放進作品中的作者有朝一日必定會成功。

此外，所有作家都同意，風格必須是自然發展出的。傑克．凱魯亞克[3]如此描述他風格：

> 會想要用自發性文體來寫《在路上》這本小說，是因為老好人尼爾．卡薩迪（Neal Cassady）寫給我的那些信——信全是用第一人稱寫成，快速、瘋狂、像告解似地，鉅細靡遺，而且認真到了極點——因為是信，所以裡頭用的都是真名。除此之外，我也還記得歌德的告誡——好吧，歌德的預言——他說西方文學的未來是自白式的懺悔。

儘管其他作家的風格可能帶來啟發，艾茵．蘭德還是提醒我們：

> 你不能借用另一個人的靈魂，當然也不能借用他的風格。

梭羅下了一個很好的結論：

> 誰會在乎別人的風格？當你覺得自己的風格一目了然的時候，只是你自自己覺得一目了然。說真的，所謂風格不過就是枝筆——你寫作用的那枝筆；除非它能讓你把想法表達得更完善，否則根本不值精心雕琢，弄得光彩奪目。它只是一項工具，不是讓人觀賞的作品。

坐而言不如起而行！

練習：審閱初稿時，想想看如果你用冷然一點的筆調描寫那些情緒激昂的場景，會不會更加突顯它們的張力。若你違背了傳統的文法、拼字或標點用法，背後是否有個好原因？還有，記得確認自己沒有屈服在驚嘆號的誘惑下。最後，不要擔心你的風格或甚至有沒有風格——堅定信心，在寫過上百萬字之後，風格自然就會浮現。

3 **傑克・凱魯亞克**（Jack Kerouac，一九二二至六九年）：凱魯亞克的著名作品包括《在路上》（*On the Road*）、《地下室》（*The Subterraneans*），以及《大修爾》（*Big Sur*）。他是最早的嬉皮及疲脫詩人（beat poets）之一，身上總是帶著一本筆記本，以便隨時寫東西。

第五部

創作的過程

除了「你從哪裡得到靈感」這個問題外，作家最常被問的，就是關於創作過程的細節。他們是用手寫的嗎？一起床就寫還是深夜寫？有沒有什麼固定的儀式？雖然每個人都必須找到適合自己的工作模式，但了解一下其他人的方法或許也有所助益。

在這一部分中，我們就來看看寫作是否一定是出於某種強迫心理、享譽盛名的作家又有什麼樣的日常習慣，以及如何克服寫作瓶頸等主題。

27 寫作是一種強迫症嗎？

喬治．歐威爾認為寫作必然是出於執念所驅。他說：

> 所有作家都是虛榮、自私又懶惰的傢伙，而且他們最根本的動機是個謎。寫書是段漫長又疲憊的掙扎，就像長期與痛苦的病魔奮戰一樣。如果不是受到無法抵抗也無法了解的魔鬼所驅策，沒有人會願意踏上這條路。

埃利．維瑟爾基本上同意他的看法，但沒有口出惡言：

> 如今，在過去多年後，我終於了解書的命運和人類沒有不同：它們有些帶來歡笑，有些帶來痛苦，但你必須抗拒拋開紙筆的衝動。畢竟，真正的作家即便知道作品出版的機率微乎其微，也不會就此輟筆放棄。他們寫，是因為無法不寫；就像卡夫卡的信差，他祕密得知一個可怕又迫切的真相，儘管沒有人願意相信，但他卻無法置之不理。

在日常生活中，這分執念並不會那麼強烈或誇張，正如塞伯[1]所說：

我寫作時從來都沒意識到自己正在寫作。有時候宴會進行到一半，我妻子會跑來找我，說：「該死的，塞伯，不要再寫了。」我常常被她抓到我在寫東西。要不然就是我女兒會在用餐時抬起頭，問：「他生病了嗎？」「沒有，」我妻子會這麼回答，「他只是在寫東西。」

愛倫坡[2]說：

我在喜悅與悲傷中寫作。我在飢餓與乾渴中寫作。我在好日子與壞日子中寫作。我在陽光與月光中寫作。我寫了什麼無須多言。

你也不必因為年紀而停止寫作。起碼對雷．布萊伯利來說，歲月帶來的影響恰恰相反：

在我七十歲生日那天，我想起我許多好友不是已經入土為安，就是一腳已經踩進棺材。就在這時，我突然驚覺這也是我創作的高峰期。從那時開始，我便做了一個積極而且聰明的決定，就是增加我作品的產量。

---

1 **塞伯**（James Thurber，一八九四至一九六一年）：塞伯的作品包括《艱困的日子》（*My Life and Hard Times*）以及《歡迎來到我的世界》（*My World—And Welcome to It*）。除了曾替紐約客雜誌撰寫過許多文章外，他還寫過七十篇諷刺道德的寓言。塞伯與他的貴賓狗曾參加過許多犬展賽。

2 **愛倫坡**（Edgar Allan Poe，一八〇九至四九年）：愛倫坡最著名的作品包括〈一桶阿蒙蒂拉多酒〉（The Cask of Amontillado）、〈陷阱與鐘擺〉（The Pit and the Pendulum），以及〈烏鴉〉（The Raven）。他曾應募加入美國陸軍，被送進西點軍校；但又常故意違反校規，最後被軍事法庭開除學籍，離開西點。

雖然有些作家覺得自己不寫不行，甚至只要一天沒寫就會覺得渾身不對勁，但也有不少人認為抽空休息一下有益無害，並相信喘口氣、補充靈感泉源是必需的。我承認我並沒有每天寫作，但仰賴寫作賺取收入，是鞭策你學習自我紀律的一項強大動機。如果太多天沒寫，就只能等著喝西北風。就算你可以不用寫作，也一定要吃東西。

坐而言不如起而行！

練習：你對自己寫作的速度和數量滿意嗎？如果不滿意，想想可以做出什麼改變，幫助你提升效率。

28 地點與道具

寫作時，你需要的其實就只有一枝筆和一張紙，但正如你即將所見，每個作家都自有一套完美的寫作環境、儀式與道具來提振工作的心情。

威廉·福克納的要求很簡單：

> 就我自身的經驗來說，我工作時需要的就是紙、香菸、食物和一點威士忌。

村上春樹則需要：

> 一間安靜的房間。一張好書桌。最好還有泰勒曼（Telemann）的音樂。我習慣日出而作，日落而息。

譚恩美說：

> 我最喜歡坐在蘇沙利托[1]家裡的書桌前寫作。不過只要戴上耳機，我幾乎在哪裡都能抱

1 Sausalito。舊金山的一座海灣小鎮。——譯者註

著電腦寫。我也會寫日記——旅行途中不一定能用電腦，這時候日記就很好用，像是坐在巴士後排的時候。

有些作家對於寫作的地點和形式有很多要求。舉個例子，楚門・卡波提說：

我完全是一個平躺型的作家。除非躺著，否則我無法思考；無論是躺在床上或癱在沙發上都好，而且手裡一定要有香菸和咖啡。我一定要吞雲吐霧、有咖啡可喝才行。隨著日頭西移，我會從咖啡換成薄荷茶再換成雪利酒再換成馬丁尼。不，我不用打字機。一開始不用。我初稿都是用手寫的（鉛筆）。

貝蘿・班布里奇習慣一面寫作一面抽菸，而且一定會戴上白色手套，以免手指被尼古丁染黃。她如此描述自己的例行儀式：

我會先從廚房開始，帶著紙筆在餐桌上開工，然後移到一樓的打字機前，晚一點再搬去頂樓的文字處理機。頂樓有座小小的閣樓，裡頭一地菸灰和紙片。我把文字處理機連同電視一起藏在那裡，因為它醜死了。

艾倫・葛根諾斯的習慣可能會吵到鄰居：

我常常會把對白大聲念出來。我獨居，但鄰居總覺得我的公寓人來人往很熱鬧。

道具

有些作家喜歡在身邊擺出各種能夠帶給他們靈感的東西。狄更斯傳記的作者麥可・史萊特寫道：

如果他沒有在桌上的固定位置擺好護身符——像是現在展示在倫敦狄更斯博物館內的一組對決的銅蛙和一隻小瓷猴，他就無法定下心寫作。

瑪麗娜・沃納透露：

我在寫上一本小說時，身邊一定要有：

一瓶貝蘭鬚後水

兩枚牡蠣殼（要是成對的）

乾燥的栗色藤蔓

從硫磺泉河床取得的結晶碎屑

（還有其他三樣東西）

貝蘭鬚後水是因為我父親；那是他的愛用品，只要聞到那味道，我就能夠將他召喚眼前。牡蠣殼是書裡的主要形象，我用海洋生物當作女性的性別象徵……栗色藤蔓和水晶是我書中的希克拉庫斯女巫用來進行各種烹調、染色和醫療實驗的藥材，這些技藝她最後都傳授給了她的養女愛瑞兒。

肯特．哈羅夫想來有張更大、更擠的書桌：

我書桌上總是放著一株被海狸咬過的樹苗，還有一個鳥巢、一塊從北愛爾蘭帶回來的黑色草皮、一袋從新環球劇場（Globe Theatre）舞臺帶回來的紅沙（莎士比亞《冬天的故事》的公演）、一塊磚頭；從福克納位於花楸橡鎮（Rowan Oaks）的家帶回來的一把泥土、一枚裝在絲絨袋裡的老式懷爐、一條藍色的染花巾、我外公羅伊．雪佛過去擁有的折疊刀；他是南達科塔的一個牧羊場主人。還有我父親在北達科塔惡地公園找到的一枚黑曜石箭頭，近一百年前，他就是在那裡出生……我桌上和牆上的東西將我的情緒連結至各種重要的回憶、生活、人物和地方。就是這些物品帶給我的情感，讓我產生寫作的衝動。

如瑪麗．高登所述，有時透過儀式或添購新物品來展開新的寫作計畫，也是個不錯的方法：

最近一次去義大利時，我用了三種不同的聲音來構思我的小說，因此買了三種不同的筆記本，每一種各買三本：第一種是在托斯卡尼一家糖果店買的，封面是烏亮的黑甘草色。第二種是赤陶色，就像我窗外的屋頂；那我是在萬神殿附近的文具店買的，在同一條街上我還買了一雙鑲著紅邊的青綠色麂皮手套。在越臺伯河的聖塔瑪麗亞我又買了三本紅色書背配上黑色硬紙板封面的筆記本，看起來很有教會風格。

坐而言不如起而行！

練習：列張清單，寫出你對寫作環境有什麼基本需求，再列一張你希望能擁有的條件。不要忘了納入地點的性質（像是嘈雜、安靜、有景觀、沒有景觀等等）。接著，再列出什麼樣的道具可能帶給你靈感。現在先確定你至少滿足了基本條件，之後再慢慢朝理想的目標邁進。

29 寫多少？寫多久？

新手作家總是會擔心自己的產量夠不夠，也想知道其他人平均每天大約寫多少字。但這問題的答案呢，有多少作家，就會有多少種答案。不過，令人振奮的一點是，寫作生涯的成功與否，和產能之間一點關係也沒有。參考一下其他作家的各種做法，或許能讓你比較知道該如何安排自己的寫作時程。

還有一件事你知道了或許也會安慰不少，那就是實際的創作過程，比大部分作家在接受節目訪問時願意承認的還要痛苦許多。而且這情況在訪談節目出現前早已經不是什麼新鮮事。愛倫坡寫道：

> 大部分的作家——尤其是詩人——都喜歡別人認為自己創作時是沉醉在一種美妙的狂熱之中——那種一種令人飄然欲仙的直覺——而且只要想到自己的心聲將任由世人窺探、想到那些苦苦思索卻依舊飄渺不定的想法，就忍不住簌簌顫抖——還有那些到了最後一刻才攫獲的真正意圖——那些無數一閃即逝的片段靈感——那些雖已成熟、卻因無法成功化為文字而不得不在絕望中摒棄的想像——那些小心翼翼做出的抉擇與捨棄——那些必須痛苦刪減與修

改的文字……

他話猶未盡，但我想你懂他意思。

一個字還是好幾千字？

產能表其中一端的代表人物是王爾德：

我一整個早上都在改我的一首詩，最後拿掉一個逗號，到了下午又放回去。

另一端的代表人物是特羅洛普。根據《紐約客雜誌》的一篇文章所述：

特羅洛普在他的自傳中提到，許多年來，他每天一定在天色未明前起床，從凌晨五點半寫至早上八點半，並將手錶擺在眼前，規定自己每十五分鐘要寫出兩百五十字。如果在八點半前寫完一篇小說，他就拿出一張新的紙，開始動筆寫下一篇。八點半過後，就去郵局做他日間的正職，這樣的生活維持了相當長一段時間。除此之外，他說他一週至少會打獵兩次，這是他向來的習慣。透過這作息，他在三十五年來完成了四十九本小說。由於他的成功，他向其他作家大力鼓吹這方法：「讓寫作之於他們，就如一般的工作之於一般的勞工。如此一來，他們就無須苦苦鞭策自己，既不用在額頭上綁濕毛巾，也不用像其他人——或像他們所宣稱一樣——必須在桌前動也不動坐上三十小時。」

他產能奇高的祕訣是什麼？規劃、固定的作息還有嚴格的紀律：

只要開始寫新書，我一定會準備一本日記，將內頁分成一頁一週，持續到我預定的完成日。我在日記裡每天記錄自己寫了多少頁，所以只要偷懶一、兩天，偷懶的證明就會留在那兒，冷冷回瞪我，命令我增加工時，補足落後的進度……我將記錄放在桌前，只要有一週沒有完成預定中的頁數，我就會感覺有如芒刺在背；如果進度整整落後了一個月，我就會羞恥到覺得無地自容。

關於每週的產量，他透露：

我每星期分配自己要寫的頁數相當多，平均約四十頁，最少二十，最多一百一十二頁。而所謂一頁的定義呢，這就很曖昧了，我的一頁大約是兩百五十字。至於字數，若不留意，很容易會落掉，所以我總是一面寫，一面仔細計算。

艾莉絲．孟若也採用同樣的方法：

我有強迫症，所以一定會分配好每天要寫的頁數。如果我知道自己哪天要出門，就會盡量在事前先多寫幾頁。這種強迫症嚴重到一種可怕的地步。我不會讓自己落後進度太多，否則感覺這作品會不了了之。人老了就會這樣，強迫症會愈來愈嚴重。

在他的自傳中，馬克．吐溫回憶他寫《傻子出國記》（*The Innocents Abroad*）時：

那時我非常年輕，出奇驚人地年輕；比我現在年輕，我這輩子再也不可能那麼年輕。我每晚從深夜十一、十二點工作至天色大明，在六十天內寫了二十萬字，平均每天超過三千字——儘管比不上華特·史考特（Sir Walter Scott），比不上史蒂文生和其他許許多多人，但對我自己來說已經挺了不起的了。

完成一篇短篇小說需要多長時間？契訶夫有個明確的答案：

完成一篇故事需要五到六天的時間，在那段期間你必須無時無刻想著它，否則寫不出好句子。在提筆前，每個句子必須先在腦中醞釀兩天，讓它動也不動躺在那兒，逐漸成形。不過當然了，不消說，我自己根本也懶得遵守自己的規則。不過我還是要將這方法推薦給所有作家，因為我曾親身體驗過它帶來的好處，也知道所有真正的藝術家，沒有一個人的草稿不是刪改的亂七八糟，從頭到尾畫滿刪除和插入的記號，然後又把記號劃掉，搞得亂上加亂。

寫一本小說需要多長時間？譚恩美的答案是：

似乎是要好幾年。原因不一。我花了三年時間寫完《喜福會》的三篇故事，再花四個月完成剩下的部分。下一本書光草稿就花了我一年半。我需要的時間愈來愈久。由於生病的緣故我花了很長時間才完成《不讓魚淹死》（*Saving Fish from Drowning*），有一陣子甚至連一句話都寫不出。由於種種因素，到了某個節骨眼我的進度就會開始落後，或甚至連寫都寫不出來。只要一想到有人會讀它、想到要出版，我就會想：這真的是我想寫的東西嗎？這真的是我想要付梓成書、展現在世人眼前的作品嗎?

詹姆斯·休士頓說他也常常被問到這問題。他補充:

我幾乎沒有給過他們一個真正的答案。「看情況。」我會這麼說,「一年;有時候三到四年。」不過當然了,真正的答案是寫一本小說要花上你一輩子。我現在四十四歲,而我花了四十四年才完成這本小說。你不會跟太多人提這件事,因為他們聽了會很替你難過,眼睛看著你,心想:天啊,四十四年才寫出這個東西?但這是最最真實的答案,一直都是。你不可能提早完成,你必須等到合適的時機才會動筆,而你必須用一生來完成這項任務,無論往後還有多少時間。

有時環境會對你的步調產生十分重大的影響。J.K.羅琳說在她母親死後:

我原本打算回去教書,而我知道,如果我不盡快寫完這本書(哈利波特第一集),我可能一輩子也不可能寫完。我很清楚全職的教職、改作業、準備教學計畫,更別提還得獨自照顧幼女這些事,會讓我擠不出半點時間寫作。所以我開始卯起來地拚命寫,下定決心要寫完它,並至少試著尋找出版的機會。只要潔西卡一在她的折疊式嬰兒車裡睡著,我就會立刻衝到最近的一家咖啡館,發瘋似地振筆疾書。

有些作家則是被書迷的要求所影響。史蒂芬妮·梅爾告訴《娛樂週刊》:

（我的書迷）盼我寫得快一點，最好每年出一本書，而這一點呢，你也了解，不是那麼公平。我的意思是，你看看他們給J. K.羅琳多少時間（笑）她每一本之間都可以隔上兩年；（《龍騎士》〔Eragon〕的作者）克里斯多夫．鮑里尼（Christopher Paolini）也有兩到三年的時間。不過我知道書迷要什麼（新書），我也不想讓他們失望。

《權力遊戲》的作者喬治．馬汀（George RR Martin）便十分能體會書迷由愛生恨的心情有多可怕。有人因為不滿他《冰與火之歌》寫得不夠快，除了寄黑函恐嚇他外，還架設專門的網站詆毀、攻擊他。

電視、電影的編劇如果接到劇本合約，截稿日期通常都相當緊迫。我在擔任一齣情境喜劇的編劇時，有一次一名演員在最後關頭因生病無法演出，因此我們必須在一個週末內趕出一本沒有她戲份的全新劇本。雖然這情況不常見，但編劇的時間一定沒有小說家那麼寬裕，而且若有任何延誤，都可能要付出可觀的代價。比如說，若電影開拍在即，劇本卻還沒完成，有可能會造成非常大的損失。這意味著若你想擔任電視、電影的編劇，必須要有良好的自我紀律，而且不能是個完美主義者。

撰寫一部劇情長片的劇本通常需要四到六個月的時間，不過同樣地，情況不可一概而論。我的一名教學同行茱莉．艾佛頓（Julie Everton）告訴我，她的朋友——知名的劇作家菲莉絲．奈吉（Phyllis Nagy）說她一齣舞臺劇需要九個月的時間完成；先構思八個月，再利用最後四個星期編寫。

坐而言不如起而行！

練習：重點在於，你無須仿效任何人的進度，而是要找到適合自己的工作模式。與其規劃合理的寫作時間和速度，不如依據你能寫作的空檔替自己設立一個目標，看每天、每週或每月應該要完成多少字。多做幾次實驗，找出一個具有挑戰度、能夠激勵你寫作，而且完成後會有成就感的目標；但也不要難到難以達成，以免自己半途而廢。

尤其是在創作初期，最好仔細追蹤自己習慣一次寫多少字、什麼時候寫，並注意自己的工作模式：你什麼時候產能最高？除了時段外還有什麼影響因素？只要是有助你寫作的方法就多加採用。

如果發現自己容易分心，不妨定個計時器，從三十分鐘開始，在那段期間除了寫作之外什麼事都不要做；不要檢查電子信箱，也不要上臉書，即便是寫作所需也不要上網搜尋，只管寫就好。習慣後再調整成每寫四十五分鐘休息五分鐘。

我們目前只討論到「寫」需要花多久時間；至於「賣」，時間就更難估測了。J. K. 羅琳很慶幸她才試了兩次，就找到願意簽下她的經紀人，但經紀人花了一整年的時間才找到出版商，而且過程不知被拒絕了多少次。實際上，一年已經算很快了。許多成功的小說家都要辛苦熬上許久，甚至超過十年，才能找到願意合作的出版商。我的劇本《真假霍華》（The Real Howard Spitz）從完成到開拍相隔足足十三年。期間雖然像是麥可·基頓（Michael Keaton）、導演巴克·亨利（Buck Henry）、製作人雷納·高博德（Leonard Goldberg）、羅賓·威廉斯等人，都曾對我的劇本表達過高度興趣，但最後總不是破局，就是不了了之。儘管那段日子間我一直有從買賣版權中獲得收入，但還是很令人氣餒。對任何一名作家來說，耐心和異常的樂觀都是不可或缺的好朋友。

30 自信

作家可說是生活在拒絕之中：被經紀人拒絕、被出版商拒絕、被書評拒絕、被世人拒絕。面對這項考驗，文學大師會怎麼建議我們呢？

我們先來看看馬克．吐溫是怎麼說的。他在一篇文章中提過他少年時曾帶著自己作品前去徵詢他人意見——然後從此之後再也不這麼做了：

十六、七歲時，我靈光一現，突然想到一個絕妙的主意——而且保證是從來沒有人想到過的新主意。我決定寫些「作品」，然後拿去給《共和國雜誌》的編輯過目，請他給我最坦白、最直接的意見！雖然這點子現在看來早已過時，但那時對我來說卻是新奇又美妙，那創意就像真的閃電一樣，衝擊、燃燒我的神經。我寫了些東西，只有缺乏練習與毫無文學訓練的人，才會有那種從容不迫的信心，開開心心、下筆有如神助。作品中沒有任何一句句子花上我半個小時構思、塑造、修改、訂正。真的，甚至可能沒有一句花超過我五分鐘。

然而，當馬克．吐溫前往雜誌社時，他那股自信轉眼消失無蹤：

就在那重要的一刻，我想請教的那位編輯下樓來了。他駐足片刻，拉拉袖口，穿好外套，視線正巧對上我滿懷希望的目光。他問我有什麼事，結果我竟然像小男孩一樣靦腆溫順地回答一聲：「沒事！」然後垂下目光，乖乖地繞過街角，直到走進巷內才謝天謝地地喘了一大口氣，拔腿就跑！

我滿足了，再不求什麼別的。這是我人生第一次試著請文字工作者給我「最坦白、直接的意見」，這經驗至今仍深深刻在我腦海中。到了現在，只要我在信箱中收到手稿，請我看看他的文章，給些評語，我都想跟那作者說：「如果你把你寫的東西拿去一間正經嚴肅、你一個人也不認識的大報社看，現在你對自己的作品就不會那麼有自信了。」

無論是否主動詢問，我們的作品都會受到他人評論；而如果聽到的是負評，心裡總不免會受傷。契訶夫認為作家應該要：

你必須將成功與失敗完全拋在腦後，不要讓它們困擾你。你的責任是每天好好工作，維持穩定的步調，準備好面對自己的錯誤——還有失敗——因為這是無可避免的。

但要做到這一點很難。即便身為一名頂尖的作家，編劇威廉．戈曼也承認：

我不知道別人怎麼樣，但是建立自信是我每天睜開眼都要面對的苦戰。

契訶夫有時也會質疑自己和自己的作品：

要作者接受〔評論〕，就像要一個感冒的病人聞花一樣不合理。我有時會變得很消沉，思索自己究竟是為了誰、為了什麼而寫？為了世人？但我從來沒見過這些所謂的世人，他們的存對我來說比鬼魂還飄渺。他們愚昧無知，規矩又差，就算是有教養的，對我們的態度也一樣無恥又虛偽。我甚至不知道世人是不是真的需要我……或者我要的是錢但我向來身無分文，也因為不習慣有錢，所以從來不把它放在心上。我就是無法單純為了賺錢而工作。還是我追求的是讚譽？但讚譽只會讓我煩躁……

艾莉絲·孟若將她的自信歸因於無知：

對於寫作，我一直很有自信，但其中也摻雜著恐懼，恐懼那股自信根本就是我對自己的誤解。我想就某種層面來說，我的自信是來自於愚蠢。我的生活跟一般大眾的生活相差甚遠，我甚至不知道女人當作家的機會比男人小的多；來自低層社會的人也一樣。如果你知道自己很會寫東西，又生活在一個幾乎沒有人識字的小鎮上，顯然會把這當成一項稀有的天賦。

即便作者可以一路維持信心到作品完成，不用多久，疑慮同樣會悄悄爬進內心，就像霍桑下列這段話所反映的：

這本書有些部分寫得力量十足，但我的作品不會、也永遠不可能引起廣大的共鳴，因此也永遠不會受到廣大的喜愛。

他說的是《紅字》。

喬伊斯・卡洛・奧茲建議我們：

> 你必須無欲無求，並且培養幽默感。畢竟我們有那麼多先例在前，威廉・福克納認為自己是個失敗的詩人，亨利・詹姆斯（Henry James）則在劇本寫得一敗塗地後，又回到小說家的行列。拉德納（Ring Lardner）因為受夠了無病呻吟的流行歌，才開始寫他無可挑剔的美國小說。安徒森因為在其他領域——詩、戲劇、生活——全都鎩羽而歸，才決定專精在童話上。

這正是問題所在。或許到頭來，我們真的不是被埋沒的天才；或許我們寫出來的東西真的不堪入目。諾曼・梅勒[1]發現：

> 這是一個令人傷心的事實，想成為小說家的人必須寫過幾本失敗的作品，甚至敗的慘不忍睹後，才會開始體認到困難。如果同樣的失敗機率發生年輕的賽車選手上，世界上就不會有賽車跑道了。

因此，你必須學會放下那些不好的事，繼續埋頭苦寫，並假定自己遲早有天會變厲害，或至

1 諾曼・梅勒（Norman Mailer，一九二三至二〇〇七年）：梅勒的著名作品包括有《劊子手之歌》（*Executioner's Song*）、《美國夢》（*An American Dream*），以及《裸者與死者》（*The Naked and the Dead*）。他十分推崇甘迺迪總統，在一九六〇到一九九六年寫過許多關於美國政黨代表大會的作品。

少讓別人認為我們變厲害了。正如幽默大師班奇利所說：

我花了十五年的時間才發現自己原來沒有寫作的天分。但我仍無法放棄寫作，因為到了那時候我已經變得太有名了。

為了克服內心的疑慮，希拉蕊．曼特爾建議我們：

對一名作家來說，幫助最大、最需要培養的一項特質是自信——如果可以的話，自大更好。寫作的目的就是要將自己的意念強加於世界上，而當這世界絲毫沒有認同你的跡象時，你必須相信自己的能力。一本書的完成並非一蹴可幾，通往出版的路上更可能困難重重。如果你沒有人脈，也不認識其他作家，自信就更是重要。就算你不曾出版過任何作品，你還是可以告訴自己：「我是作家」。你也應該如此看待自己。

坐而言不如起而行！

練習：作家會缺乏自信，通常是因為來自自我的批評，他比任何真正的評論家都還要嚴厲。當內心的評論家開始妨礙你寫作時，有三個方法可以壓制他：

● **質疑他。把他說的話寫下來。在紙上寫下諸如「這本書是垃圾，鬼才會買！」這類批評。你會看見這些話實際上是多麼貧瘠而且不切實際。然後對批評一一提出質疑：「沒人會買嗎？**

錯了！我媽就會買好幾本！」到最後，你會只剩下一些較為實際的問題，像是「這本書的銷售可能會不如我預期」。結果或許會，也或許不會，但無論如何，這當然不是你停止寫作的理由。

● 用你最喜歡的卡通角色替這些自我批評配音。當你聽見唐老鴨說：「你一輩子也不可能變成作家，何不現在就認輸？」會降低不少那句話的殺傷力。

● 認清那些想法就只是……想法而已；它們並非事實。你每天都有成千上萬的想法在腦中來來去去，何必要對它們特別在意？

下一次，當內心的批評又開始想要破壞你的自信時，試試上述的方法……然後回去繼續工作。

31 批評

彷彿要和自我批評對抗還不夠似的，作家還得應付外界的評論：書評與劇評。

契訶夫對評論家的態度顯然很是不滿。他說：

> 評論家就像妨礙馬匹犁田的馬蠅一樣，正當馬身上的肌肉像小提琴的琴弦般緊繃時，馬蠅突然降落在牠的屁股上，嗡嗡亂飛、亂螫，害得馬兒外皮顫抖，拚命揮舞尾巴。蒼蠅在嗡嗡叫些什麼，牠自己恐怕也不知道。牠天性就是愛瞎忙，要別人注意到牠存在──「嘿！還有我呢！」牠似乎這麼說著，「聽好囉，我最會嗡嗡叫了！天底下沒有我不能嗡嗡叫的事！」

我已經看了二十五年我小說的書評，但完全想不起來看到過任何建設性的批評，連稍微有那麼點用的好建議都沒有。我唯一有點印象的書評是史凱畢崔夫斯基（Skabichevsky），他預言我會醉死在臭水溝裡。

針對批評帶來的不良影響，塞繆爾．詹森說：

> 批判主義雖然自興起之初便受到學識淵博、賢明睿智的智者們尊崇，並且從政治文學復

甦以降，便成為歐者學者最愛的一門研究，至今卻仍未擁有科學所具備的確定性與穩定性。因此，它的準則鮮少是出於確立的原則或不言自明的假設，也不符合萬物與生俱來的固定本質。若經檢視，你會發現那些標準完全是由立規者自行武斷決定，運用種種不同的手段，只為達到同樣目的；突發奇想，根本未經認真思索，然後因懶散與怯懦禁止新的智慧實驗，限制幻想，不允許體內的冒險犯難精神展翅高飛，並逼迫所有未來的天才只能追隨密恩尼亞老鷹之路。

順帶一提，如果你不知道密恩尼亞老鷹是什麼（我就不知道），我在此解釋一下：密恩尼亞（Meonia）據說是希臘史詩詩人荷馬的出生地。詹森的意思應該是由於評論的影響，大家變成只能按照荷馬的方法說故事。

他又說：

> 這項威權或許可以透過更公平的方式反抗，因為它的權力顯然是來自他們一心要控制的對象。對於那些尖銳的批評，我們並不真的需要改進什麼。他們通常沒有其他任何長處，只是在仔細閱讀偉大作家的作品後，觀察到其中井井有條的文理或優美高雅的表達，然後期望從他們永遠不可能想出的箴言得到榮耀與尊敬。因而，從批判中導出了規則，而非以規則引導批判。

為求公平起見，詹森在另一個場合又說：

對作家來說，他的書無論是被攻擊或被稱讚同樣都是好事。名聲好比羽毛球，若只接受一端的揮打，很快就會掉落在地。為了保它不墜，它必須兩端的揮打都要接受。

對於當代作家一般會體驗到的批評與自信，海明威如此描述：

> 等到書本問世時，你已經開始另一部作品。而舊作早已被你拋諸腦後，你也不想再聽到它的消息。但你總是會看到它，在封面上，在任何地方。你無能為力。
>
> 所有不願意發掘你內心世界的評論家，都希望透過預測你即將到來的無能、失敗與江郎才盡，而建立起他們的名聲。沒有一個人會祝福你、期望你執筆不輟，除非你有任何的政治同盟。若是如此，他們會和你站在同一陣線，將你與荷馬、巴爾札克、左拉以及有林克·史坦芬斯[1]相提並論。沒有這些書評你也一樣會過得很好……
>
> 但若一本書寫得好，你知道自己在寫什麼，而且字字真誠，那麼再讀一遍，你會發現它會把那些小毛頭急的吱吱怪叫。那就像你舒舒服服窩在自己親手建造，或靠作品掙錢買來的小屋裡，開心聽著土狼在外頭冰寒刺骨的雪夜裡嗚嗚怪叫。

許多作家都說應付批評最好的方法，就是無視它們。威廉·福克納說：

> 藝術家沒時間聽評論家大放厥詞。只有想成為作家的人才會在意書評，真心想寫的人根本沒這時間。就連評論家也只是試著想留下自己存在的痕跡。他的評論不是要寫給藝術家看的。藝術家的境界遠非評論家所能及。評論家寫的東西只能打動藝術家以外的人。

但不是所有作家都認為負評沒有半點益處。田納西．威廉斯說：

> 我一直以來都是受到負評所鞭策。一齣失敗作品會讓我在戲評還沒出來前，當晚立刻回到打字機前。這比寫出一齣成功的戲劇更能鞭策我繼續工作。

值得安慰的是，許多時候，時間會證明評論家當初自信滿滿的評論根本是錯的。以下是《倫敦文學協會雜誌》（*London Athenaeum*）在一八五一年十月二十五刊載的一則評論，你將看到它把某本經典名著批評的一文不值：

> 這是一部嘗試結合寫實與冒險故事的失敗作。看的出來，在創作過程中，一個集結眾多元素、情節環環相扣的故事靈感顯然一遍遍造訪作者，又背棄作者。故事的風格完全被作者瘋狂的英文（不是糟糕的英文）所破壞。除此之外，情節中的災難出現的過於倉促、疲軟而且混亂……
>
> 不管從哪個角度來看，這都是一本不堪入目的作品——既沒有誇大到可以舒舒服服地把它當虛構小說來看，關於鯨魚生態與捕鯨過程的描述，也沒有翔實到可以把它當成一部紀實文學。這位作者完全全的無可救藥，他們這種人偶爾會來些神來之筆，撩撥我們的期待，但更多的是要我們一而再、再而三地忍受那些怪誕、魯莽和其他各種令人反感、只有大膽或

1 Link Steffens，一八六六至一九三六年。紐約記者，以調查美國市政貪污案聞名。——譯者註

瘋狂的愚蠢才會發展出的拙劣品味……

對於這本荒謬的作品我們沒有太多譴責或讚譽……如果梅爾維爾這篇可怕的英雄故事像其他差勁的瘋狂文學一樣，被讀者大眾當垃圾扔到一旁，也只能說他是自作自受——反正他也看不起這門藝術。

今日的批評與嘲諷也很有可能是來自網路，就像這名業餘評論家對夏綠蒂・白朗特（Charlotte Bronte）的《簡愛》所做的評論：

永無止盡、沒有意義的描述，描述，描述，描述！！！整本書裡充滿各種愚蠢的象徵，難得幾個終於出現對話的地方又無聊到讓讀者臨表泣涕。說實話吧，它會被視為經典還不只是因為它比沙子還古老。拜託，說不定我只要出門找張紙，在上頭隨便寫幾個字，一百六十年後它就會變成一部經典；像這個智障的「故事」一樣，變成所有高二學生必讀的讀物。現在，容我先告退一步，我要去寫我的曠世鉅作了。我保證一定會寫得比它精彩。

負評需要回應嗎？

楚門・卡波提[2]建議：

不要降低自己的格調，回應評論家；絕對不要。想寫信給編輯，默默寫在心裡就好，不要寫在紙上。

契訶夫的看法則是：

批評的文章，即便內容有失公允、流於謾罵，大多人都還是選擇沉默以對。這是一種文學禮儀。回應負評有違常規，而沉溺在筆戰中的人也不能怪他人替他貼上過度自負的標籤……文學（無論是主流或非主流）若是聽憑個人意見擺布，終將走上衰敗的命運。這是第一項重點。其次，世界上沒有任何一種警察能夠規範與掌控文學。我同意我們不能沒有警槍和警棍，否則就像任何一個領域一樣，騙子將無聲無息地滲進文學界。但無論你如何嘗試，在文學界內，沒有任何一種警察比批評以及作者自己的良心，更具有規範效力。自古以來，一直都是如此，這是人類最好的一項發明。

我自己也有過一次慘痛的經驗。我有一齣在洛杉磯上演的舞臺劇得到一面倒的負評。美國《綜藝雜誌》（*Variety*）上的一則大廣告上寫著：「評論家一致認為《瑞奇・瑞特等待評價》（*Ricky Rat Waits for the Ratings*）不忍卒睹！」我沒細讀，但我想讀者應該也不會預期一名得到壓倒性負評的編劇會自己到處宣揚這件事。票房後勢看漲，看來觀眾比戲評喜歡那齣戲。

除非你能夠將負評轉換成一項有用的工具，否則保持沉默或許是最好的應對方法——即便批

2 **楚門・卡波提**（Truman Capote，一九二四至八四年）：卡波提最廣為人知的作品是他的短篇小說《第凡內早餐》（*Breakfast at Tiffany's*），以及犯罪實錄小說《冷血》（*In Cold Blood*）。他在寫《冷血》一書時，曾獲得好友，也就是《梅岡城故事》的作者哈波・李也的協助。而《梅岡城故事》中的荻兒一角即是以卡波提為藍本寫成。

評是來自同儕。同時身兼作家兼教師二職的艾倫·布羅頓說：

在我小說與英詩基礎寫作課的課程大綱中，我警告學生：「當別人談論你的作品時，你應該要懂得不要在課堂上替自己的作品或自己辯解；理想上來說，你要做的是呈現你的作品，聆聽所有回應，有空時思考哪些是有用的評語，哪些不是。這過程的一個重點就是讓你學習該如何客觀看待自己的作品。」

建設性的批評

史蒂芬·桑坦說他在十五歲時，曾請奧斯卡·海默斯坦二世替他看一篇他為學校公演寫的劇本：

（他）問：「你真的要我把你當陌生人一樣來評論這部作品嗎？」「沒錯。」我說。他回答：「這樣嗎？那這是我看過最爛的作品。」他看見我臉色「唰」一地轉白，又說：「我不是說它一無是處，但讓我們仔細看看。」他接著和我討論，彷彿這是一件認真的作品一樣。他從第一幕開始——或許過於誇大，但就像我常掛在嘴上的——關於作曲，我在那天下午學會的，可能比我一輩子還要多。

海明威告訴費茲傑羅：

我希望聽到葛楚（史坦）痛罵我一頓，因為這可以避免我過度自我膨脹——就算想膨也膨不起來——她說她非常喜歡那本書——但是我想聽到的是她不喜歡什麼、為什麼不喜歡。

到目前為止，我都是針對負評的影響來討論，另一方面，正面的評價對作者來說則會是一個極大的故勵，像是克里斯多福．伊薛伍德（Christopher Isherwood）對雷．布萊伯利的《火星紀事》的讚譽。布萊伯利說：

我只能說一切都是運氣。一九五〇年的夏天，我在聖塔蒙尼塔的一家書店中認出伊薛伍德。那時我的書才剛上市，我從書架上抓了一本下來，在上頭署了名後交給他。看見他臉色一垮，我的心立刻沉了下去，但兩天後，他打來告訴我：「你知道自己寫出什麼樣的東西來了嗎？」我問：「什麼？」但他只是要我去看《泰晤士報》上的書評。他的溢美褒讚改變了我的人生，這本書立刻衝上暢銷排行榜，至今仍不停再版。

拒絕外界的認可

布萊伯利還指出另一項不同的挑戰：

你必須懂得如何接受拒絕，並且拒絕接受。一名作家早期會碰到的問題，根本比不上晚期會碰到的問題。你要擔心的再也不是被別人的否定或收到退稿通知單，而是你該如何拒絕外界的認可。在過去的七年中，我回絕了十五個電視主持的邀約。我選擇保持自由之身，自在生活，時時內省。一名作家必須能夠嚴厲並堅定地檢視自己。你寫作，是因為看著故事浮現筆下是一項刺激的冒險。名氣很好，但那永遠不屬於你。你永遠無法相信印在書封上的名字真的是你。

除此之外，你可能也不知道到底該不該相信評論家的讚賞。在一個叫做《面對面》的訪談節目上，易夫林．華歐說：

如果有人稱讚我，我會覺得他是個混蛋；如果罵我，我也會覺得他是個混蛋。

不過，現在專家評論家的影響，開始漸漸被一般人的評價取代。舉例來說，在亞瑪遜網路書店上買書時，我們會注意書本的評分和其他讀者的回應，它們對我們的影響就算沒超過專業評論，也至少旗鼓相當。不過當然了，這也可能代表你會得到——比方說，四十九個負評，不只一個，因此本章提到的建議還是相當實用。在關於自信、批評與失敗這項題目上，最後不如就用山繆．貝克特與他知名的警語來結尾：

嘗試過嗎？失敗過嗎？不要緊。再試一次，再失敗一次。一次要比一次好。

坐而言不如起而行！

練習：受到他人批評時，你可以想想以下三個問題：

- **這個人有立場批評你嗎？他們是否具備任何專業或經驗，擁有比你更深厚的知識？如果沒有，就不必費心苦惱或回應他們的批評。「謝謝指教」是個非常好用的萬用答案。每次有人對我的劇本提出愚蠢的建議，我都說：「嗯，很有意思，我修改的時候會注意。」然後立刻把他的話拋到腦後。而且，等我修改好劇本，再給那位批評者看時，他通常已經忘了自己曾說過什麼。如果你非得發洩情緒不可，當你聽到批評時，就把他們想向成在你頭邊嗡嗡鬼叫的蒼蠅（如果你不小心笑出來，別告訴他們原因）。**
- **他們是否立意良善，只是不擅表達？若是這樣，不妨忽略那些拙劣的表達，姑且相信他們的評語，想想是否有任何參考價值。**
- **即便評語聽起來像是隔靴搔癢，但是否真有被他們說中的地方？若是如此，他們提供了你非常寶貴的資訊。**

下次發現自己或自己的作品受到批評時，問問自己這三個問題。你會發現它們可以將批評轉為具有建設性的意見——或是無須放在心上的廢話。

32 創作瓶頸

是不是真有一種叫做「創作瓶頸」（writer's block）的狀況，至今仍無定論。這個詞大多是用來形容作家沒有靈感或者知道自己想寫什麼，卻不知該從何下手，又或寫到一半卻不知該如何繼續的情形。

它也可能像焦慮症一樣，是因為恐懼瓶頸的出現才發生。陷入瓶頸的原因各有不同，現在就讓我們來看看有什麼因素，並且該如何克服它們。

焦慮與神經質

瓶頸的出現有時與其他的焦慮症狀有關，露西．艾爾曼似乎就是如此：

對我而言，故事的形式和結構從來都不是唾手可得，即使一篇只是三頁的作品，我也常常不知該從何下手。我把這毛病歸咎到自己負面的身體意象上。十二歲那年的萬聖節，我把自己打扮成像電影《幽浮魔點》（Blob）中的果凍怪物一樣，把身體塞進一大袋裝滿羽毛棉花的洗衣袋裡。那是一個徵兆。我把自己看成一個沒有固定形狀，像變形蟲一樣，缺少明顯人類特徵的東西。望著眼前那堆雜亂無章的愚蠢靈感，我也同樣不禁哆嗦。我必須費盡唇舌地好言哄騙才能說服它們。

田納西·威廉斯在《青春之鳥》（*Sweet Bird of Youth*）的序文中，描述了他面臨的創作瓶頸——但這並沒有妨礙他寫出令當代劇場高度推崇的作品：

我突然想起先前與一名知名的同行共進晚餐的情況。用餐時——其實已經快吃完了——他終於打破那漫長又憂傷的沉默，對我抬起同情的目光，溫言問說：「田納西，你不覺得自己陷入創作瓶頸了嗎？」

我沒有停下來思索該怎麼回答，想也沒想便脫口而出，說：「喔，對啊，我一直卡在瓶頸裡，但我寫作的欲望實在是太強烈了，所以才能一次又一次打破瓶頸，突破障礙。」

……是真的，一點也不誇張。十四歲時，我發現寫作能帶領我逃離這個讓我嚴重感到格格不入的現實世界。它立刻變成我的藏身處、我的洞穴、我的避風港。我要逃離什麼呢？逃離嘲笑我娘娘腔的鄰居小孩、逃離叫我南西小妞的父親——因為我寧願待在祖父古色古香的大藏書室裡看書，也不想打彈珠、棒球或玩其他一般小孩愛玩的遊戲。我會養成這性格，是因為童年曾罹患重疾，並對家中細心照料我的女性成員過度依賴。

在我開始動筆的一星期內，我就覺得自己遇上第一個瓶頸。不是神經質的人很難了解這種感受，但我會試著解釋。我終其一生都被一個執念苦苦糾纏，認為如果你強烈渴望得到一個東西或愛一個東西，就必須將自己放到一個脆弱的位置；即使不會發生，也要讓自己有可能失去你最想要的東西。大概就是這樣。那個瓶頸一直在那兒，永遠不會消失；而無論我有任何想擁有或實現的夢想，永遠會被那看不見盡頭的瓶頸拒於門外。

消沉與抑鬱

對海明威來說，瓶頸的出現與消沉的心情有關。他如此形容其中一次的經驗：

我一直很認真工作。有次低潮時我像中了魔一樣，一開始什麼也寫不出來，而且整整三星期沒睡。我大約會在深夜兩點多起床，到外面的小屋一路工作到日出。因為當你正在寫書又出現失眠症狀時，你的腦袋會在半夜急速運作；而如果你只是將一切寫在腦中，到了早上卻忘得一乾二淨，你就完了。不過我想我應該是缺乏運動之類的，所以近來常出門，不論什麼天氣都會出去划船一下，所以現在沒事了。我將工作量減少一半，大量運動，不要把自己逼瘋，這總比每天狂燒把自己腦袋燒壞好。之後我再也沒陷入過去那種低潮，但很慶幸自己有過這體驗，讓我知道別人曾經歷過什麼樣的痛苦。它讓我比較能夠體諒發生在我父親身上的事。

海明威的父親在一九二八年自殺身亡，他則在一九六一年步上父親的後塵。

消沉也是懷特陷入瓶頸的主因，但那只是拖慢他，並沒有阻止他創作：

「寫」這個念頭像朵醜陋的烏雲般懸在我們頭上，彷彿即將來臨的夏日雷雨，令我們憂心忡忡、消沉沮喪。所以我們迎接新一天的方式，就是在早餐後倒回床上或出門走走，通常就是隨便找個地方，漫無目的地遊蕩，像是最近的動物園，或去郵局買些貼好郵票的信封。作家的生活就是日復一日不停厚顏無恥地逃避。家裡到處都是讓人分心的事物，辦公室是我們永遠不會去的地方……但我們總是會寫出什麼來。即便躺下來、閉上眼睛也無法阻止我們寫作；就連家人的干擾也一樣。

如果你覺得自己憂鬱的情況非常嚴重，務必去尋求協助。我也曾罹患憂鬱症過，知道這不是親朋好友好心幾句「加油！」或「打起精神」就可以解決的。它是一種醫學上的病症，而且是可以治療的。

瓶頸是寫作必經的過程

紀德建議我們：

> 聰明的話，就不必太過擔心這段一事無成的時間。它們會替你的故事帶來新鮮空氣，並將它灌輸至你每日的現實生活之中。

—**懷特**（EB White，一八九九至一九八五年）：懷特著名的作品包括有《夏綠蒂的網》（*Charlotte's Web*）以及《天鵝的喇叭》（*The Trumpet of the Swan*）。在美國，無數學校與大學都使用他與史傳克合著的文法書《風格的元素》做為教材。

雪莉·傑克森暗示瓶頸大概是創作必經的正常過程：

我曾經把一份未完成的草稿壓了好幾年，因為我懷疑——事實證明我的懷疑是正確的——自己不知道該怎麼把它寫完。等到我終於回頭提筆時，我還是不知道該怎麼辦，但反正我繼續寫就是了。我希望有人曾告訴我，我永遠也不可能知道該怎麼寫一部小說，即便我滿腹疑問、內心充滿疑慮，也只能硬著頭皮寫下去。也希望有人教教我，完成草稿後，我要怎麼知道自己寫了什麼，還有如何改善。

羅迪·道爾的方法隨性又簡單：

我想我從沒真正遇到瓶頸過。如果進度緩慢，或寫得很不滿意，我會先去寫另一個故事，晚點再回來解決這個問題。就算知道自己寫的是垃圾，我也會寫得很高興，反正之後再好好修改就好。我們常常寫出六句爛句子後，才會出現一句好句子。但我們就是必須先寫出那前六句，才知道自己寫了些什麼，並得到我們真正想要的第七句。所以，即便是工作不順的日子，也並非一無是處。

艾莉絲·孟若每次寫書，也一定都會碰到短暫的瓶頸：

我可能會有一天非常順利，寫得比平常多頁，然後隔天起床，發現自己完全提不起勁繼續。當我非常不想接近那本書、必須強迫自己才能繼續寫下去時，我就知道問題嚴重了。我常常在寫到四分之三時會累積到一個程度，覺得自己寫不下去，必須放棄這故事了。我會嚴重消沉個一、兩天，到處鬧脾氣，然後想別的東西來寫。這有點像是搞外遇，找個自己完全不喜歡——當時還不知道自己不喜歡——的新男人約會，藉機發洩內心的失落和悲傷。然後我會突然想起那個被我拋棄的故事，我會知道該怎麼繼續。但這似乎只有等到我說：「不，這故事不會成的，算了。」之後才會發生。

與還沒開始動工的題材相比，契訶夫對於他正在寫的作品也有類似的疑慮：

五篇短篇小說和兩篇長篇小說的情節，在我腦中無精打采地來來去去。其中一篇小說的靈感在好久之前就出現了，好幾個角色都已經老了，還沒機會現身紙上就已經過時。我腦子裡有一整團軍隊哀求著要出來，就等著我一聲令下。跟我想寫未寫、以及希望自己現在是在寫它的題材相比，我至今寫出的一切都是垃圾……所有我現在在寫的東西都無聊至極，讓我提不起勁；而所有還在我腦中醞釀的都那麼有趣，感動我，讓我心癢難耐。

對於這些問題，作家們想出了各式各樣的方法來解決。

思考更大的問題

保羅・奧斯特認為瓶頸或許是個徵兆，提醒我們應該去思考背後更大的問題：

深厚的耐心是必須的。在經歷數週的悲慘和數月的折磨後，我發現，如果作家陷入瓶頸，往往代表了他不知道自己想說什麼。你必須回頭檢視你的動機、意圖，你想達成什麼目的。但最重要的是，不要只是為寫而寫。

腦力激盪

如果你的障礙是在於不知道接下來該寫什麼新題材，你或許可以考慮試試菲利普・羅斯的方法。他告訴美國公共廣播電臺，他最新一篇關於小兒麻痺傳染病的短篇小說《天譴》（*Nemesis*）是這麼想到的：

「開始（寫）一本小說時，我有時會先在黃色活頁筆記簿上寫下所有我經歷過、但還不曾寫進小說過的歷史事件。想到小兒麻痺時，我簡直就像醍醐灌頂般眼前一亮。我以前從沒想過要拿它當主題。我記起它是多麼可怕、多麼致命，然後我想：『好，那我不如試著寫個關於小兒麻痺的故事看看……』我想知道的，是我是否能想像如果大家心中的恐懼成真，世界會變成什麼樣子？

羅斯用同樣的方法得到《反美陰謀》（*The Plot against America*）的靈感。在這個故事中，他想像如果是林白，而非羅斯福贏得一九四〇年美國總統選舉的話，世界會變得怎樣。

不寫自己也不相信的東西

雷・布萊伯利說：

> 會出現心理障礙，是因為他們正在做他們不該做的事、編他們不該編的劇本，寫他們不該寫的書——他們會靈感枯竭，是因為潛意識在說：「我要截斷你的泉源！」

他的解決方案非常實際：只要寫你所愛，靈感永遠不會枯竭。

尋求治療

葛倫・大衛・高德的《卡特痛宰惡魔》寫到一半時，有個段落怎麼寫就是寫不出來，使他的進度整整中斷十七個月。在那段期間，他開始思索寫小說或許不僅是為了要面對自己尚未痊癒的童年創傷。他說：

> 因此，我接受治療，改變生活，先往前跳到下一個場景，之後再回頭補寫。然後我決定我得給自己製造一點驚喜，以免那部分淪為單純的描述。我跑到圖書館，站在書架間，決定我第一本拿到什麼書，就把裡頭看到的東西丟進場景裡。沒開玩笑，結果我第一個翻到的是斷頭臺的歷史。現在我有東西可以打斷單調的描述，替我製造驚喜，並且完成剩下的場景。

寫日記

多明尼克．杜尼建議：

我認為最好的方法就是寫日記……碰到創作瓶頸時，日記會變成你最珍貴的寶物。寫下你的瓶頸，跟自己解釋你感到的挫敗，或因為江郎才盡感到的憤怒。對自己描述你現在正在寫的章節或場景：裡頭出現什麼角色、這一章或這個場景打算朝什麼方向前進。把這些寫下來，相信我，靈感會開始從你的日記中浮現。

攻其不備

H.G.威爾斯建議：

寫小說時如果遇到困難，不妨試試攻其於不備：趁它不注意時，殺它個措手不及。

費茲傑羅也同意這方法：

有時如果你想解決一個格外棘手的問題，就趁著早上一起床、頭腦最清醒時立刻面對它。這方法我屢試不爽，所以對它的信心堅定到不可思議的地步。

聽音樂

譚恩美說：

方法很多，其中一個是放上次寫那場景時的同樣音樂。音樂有催眠效果，它可以將各種感官的想像力統統結合起來，帶我進入那場景。

寫一句真心相信的句子

海明威如此給自己打氣：

有時當我開始寫一個新的故事，卻不知該如何下筆時，我會坐在火堆前，捏著小橘子的皮，將汁擠到火焰邊緣，看著它濺起的藍色火花。我會站起來，眺望巴黎的屋頂，心想：「別擔心，你過去寫了那麼多，現在一定也可以。你要做的，就是寫出一句你真心相信的句子，一句你腦中最真誠的句子。」最後，我會寫下一句我真心這麼認為的句子，以它做為起點。這沒什麼難，因為我一定看過、聽過或知道這樣一句真誠的句子。若我開始愈寫愈繁瑣，或文章開始看起來像要介紹或呈現某個東西，我發現我可以剪下那些花巧的詞藻，扔到一旁，用我第一句發自內心寫出的簡單宣言開始繼續寫。

中途暫停

海明威還有另一個祕訣：

最好的方法，就是在你手感正順或知道接下來的情節時停筆休息。寫小說時如果每天這麼做，就永遠不會有寫不出來的時候……只要覺得寫得正順，就放下筆，不要想，也不要擔心，隔天再接著繼續寫。如此一來，你的故事會不停在潛意識中發酵。但若你刻意去思索或擔心，就會扼殺靈感，大腦也會在你開始動筆前就先累垮了。

強迫關聯

雷．布萊伯利有個方法可以刺激故事的靈感出現：

我會坐在一臺打字機前，試著做文字聯想，用打字機打出頭兩個想到的詞，像是「大草原」或「矮人」，然後對自己的大腦說，「好，現在你得孤軍奮戰了。我心裡一直是相信你的，從沒一刻懷疑你。至於你，潛意識，現在把你這些年來偷藏起來、沒讓我知道的關於矮人的一切統統告訴我，讓我派些角色上場，我會讓其中一個替矮人發聲，一個反對矮人，看看在這樣的交互辯證下，我們會創造出什麼樣的生活背景。」我的潛意識接手，回答：「樂意之至。」一、兩個小時後，故事就寫完了。

使用畫面

彼得・凱瑞透露：

我會從一個特定的畫面開始——一個強烈、富有象徵意義的畫面——然後自問我必須怎麼做才能將故事帶到那幅畫面？這就像疊撲克牌一樣，下層所有的牌卡都是用來支撐最上面的兩張。在寫《騙子》時，我知道那家人最後會變成他們自己寵物店裡的寵物。那時各種紛亂的時事，讓我覺得那間寵物店很像現今的澳洲。

換個故事寫

這大概是最極端的一個解決方法，但有時你也只能捨棄目前正在寫的故事，另起爐灶。洛莉・摩爾給了我們一個例子：

我常常想起一個認識的人，她也是個作家。我有一次在書店遇到她，打完招呼後我問她這些日子在忙什麼，她回答：「嗯，我本來在寫一篇長篇的漫畫小說，但夏天時我丈夫出了個可怕的意外，不小心被電鋸鋸斷三根手指頭。我們很難過，而且餘悸猶存，等我回頭繼續寫時，我的漫畫小說變得愈來愈消沉黑暗、悲傷沮喪。所以我就扔了它，開始寫另一本小說，是關於一名男人在一次意外中被電鋸鋸斷三根手指的故事，結果呢，」她說，「我反而寫出一個挺有趣的故事。」這算是個喜劇收場的好教訓。

坐而言不如起而行！

練習：如果發現自己陷入創作瓶頸，從上述的方法中選一個試試看。如果有用，恭喜你；如果沒用，就再換一個，直到找到最適合自己的方法。如果你憂鬱的情況很嚴重，請務必尋求專業協助。

第六部

寫作生活

作家不僅僅是一項職業。有人認為它是使命，有人認為它是藝術，也有人認為它是一項技藝。可以確定的是，它對你生活各方面都會產生非常重大的影響，在這一部分中，我們就來看看其中一部分的因素，包括收入、對於名氣的追求（或逃避）、成功的定義與本質等等。

書中的建議或許可以幫助你釐清自己想要寫作的原因，並打造出一套最能支持你創作的生活方式。

33 如何應付孤獨與保持專注

身為一名作家，意味你大多數時間都將一個人獨處——或與想像中的角色一起度過。對許多作家而言——如奧罕．帕慕克——這是個優點：

我很喜歡獨自一人待在房裡創作。與其說是我熱愛寫作這項藝術或技藝——這我自然是全心投入——不如說是喜歡獨自待在房裡這件事。我一直都保有這項儀式，相信自己現在寫的東西終有一天會出版，藉此合理化我的白日夢。如同有人仰賴藥丸維持健康一般，我每天必須準備好好寫的紙張與鋼筆，獨自坐在書桌前幾小時。

海明威也認為孤獨是件好事：

作家應該孤軍奮戰。他們只有在工作結束後才能和他人見面，而且次數不能過於頻繁，否則會變成紐約那些作家。他們彷彿關在瓶子裡的蚯蚓，企圖從彼此的接觸與瓶內的東西汲取知識和養分。那瓶子有時是藝術，有時是經濟，有時是經濟宗教。重點是一旦進入瓶內，他們就再也不會出來。他們在瓶子外很孤獨，而他們不想孤獨。他們害怕獨自與自己的信念共處……

威廉・薩羅揚認為所有作家都是反叛分子：

作家是精神上的無政府主義者，就像每個人的靈魂深處都是無政府主義者。他們憤世嫉俗，對世間所有一切、所有人類都看不順眼。作家是所有人最好的朋友，也是唯一一名真正的敵人——一名善良而且偉大的敵人。他不與眾人並肩而行，也不與眾人齊聲歡呼。真正的作家沒有一刻停止反叛。

有些作家在嘈雜的環境，比如說咖啡店、甚至是火車站或飛機上也能自在工作。就此說來，「孤獨」的定義，是不因其他人分心。在今日，這除了是找你攀談的人之外，還可能是電子郵件、即時訊息和其他電子媒體。當然了，寫作並非真的是件孤獨的工作，只是我們的同伴是我們所創造出來的人物。

不過，這不代表我們永遠都得過著隱士般的生活。法蘭納莉・歐康納寫道：

我一直覺得這社會對作家有個非常莫名其妙的迷思，而且那根本不是真的。很多人先入為主地認定「作家的性格一定很孤僻」……想像作家總是處於一種敏感的狀態，而這狀態不是切斷他與外界的聯繫，就是讓他高高在上，或流放到人群底層……大概只要是不能放進唱詩班表演的藝術，都會受到一定程度的浪漫化吧。但我覺得這麼做對作家尤其不好，特別是小說家，因為小說家的作品是最普通、最具體，而且最不能浪漫化的藝術……除非那個小說家徹底瘋了，否則他的目標就是溝通，而溝通意味他必須在一個社群之內與他人交流、談話。

坐而言不如起而行！

練習：如果你沒有足夠的獨處時間寫作，該怎麼做才能替自己製造更多獨處的機會？你喜歡獨立工作嗎？如果不喜歡，那你可能不適合寫小說。不過，還有其他種寫作比較需要與人群接觸，如新聞報導；或比較需要與他人合作，如劇本編寫。

中斷與分心

寫作所需的孤獨不總是能輕易獲得。海明威發現了一個可以減少訪客的方法，他在寫給編輯邁克斯威爾．柏金斯的信中提到：

還有其他各種事情會打斷我寫作，但我一向都毫不留情地拒絕他們。我在大門掛上一塊大大的牌子，用西班牙文寫說海明威先生不接見任何沒有預約的訪客。如果不想白跑一趟，就不要來這裡。這樣一來，若他們真來了，我就有權利把他們給轟出門。

就算沒有其他人干擾我們，我們自己有時也會因為各種事情分心，譚恩美說：

所謂成功的一天，就是我沒有被其他人打斷，也沒有被其他事情——像電子郵件等——

分心。我的思緒能完全專注在我的想像中，用這本小說該有的聲音去寫，完全不受其他聲音干擾。這真的是一種自我紀律——當我九點鐘坐到桌子前，工作一整天……

> 不要接會讓你分心的大案子。不要被其他人說服。不要當乖女孩，幫書寫推薦。不要當乖女孩，做別人強迫你去做的事。

喬治·佩勒卡諾斯承認：

> 我把網路戒了。這就像戒菸或戒毒一樣，戒掉後才體會以前不知浪費了多少時間。小孩、狗和其他尋常的嘈雜聲，向來都不是問題；我從沒在安靜的地方寫作過。

有時候讓你分心的，是你自己腦中的思緒，雪莉·傑克森就有這經驗：

> 絕妙，可是會導致整本書重寫的靈感接連襲來。有時我會嘗試捕捉，但若我最終不想個法子克制，我永遠也無法寫完一本書。所以我會把那些想法記下來，留待未來使用。最後一個也沒用。

以撒·辛格[1]認為我們在抵抗分心時，有時可能是吠錯了樹：

> 有些作家說他們必須去到一個偏遠的小島上，才能專心寫作。可以的話，他們會去月球上寫，以免被打擾。但我認為「打擾」是人類生活的一部分，而且有時打擾反而是有好處的。

因為當你暫時擱筆，停下來休息或忙其他事時，你的觀點會改變，視野會擴大。以我自己來說，不像有些作家所宣稱的，我從沒在真正靜謐的環境中寫作過。不論外界有什麼干擾，我必須寫什麼就寫什麼。

家庭因素

家庭常是妨礙寫作的一大因素。許多男性作家解決這問題的方法，就是當個糟糕的丈夫和父親。

女作家就沒這麼容易了。若她們堅持要抽出時間寫作，有時必須付出代價。艾莉絲．孟若說：

我覺得自己的人生全反了；當小孩還小、迫切需要我時，實在快把我逼瘋。到了現在，他們完全不需要我了，我又覺得自己好愛他們。我在家中四處閒晃，心想：我們一家人以前是多麼常一起吃晚餐啊。

艾瑪．泰寧德提供我們一個解決的方法：

我認為家裡有小孩很難寫作……當然許多女性都是必須照顧小孩的職業婦女，所以我認為就作家這個職業來說，最重要的就是一早起床那段時間。就算在出門工作或小孩醒來前只寫了半頁，你也會有種今天會很順利的感覺；只要寫好半頁，你就不用擔心今天一事無成。幸運的話，晚上還可以回到書桌前，修一下稿子、想想隔天要寫什麼。同樣地，如果隔天更幸運，你可能會發現全家人都出門了，你就有更多時間可以寫作。在創意寫作課上，老師有時會告訴你必須寫愈多愈好，但這當然一點意義也沒有。有些頂尖的作家每天能寫幾百字就心滿意足了。

貝蘿．班布里奇則提出另一個觀點：

當我有一屋子小孩時，我曾想過如果能有自己的空間和寫作所需的寧靜有多好。但我現在明白，應付日常生活的挫折，要比一整天面對自己簡單多了。有時候我會考慮想找份工作，晚上再溜回家寫作。

懷特發現了一個可以克服家庭干擾的方法：

我在平常各種會讓人分心的環境中，也能順利工作。我家裡有個客廳是全屋子的核心樞紐──去地窖、廚房、放電話的櫃子都必須經過那裡，總是有人來來去去。但那是一間明亮又歡樂的房間，儘管熱鬧得像嘉年華會一樣，我還是常常在那裡寫作……我的家人從來都不理會我作家的身分──他們想怎麼吵就怎麼吵。如果受不了，我還有其他可以去的地方。一

──**以撒．辛格**（Isaac Bashevis Singer，一九〇二至九一年）：辛格的作品包括《冤家：一個愛情故事》（*Enemies, A Love Story*）、《泥人》（*The Golem*），以及《黑爾慕村故事集》（*the Chelm stories*）。他所有作品都是先以意第緒語寫成後再翻譯為英文。他家族中有許多成員都是猶太教的拉比，他也曾接受過一陣子拉比訓練，但最後還是決定這個職業不適合他。

個作家如果堅持要等擁有理想的環境才要寫作，那他到死也寫不了一個字。

坐而言不如起而行！

練習：列一張表，紀錄自己平常會受到多少外界的干擾和分心。為了減少分心的情況，你可以：

- **寫作時，請他人尊重你在工作。**
- **換個地方工作。**
- **換個時間工作。**

接著再列一張表，寫出你自己為什麼會分心。為了減少分心的情況，你可以：

- **好好分配上網和看電視的時間。**
- **在沒有網路的地方工作。**
- **用不能上網的電腦工作。**
- **找個地方，消除其中一切會讓你分心、妨礙你工作的東西（如書本、雜誌、電話等等），在那裡工作。**

34 日常作息

世界上大概不會有兩個作家的日常生活作息是完全一樣的，但C. S. 路易斯在他自傳中留下了一段迷人的描述，說明最完美的作家生活典範，該像是他住在一個叫做書鎮的小村莊的那段日子：

> 我總是在八點整吃早餐，到了九點坐在書桌前，閱讀或寫作直到下午一點。若十一點時可以送來一杯好茶或咖啡的話，是最好的了。出門喝啤酒就不是那麼好的選擇，因為你不會想自己獨飲，而如果在酒吧遇到朋友，休息時間往往會超過十分鐘。
>
> 到了下午一點整，午餐應該要已經擺好在桌，最晚在兩點前出門散步。除了少數時候外，我身旁不會有朋友作伴。散步與聊天是人生兩大樂事，但結合起來卻會是一大錯誤……散步回來時，茶也應該恰好上桌，而且最遲不可超過四點十五分。午茶理應獨自享用……因為吃和閱讀兩相結合是人生再完美不過的一大樂事。當然不是所有書都適合在用餐時閱讀，如在餐桌上讀詩便是一大褻瀆。你該看的是內容天南地北、散亂無序、在任何地方都可以打開來看的書……

到了下午五點，你應該回到工作上，一直寫到七點。從晚餐開始便是交談的時間；若沒有交談的機會，就讀些較為輕鬆的讀物。最後，除非你準備與好友促夜長談（我在書鎮便一名好友也沒有），否則沒有理由不在十一點前上床。

福樓拜的日常作息頗為風雅。佛萊德瑞克．布朗（Frederick Brown）在這名偉大作家的傳記中描述：

他每日的生活如布穀鳥的歌聲般一成不變。像夜貓子般晝伏夜出的福樓拜習慣在早上十點起床，拉鈴宣布他的甦醒，到了那時屋裡的人才敢提高音量交談。他的男僕納西斯會立即送上清水、裝好他的菸斗，拉開窗簾，送上晨信……由於吃得太飽會無法專心工作，所以他吃得不多——或以福樓拜家的標準來說，這樣算少的了。他每天的早餐中有蛋、蔬菜、起司或水果，以及一杯冷巧克力。除非被惡劣的天候困在室內，要不一家人接著會在露臺上小憩一番，或沿著陡峭的小徑，穿過圍有樹籬的廚房花園後方的樹林，來到被他們稱為水星花園的林間空地，因為那兒過去曾矗立著一座墨丘利的雕像。在栗子樹的樹蔭下、在山坡的果樹林旁，一家人天南地北地爭論、說笑、論長道短，眺望河上來來去去的船隻。另一個享受新鮮空氣的地點，是一座十八世紀的涼亭。晚餐時間一般是七點至九點，吃飽喝足後，夜色常可看見一家人在涼亭那兒欣賞月光粼粼的河面、看漁夫撒網捕捉鰻魚。一八五二年六月，福樓拜告訴露易絲．柯蕾[1]他每天從下午一點工作到凌晨一點。

西蒙・波娃說：

雖然在多數日子裡，我想到要開始新的一天心裡就討厭，但卻總還是迫不及待地要開始。我會先喝些茶，接著從約十點左右工作至下午一點。一點後我會去探訪朋友，五點後回來繼續工作直到九點。接續下午擱下的進度，對我來說一點也不困難。你離開後我會看看報紙，也可能去購物。大部分時候我都樂在工作之中。

不是所有作家都有一成不變的作息。約翰・厄文說：

我不會給自己放假，也不會強迫自己工作；我沒有一定的工作時間表……在我寫稿初期，我一天無法工作超過兩到三小時……到了中段後，我可以一週七天，每天工作八到十二個小時——如果小孩允許我的話，但他們通常不允許……要我一天在打字機前坐上八小時不是什麼難事；再加上晚上閱讀的兩小時。這就是我的作息。到了小說即將完成之際，我會又恢復原先的一天兩至三小時。收尾和開頭一樣，需要比較謹慎處理。

家庭是影響作息的一大因素，而且許多作家都另有全職。在先前的章節中，我們已經看到特羅洛普的自我紀律有多嚴明，儘管另有一份全職工作，他的產量還是相當驚人。卡夫卡也必須面對同樣的挑戰。路易斯・貝格雷（Louis Begley）在卡夫卡的傳記中寫到，他起初每天必須輪十二

— Louise Colet，法國女作家，同時也是福樓拜的情婦。——譯者註

小時的班，升職後則是從早上八點半工作至下午兩點半，用過午餐後午睡四小時，接著運動、吃晚餐，一直要到了深夜十一點後才能開始寫作。起先的一個多鐘頭先寫信和日記，換句話說，小說是從午夜開始寫到凌晨一至三點。貝格雷寫道：

這樣的作息讓他身心一直處於崩垮邊緣。當有人建議他應該更加妥善規劃時間時，他說：「現在的方式是唯一可行的方式，若我不能忍受，情況只會更糟；反正我總會熬過去的。」

說話方式與文風相去不遠的海明威則如此向《巴黎評論》闡述他的作息：

當我開始寫一本書或故事時，我會盡可能天一亮就寫，那時候不會有人吵你，而且當天氣微涼或天冷時，只要開始工作，寫著寫著身子就會暖起來。你先讀一遍先前寫的東西，當你知道接下來的情節時，一定要停下來，從那裡開始接著寫，一直寫到還有體力，但已經知道接著會發生什麼事時。這時候，就要立刻停筆，讓靈感在腦中慢慢發酵，到了隔天再將它重新捕捉。你從早上六點開始寫，工作到大約中午或中午前。停筆後你會覺得整個人空蕩蕩的，但又不是空蕩，而是滿足，彷彿剛與心愛之人纏綿完一樣。你覺得沒有任何事能傷害你、沒有意外會發生、沒有一切有意義，直到隔天你再度提筆。最難熬的就是等待明天到來的這段時間。

約翰·葛里遜剛開始寫作時，他的作息是這樣的：

> 鬧鐘在五點整響起，我跳下床，迅速沖個澡。辦公室離我家大約五分鐘路程，我必須在五點半前到達辦公室，坐在書桌前，準備好第一杯咖啡，擺好活頁簿，開始寫第一個字。每週五天都是如此。

寫完後他再開始他的律師工作。

有些作家採取的方法很極端，約翰・藍徹斯特（John Lanchester）在《紐約客雜誌》中寫道：

> 奧登或許是史上最有系統、最有效率的一名作家。從一九三八年開始，整整二十年來，他每天早上都要吞下苯甲胺[2]，想睡時則服用速可眠來中和它的效果。（他還會在床邊放一杯伏特加，半夜醒來就喝上一大口）至於安非他命，他的態度則十分實際，認為它是「心智廚房」中的一項「省力工具」，不過有條重要的但書，就是「它的機制非常粗糙，可能會傷害廚師，而且常常失靈」。不推薦。

H. G. 威爾斯則給了我們一個溫馨的小建議：

> 每天總有段時間，大約是在早上寫完該有的頁數、下午回完該回的信後，你會變得無事可做。然後你開始覺得無聊，這就是該做愛的時候了。

2 Benzedrine，一種中樞神經刺激劑，可使人清醒，作提神之用。——譯者註

坐而言不如起而行！

練習：你理想中的作家生活可能與C. S. 路易斯或其他人描述的不同。那麼你想像中的作息該是什麼樣？你喜歡在早上、下午還是夜晚工作？什麼樣的活動可以讓你在工作間得到平衡？

列一張表，寫出你理想的工作日中會包含哪些活動，並決定哪些可以在短期內實行，哪些需要長時間才能完成。這樣的作息目前或許一週只能出現一次，但如果有什麼改變是現在可以做的，就快實踐吧。

35 收入

塞繆爾・詹森說過一句很有名的話，他說：「只有笨蛋才不是為了錢寫作」，但這當然不是真的，作家不全是笨蛋，而他們提筆創作的理由更是千百種。只是若想仰賴寫作維生，你恐怕會面臨相當大的挑戰。

只有少數作家因作品的暢銷而變得富可敵國（哈囉，J. K. 羅琳、約翰・葛里遜、史蒂芬・金；或許還有其他幾人）。打響「名號」的作家也可以透過演講、寫文章、教書與其他各種業外活動賺取收入。

而在一夕之間紅透半邊天的作家，自己也可能跟全世界其他人一樣意外。EW.com 如此描述史蒂芬妮・梅爾：

> 她抱著玩票的心態，鼓起勇氣聯絡幾名她在網路上找到的文學經紀人，寄給每人一份《暮光之城》的摘要。有人慧眼獨具，以三本書七十五萬美金的合約簽下這名新客戶。梅爾說：「我本來只想能有個一萬塊付清我小箱型車的貸款就好。」

然而，大多數的作家一輩子也無法靠寫作致富。美國作家指南（Author's Guide）在一九七九年的一份調查中估計，美國作家在一九七八年的平均收入約為一萬美金（大約三十萬臺幣）。根據《紐約時報》報導，一九九三年的另一份調查報告做了一個令人震驚的總結，表示：「真要說的話，就是作家與劇作家的財務狀況比過去十五年還要微微糟糕了些」。雖然近來年沒有再進行新的調查，但種種狀況顯示作家的處境並沒有得到改善；事實上，除了電視電影的編劇外，情況可能還更退化了。這是因為在影視圈中，強勢的工會扮演了相當重要的角色。

除此之外，作家每年的收入差異甚巨也是相當正常的一件事。奇幻暨科幻小說作家塔拉．哈波在她的部落格中提到：

> 我第一本小說拿到的第一筆版稅是兩百七十二塊美金；喔，對了，沒錯，我很興奮。下一張支票，如果我沒記錯的話，是三百五十八塊美金。一年後，大概是一萬六千塊。有幾年因為簽了新合約的關係，除了版稅外我還有預付款可以拿；有幾年國內外的版稅收入不相上下；有幾年則是外國的版稅賺得比較多。基本上，金額上上下下，在支票兌現前都說不得準。

我的經驗也差不多。我有幾年可以年收六位數，也有幾年只有四位數進帳。當我編劇的電視電影或影集偶爾重播時，我可以拿到一筆不錯的重播費。就連我那兩齣古老的《天才管家》與《天才家庭》在馬來西亞等地重播時，我也多少可以拿到些錢。我寫的書則是一年帶給我兩次不同金額的版稅。但是你無法保證每年一定會拿到多少錢，而這種不確定性不是每個人都能接受的。重點是你在豐收的那幾年也必須省著點花，好留點積蓄撐過歉收的日子。

面對這問題，其中一個解決方法是另外找份工作，利用閒暇之餘寫作。特羅洛普就是最好的例子，除了是個產量驚人又成功的小說家外，他還做了許多年的全職郵務稽查。

另一名經典文學大師薩克萊說：

> 如果我說：「媽，我想寫書。」她只會說：「寫啊兒子，有什麼問題；不過去找個工作先……」而且你知道嗎？這並不是個壞主意。寫作是個高風險的行業……在我看來，運氣比才能重要太多。

薩克萊在成為成功的小說家前從事的是新聞業。

許多人都建議作家不要擔心收入的事，只要有興趣，就多多練習文筆。雷·布萊伯利說：

> 錢不重要，物質的東西不重要，寫出一本能令自己自豪的好小說才重要。如果你這麼做，很奇怪地，錢就會自己進來，做為你費心工作應得的獎賞。一臺錄音機也好、一輛汽車也罷，它們都不真的屬於你。什麼才真正屬於你自己，那才是你真正擁有的。我對身邊任何不用心思考、創造的人都絕不留情。

毛姆[1]寫道：

---

1 **毛姆**（W Somerset Maugham，一八七四至一九六五年）：毛姆最廣為人知的當屬他的小說《人性枷鎖》（*Of Human Bondage*），但他也是一名成功的劇作家，一度曾有四齣戲同時在倫敦西城劇場上演。他在第一次世界大戰期間曾擔任救護車駕駛，二次大戰期間則從事間諜工作。

道德上，我認為作家的獎賞應該是來自工作的樂趣以及思考這樣重擔的抒解。他應該對其他一切漠不關心，不將褒貶成敗——或其他人可能會加上的，金錢——放在心上。

雖然我非常尊敬布萊伯利和毛姆，但我還是必須說，如果你能像他們一樣成功，自然比較容易懷抱這種崇高的想法。身兼劇作家與電視編劇二職，同時也是原版《陰陽魔界》（*Twilight Zone*）主持人的羅德．瑟林的觀點就比較實際：

有個銀行帳號你就可以變得獨立、勇敢許多。

維吉妮亞．吳爾芙也有同感。她說女人要寫小說，一定要有錢（還有一間自己的房間）。你要怎麼知道自己可以靠寫作賺錢？以下是馬克．吐溫的建議：

從無酬的時候開始寫，寫到有人願意付你錢；如果三年內沒人願意付錢，那伐木才是你該做的工作。

這話可能太嚴厲了些，有些人要等超過三年才能開始從作品中得到實質的收入。再說，伐木這職業也不像以往賺錢了。不過實情確是如此，作家想仰賴寫作維生，除了靈感外，也要注意市場的走向。

報章雜誌的市場正在萎縮，部分出版商的稿費也確實不如以往。儘管他們正在享受更廣大的電子市場帶來的好處，但至今為止，廣告與訂閱的收入仍無法保證長久的存活，更別提作者現在能拿到的稿費比過去少了許多。因此，有不少自由工作者轉而嘗試其他利潤較高的相關領域，如版權的買賣。

除了寫出一本暢銷書外，編寫電影、電視的劇本會是你主要的賺錢門路。不過這一行的競爭非常激烈，除非你住在洛杉磯（或退一萬步來說：紐約），否則要找到電視編劇工作的機會幾乎是零。你在哪裡都可以寫劇本，但是買主會期望你出席會議。因此，如果你已經住在洛杉磯附近，會是一大優勢。

坐而言不如起而行！

練習：如果你的目標是靠寫作維生，下列幾點問題值得你好好考慮：

- **你打算靠哪類的寫作賺錢？**
- **如果你需要培養技能，你該如何、去哪裡學習這些技能？**
- **你有沒有閱讀相關的雜誌或交易書刊，以便掌握該領域的最新情況？**
- **你知道自己需要具備什麼樣的條件才能打進該領域嗎？**

依據上述的考量替自己擬個計畫吧。

36 名氣與成功

名利雙收的作家非常少。通常只有上過電視的人才會擁有高知名度。比方說，我想多數人在路上遇到丹妮．斯蒂爾（Danielle Steel）或約翰．葛里遜都不會認出他們來。

有些作家是在特定領域的書迷間擁有響亮的名聲。舉例來說，我完全不曉得塔拉．哈波長什麼模樣，但是她《人狼傳系列》（*Tales of the Wolves*）的書迷，或參加過奇幻或科幻小說展的人，可能都認為她是知名的大人物。

成名的背後是有風險的。有些人認為名氣是毒藥，雷．布萊伯利過去就曾用過一些不是很好聽的話來形容一些知名作家：

不幸地，我不認為自己是個多謙遜的人。我努力不要忘記自己是個大嗓門，我想這也是自負的一種。但起碼我不會自我感覺良好。像卡爾．薩根（Carl Sagan）……他走到哪裡都想著他是卡爾．薩根，諾曼．梅勒也走到哪兒都想著他是諾曼．梅勒、高爾．維達（Gore Vidal）想著他是高爾．維達。我就不會一直想著我是雷．布萊伯利。這兩者間有很大的差別。你是誰並不重要。你不能到處嚷嚷我是某某某，否則你會被錯誤的身分給蒙蔽。不是你代表了你的作品，是你的作品代表了你。

愛德華．阿爾比也警告我們：

在我們的社會中，你很快會學到一件事，那就是名氣與優秀之間不見得有太大的關聯。頂尖的東西常常只有非常少數人知道。但你也不能因此落入陷阱，以為沒人喜歡你的作品，就代表它出類拔萃。有時候別人不喜歡，是因為它真的就是糟糕。

成名後，會開始有人邀請你演講、擔任組織的主席、上廣播或電視發表評論，參加名流聚會。這聽起來挺不賴的，但真的是件好事嗎？海明威不這麼認為：

不管寫作有多美好，它都是孤獨的。各類作家協會或許可以減輕作家的孤獨，但我不認為可以增長他的寫作能力。一個作家要是擺脫孤獨，讓愈來愈多人認識他，作品往往會退步。

他在一封信中承認自己也有這個問題：

沒有好好寫作讓我覺得很羞恥。這段日子完全被記者、攝影師，以及各種尋常或美妙的瘋狂事物所占據。我手上的書正寫到一半，感覺有點像是通姦被打斷。

劇作家東尼．庫許納說：

在現代，光是寫已經不夠了。除了創作外，你還必須扮演那個前途吉凶未卜的主角。你可能成功，也可能失敗；可能被接受，也可能被淘汰；可能受歡迎，也可能沒沒無名。獎賞很美妙，懲罰卻很無情。這是一場零和遊戲。

知名度也可能帶來你不喜歡，甚至可能無法勝任的要求。小說家羅勃森．戴維斯舉了個例子：

要作家朗讀他的作品是個冒險的舉動，因為他可能不是一個好的朗讀者、可能痛恨在公開場合表演，也可能單純不知道該怎麼讓聽眾聽得賞心悅耳。有些頂尖作家朗讀的技巧卻糟糕至極，如果有人聽過艾略特（T.S. Eliot）或勞勃．葛瑞佛斯（Robert Graves）的朗讀錄音便可作證，他們的詩作有如珍寶，聲音卻像窒息般死氣沉沉。

除此之外，簽書會這類的活動實際上可能也沒有聽起來那麼有趣。據聞許多作家都有獨自坐在簽名桌前，祈禱有人會來找他們簽名的經驗。但等到真有人上前時，卻常常只是問廁所在哪兒。有個作家——恐怕我已經忘了是誰——說她有次辦簽書會時，看到一名年輕小伙子在附近閒晃。最後他終於走上前，說他沒錢買書，問她可不可以買一本送他？她回答當然啦，沒問題，同時遞出一本她的書。「喔，不，」男孩卻說，「我不是要妳的書。」

洛莉．摩爾告訴我們該如何避免自大的危險：

一個人如果聰明的話，即便年輕時也不要認為自己是作家——因為在這個稱號之中有種會讓你停滯、讓你感到心滿意足、太過健全的東西。最好將寫作看成是一種活動，而不是一種身分——「寫」，我「寫」，我們「寫」，把它想成一個動詞，而非名詞。不停地寫，隨時隨地，無時無刻，這樣你的生活才不會變成一種矯揉造作的意淫幻想。

不同作家對於成功各有一套不同的定義，對其中某些人來說，成名並非必要。瑪麗·撒頓說：

對我而言，出名並不等同於寫出一本暢銷書，而是知道有某個人正在某個地方看我的書……好比這二十年來，《孤獨日記》每年賣出兩千本，我收過許多讀者來信，告訴我我的書改變了他們的人生。我覺得自己受到好多人寵愛。承認吧，這比錢還要好。

約瑟夫·海勒則認為：

做為一名作家，我覺得非常滿足，因為我只寫我想寫的東西，而且永遠不用和我不喜歡的人共事。對我而言，成功的標準就是做我想做的事，並且不用和我不喜歡的人扯上關係。

坐而言不如起而行！

每個人都自有一套成功的定義，而成名不見得是其中之一。

練習：想想下列的問題：

- 你認為怎樣叫做一名成功的作家？和名氣的高低有關嗎？還是只要能做自己想做的事就好？或者擁有一群規模雖小但死忠的讀者？
- 你必須付出什麼努力達到那種成功？
- 現在有什麼步驟可以帶領你朝成功邁進？

確實了解自己想要的結果，可以幫助你朝任何一種你想要的成功邁進。

37 享受作家生活

許多人都描述過寫作的困難與挑戰，威廉．斯泰隆[1]是這麼說的：

> 順利時，我會覺得很開心、很溫暖，但是每天早上開工的痛苦幾乎就把那分快樂全給抵銷了。承認吧，寫作是酷刑。

那麼寫作的喜悅呢？有些人，像威廉．斯泰隆，喜歡用沒寫時的悲慘來衡量寫作的喜悅：

> 我發現當我沒有在寫東西時，很容易陷入緊張和憂鬱。寫作可以稍微減輕那些症狀。

伍德豪斯也表達了類似的想法：

> 我熱愛寫作。只有在寫作或構思故事時，我才能感到真正的自在。我沒辦法停止寫作。

---

1 **威廉．斯泰隆**（William Styron，一九二五至二〇〇六年）：斯泰隆最有名的作品為《躺在黑暗中》（*Lie Down in Darkness*）、《奈特．透納的自白》（*The Confessions of Nat Turner*），以及《蘇菲的抉擇》（*Sophie's Choice*）。他的第一本小說贏得了羅馬文學獎，但頒獎時適逢韓戰，他正隨軍隊出征，因此無法出席典禮。他的第一份編輯工作糟糕到他故意讓自己被公司開除。

普利斯多里也這麼認為：

大多數的作家只有在兩種時候才會感到短暫的快樂。一種是似乎有個絕妙的靈感閃過腦中時；另一種是寫完最後一頁，而且還沒時間去想自己應該可以寫得更好時。

多數的作家在看到他們的作品付梓成書之初——或像費茲傑羅說的，拿到支票時——會感到一陣強烈的喜悅：

然後郵差來按鈴了。那天我辭了工作，在馬路上狂奔，攔下汽車向我的朋友和認識的人宣布我的小說《塵世樂園》要出版了。那個星期郵差不斷來按鈴，我償清了幾筆可怕的小小債務，買了一套西裝，每天早晨起床都覺得世界充滿無法以言語形容的光明與璀璨。

就像人生一樣，專職作家的生活有苦有甜：甜的是看見自己的書擺在書店裡；苦的是它似乎和你上個月看到的是同一本。你還得小心不要被店員看到，偷偷把它移到高一點的位置，轉過來讓封面露在外頭。

甜的是看見你的書被放在前五十名的排行榜架上；苦的是新書一本本出現，你看著它名次慢慢下滑，最後完全下架。

甜的是看到有人把它拿下來翻閱，苦的是他們最後又放回架上，沒有買回家的打算。

不過也不用這麼悲觀，我們來聽聽李奧．羅斯頓怎麼說：

常聽人說作家最大的滿足，是看到自己的作品被人閱讀，但我不這麼認為。他最大的滿足是來自於在默默之中點石成金的創作本身。作品乏人問津是很痛苦沒錯，但那不過是遲來的懲罰。真正無上的喜悅是來自於寫作時那分專注而熱情的投入、來自頑固地探索自我，以及在這冰冷無情的陰暗世界中摸索時感到的興奮與狂喜。

尤朵拉．韋爾蒂也有相同的看法：

寫作時，我並不是為了自己或我的朋友而寫；我是為了寫作本身而寫，為了那分喜悅而寫。我相信，假如我停下來揣測別人對我的作品會有什麼意見，或揣測陌生人讀我的書我會有什麼感受，我就再也寫不出來。我在乎朋友的想法，非常在乎——而且只有在他們看過成品後我才能真正休息、好好休息。但在寫作時，我必須馬不停蹄地前進，腦中只想著寫作。

說到底，最快樂的作家，是在寫作過程中獲得喜悅，而非將快樂建立在作品出版、大獲好評、或受廣大讀者喜愛上。

坐而言不如起而行！

練習：你是否有下列這種想法：寫得不痛苦，就代表你寫得不夠好。如果你這麼認為，現在該是質疑這句話的時候了。

38 代價

那麼，你必須付出什麼樣的代價，才能讓寫作成為你人生的支柱呢？每個作家都聽過別人這麼說：「喔，對啊，有時間我就會寫。」說得好像要寫出一部好作品，需要的只有時間而已。馬克．吐溫就領教過類似的態度，特別是從那些纏著他問意見的年輕人身上。他們問該怎麼做才能在文學界中占有一席之地，而且愈快愈好。他在一八七〇年十一月號的《銀河雜誌》（*The Galaxy*）上寫了一篇有趣的文章說明這一點：

有志成為文學作家的年輕人是一種非常、非常有趣的生物。他知道如果自己想成為一名鐵匠，師傅會要他證明自己性格良善，並保證會在鋪裡待上三年——最好是四年——而且第一年得掃地、打水、生火，並在休息時間把爐灶擦得又黑又亮；而這些誠實、認真的努力會帶給他兩套廉價西裝和一張床。第二年他會開始學做生意，而每個星期會多一塊錢的津貼；第三年多兩塊，第四年多三塊。之後，如果他成為一名拔尖的鐵匠，一週或許可以賺進十五、二十，或甚至三十塊錢，但在他有生之年永遠不可能一週賺上七十五塊……如果他想成為一名律師或醫生，情況還會糟上五十倍，因為在那漫長的學習期間他不僅一毛錢也拿不到，還得付上一大筆學費、自己找地方住、找衣服穿。任何想躋身進入文學界的人都知道這點，但他還是有這臉皮要求別人接受他，共享崇高的榮耀和報酬，而他連一年可以替他的傲慢做藉口的磨練經驗都沒有！

我們就先假設你擁有這項工作所需的基礎技巧好了。那你還需要什麼呢？

傑克．凱魯亞克提供了一份「現代寫作所需之信念與技巧」（Belief and Technique for Modern Prose）清單，教你該如何當個作家，只是裡頭有幾點看起來像天書一樣：

偷寫筆記，瘋狂打字，自求其樂
安時處順，開放心胸，聆聽
試著永遠不要在家門外喝醉
熱愛你的生活
心中的感受終有一天會尋得自己的形體
擁抱心靈瘋狂愚蠢的神聖
想怎麼吹牛就怎麼吹牛
打從心底深處無止盡地寫
每個靈魂無法言喻的想像
無暇吟詩，但話說回來什麼叫做詩
幻想的痙攣在胸口顫抖

在出神凝視間夢現眼前之物
摒除文學、文法與句法的禁忌
學習普魯斯特，躺在床上發白日夢
以內心獨白訴說世間的真實故事
興趣最寶貴的，莫過於眼中之眼（直覺之眼）
為自己書寫回憶與驚奇
用敏銳的第三隻眼創作，泅游於語言之海
永遠接受失敗
相信生命的神聖
再難也要描繪出已完整於心的靈感
停滯時不要思考文字，要想像畫面
搞清楚每天的日期
你的所有經驗、語言、知識都是榮耀的，無須恐懼，也無須羞愧
如實寫出腦海中的畫面，讓全世界看見
電影小說是用文字寫成的電影，一種美國式的視覺形式
歌頌絕望孤獨的靈魂
瘋狂、混亂、純粹、隨心所欲地創作，愈瘋狂愈好
你一直都是個天才

世俗電影的編劇與導演都受到天堂的支持與守護

米契納的建議非常實際：

……用盡一切方法去認識出版界裡可能對你有幫助的人。編輯、公關、經紀人到處在找明日之星，他們是你可以找的人。去他們可能會出現的地方，毛遂自薦，認識他們；更重要的，讓他們認識你。

最後是威廉．福克納那段有名的主張，說明寫作在我們生活中的地位有多重要。他的論點多年來飽受爭議，而且脆弱的心靈可能無法接受：

只要能完成一本書……榮譽、驕傲、教養，一切都能捨棄。就算作家必須搶劫自己的母親，他也絲毫不會遲疑；《希臘古甕曲》（*Ode to a Grecian Urn*）的價值比任何一名老女人都還要重要。

坐而言不如起而行！

練習：想想你必須做什麼來點燃你的熱忱，把握當下的每一分每一秒；即便這代表你必須捨棄其他事物，也要堅定信心，安排時間寫作。

從小地方開始，一步步做出改變。

你很快就會體驗到寫作的喜悅與痛苦。有些人會因此成為專職作家，有些會決定還是將寫作當興趣就好，還有些人會選擇完全放棄。沒有所謂正確的結果，只有最適合你的結果。

39 編劇與小說家的前景

媒體以「瀕臨絕種」四個字來形容小說已經不是什麼新鮮事。貝婁說：

從我寫第一本書到現在，一直有人警告我小說就快滅絕了，它們很快就會像城牆或十字弓一樣，變成一種歷史文物。

今日的媒體讓你相信「讀書」很快就會變成一種過時的活動，而書本、雜誌和報紙的消失更是指日可待（除非你還會在 iPad、Kindle 這類電子閱讀器上閱讀）。村上春樹說：

我們現在面臨許多競爭，而其中最大的問題是時間。十九世紀的人——我指的是有閒階級——什麼不多，時間最多，所以願意閱讀深澀的書籍，願意坐上三、四個小時只為聽一齣歌劇。但現代每個人都忙，沒有誰真的可以稱得上是有閒階級了。能閱讀《白鯨記》和杜斯妥也夫斯基的小說再好不過，但現代人根本忙到沒有看書的時間。因此，小說本身也產生相當大的轉變——現在我們必須一把抓住讀者的脖子，把他們拉進故事裡。當代小說家必須借用了其他領域的技巧——像是爵士、電動，能用的統統物盡其用。我想在所有現代產物中，最接近小說的當屬電動。

以撒・辛格安慰我們：

> 如果一個年輕人來找我，而我看得出他有天分，他又問我他不知道自己該不該寫作的話，我會告訴他：寫吧，不要害怕任何發明或進步。進步不會扼殺文學，就像它不會扼殺宗教一樣。

編劇們也察覺好萊塢如今已不像過去那般，願意投資那麼多金錢在那麼多計畫上。電影公司將主力集中在成本上億的大片上，期望票房淨利可以至少從十億美元起跳。不過，有愈來愈多規模較小的電影開始是由如HBO與Showtime等電視公司製作拍攝，現在像英國廣播公司等全國性的大型廣播公司也跟著效仿。這些電影有些會先在院線上映，有些則直接在電視上播放。頻寬的普及與愈來愈快的網速，意味我們現在透過Netflix[1]這類服務，便能輕鬆迅速地在網路上下載或直接觀看電影，也讓獨立製片商有機會網羅全球各地的觀眾。一部在當地乏人問津的電影，或許在其他地方可以吸引成千上萬的觀眾。只要片商有辦法讓人注意到他們的作品，就有很大的機會吸引到夠多願意付少量金額觀看或下載影片的觀眾，籌措到足夠資金，繼續拍片。

電子書熱潮

智慧型手機與iPad、Kindle這類電子產品的普及，替電子書開了一條康莊大道，使它能以跌破眾人眼鏡的速度一飛沖天。這同時也導致作家行銷作品的方式，產生了重大的改變。有了電子書和隨需印刷的科技，作家現在再也無須仰賴出版商或印行上千本成品，才能知道自己的作品有沒有市場。有些作者憑著定價九十九分美元或一點九九美元的電子書賺了一大筆錢，其中還有人因此獲得傳統出版商青睞，簽下豐厚的合約。

儘管電子書的生產與經銷成本幾乎是零，但除非作者能夠建立起廣大的書迷基礎，否則也無法成功。如何打開作品的知名度至今仍是最大的一項挑戰。擅於利用社群媒體的作者可占領先機，但就連那領域也變得愈來愈擁擠。

若你的作品能善用各種媒體，就能占領優勢。小說與其他媒體的結合並不是什麼新鮮事，像是小說改編而成的電動、電視影集、電影、網路同人誌、舞臺秀、漫畫小說、「幕後花絮」、童書版本，當然還有前傳和續集。這些一般來說屬於大型媒體公司的範圍，但自由工作者當然也能彼此合作，每一人負責以不同的方法開發該題材。無論誰先受到矚目，都可以加速其他產品的成功。

除此之外，書本還可以其他形式呈現，但至今為止，還沒有人在多媒體書籍上獲得太大的成功。有家公司將這類產品稱為「Vooks」——也就是將影片（video）和書（book）兩相結合。食譜與其他工具書最適合這種做法，因為實際的示範可以提升其價值。但以小說來說，這種形式並沒有帶來多大用處。但這並不代表明天不會有人獲得突破性的進展——這可能只是遲早的事。

—美國線上租片網站。——譯者註

永恆不變的定理

人們永遠會想要、也需要故事。方法與技巧會改變，或許甚至以我們現在仍無法預想的形式改變。但唯一不變的，是我們永遠需要有人願意奉獻他們的真心與靈魂、鑽研說故事的技巧，並承受所有伴隨為藝術奉獻而生的風險。如果你願意，未來一定能夠成為一名作家。

坐而言不如起而行！

練習：隨時留意出版界、媒體與資訊傳播方式的變化，想想該如何利用它們創造屬於自己的優勢，而非恐懼它們。搶先適應最新的科技，並幫忙挖掘該如何利用它們來說故事。想想下列幾個問題：

- 我們如何運用現代的科技來說故事？
- 可以如何改進？
- 為了讓小說繼續蓬勃發展，傳統的說故事法可以做出什麼改變？
- 你最擅長使用哪一種媒體，該怎麼讓它發揮最大功效？

40 作家的貢獻

這一切的辛苦會帶來什麼呢？作家對社會有什麼貢獻，又有什麼伴隨而來的責任？懷特主張：

作家應該關心任何吸引他想像、悸動他心靈，與讓他的打字機動起來的一切事物。我不認為我有處理政治議題的義務，但我確實因為作品的出版而覺得自己對社會有責任。作家有責任行善，而非作惡；應該要真誠，而非虛偽；敏銳，而非麻木；正確，而非充滿謬誤。他應該要能提振人們的精神，而不是使他們意志消沉。作家所做的，並不僅是反映或詮釋人生，還能指導並形塑人生。

他們形塑的，也包括自己的人生，正如葛蒂瑪所說：

我們必須檢視真相。對我而言，寫作自始至終都是一段探索的旅程，探索人世的奧祕……這麼多年過去，我依舊循著這旅程，尋找我懵懂無知的事物。找到後，再繼續朝下一個等著我揭露的事物前進……我將所有珍貴的收穫都記在心內，記錄於書中——我說的不是像自傳一樣的東西，而是一種體會、是為了理解人生、改變人生所做的努力。

其他作家重視的則是他們的作品與讀者間的聯繫。伊莎貝．阿言德[1]說：

我不是為了自己而寫，也不認為小說本身是目的。書本只是一座橋樑，讓你得以接觸他人，抓住他的脖子說：「嘿，我相信這回事。你想聽個故事嗎？你想要和我一起分享這個說故事的美好經驗嗎？」

網路讓作者與讀者間的聯繫變得更加容易。今日大部分的作者都會在書中附註他的個人網站，有時候還有電子信箱。過去，一名堅決要傳達心意的讀者可能會寄信到出版社，讓出版社將信轉交給作者；幸運的話，出版商會在幾週或幾個月後將信轉交給作家，但現在這過程可在彈指間完成。許多非小說類的作家會根據收到的回應修改未來的版本，而小說作者則可以藉此了解他的哪個角色最受歡迎——這對系列作者來說是非常有用的資訊。

作者的努力可以造成非常重大的影響，馮內果說：

人們願意把握這些非凡的機會成為作家、音樂家或畫家，也因為他們，我們才有文化。如果這一切停止了，文化就會消亡。因為我們大部分的文化，實際上是由這些分文未得的人所創造——像是愛倫坡、梵谷或莫札特。所以，沒錯，這是一件很蠢的事，蠢到了極點，但明知不可為而為之，似乎也是人之常情。

這就是了，當不懂欣賞你努力的配偶、子女或朋友問你為什麼要花這麼多時間寫作時，這個答案再好不過。你可以告訴他：「不要管我，我在創造文化！」

坐而言不如起而行！

練習：想清楚你想為社會帶來什麼樣的貢獻，以它為指引來決定你要寫些什麼。若你的創作計畫可以帶領你實踐理想中的貢獻，那就值得去寫；若不行，現在或許還不是時候。

—**伊莎貝．阿言德**（Isabel Allende，一九四二年至今）：阿言德最著名的作品為《精靈之屋》（*The House of the Spirits*）、《天鷹與神豹的回憶首部曲——怪獸之城》（*City of the Beasts*），以及《伊娃露娜的故事》（*Eva Luna*）。她在擔任新聞記者期間曾訪問過聶魯達，他建議她離開新聞界，當個小說家。她曾當過小說的西班牙文譯者，但後來丟了工作，因為出版社發現她為了突顯女主角的力量與智慧，竟擅自竄改結局。

後記

現在，你已經讀過古今許多知名作家的建議、也做了些練習、瀏覽過網站（www.YourCreativeWritingMasterclass.com），可能還看過我另一本關於寫作的著作《沃爾夫教寫作》（*Your Writing Coach*；同樣由尼可拉斯布萊利出版公司所出版）。

你知道接下來該做什麼了吧？

是的，現在換你寫下屬於你的小說、劇本、戲劇或故事了。

或許在未來的書中，你也會成為一名受人景仰、推崇的文學大師；也或許除了你媽之外，沒人會看你寫的東西。

唯一可以確定的是，如果不寫，你永遠也不會知道答案。

名家大師

在這一部分中，我替書中引述過的作家分別整理了短短幾行的小簡介（已在側欄介紹過的就不重複了），每一位各列舉了一、兩件有趣的事蹟。你會發現，作家的確是群獨特的傢伙。

愛德華・阿爾比（Edward Albee，一九二八年至今）：阿爾比的戲劇作品包括《靈慾春宵》（Who's Afraid of Virginia Woolf?）、《動物園故事》（The Zoo Story），以及《外遇，遇見羊》（The Goat, or Who is Sylvia?）。他出生後兩週即送人領養，從來不覺得自己是家中的一分子。第一座公演他戲劇作品的城市是柏林，但他當時住在紐約的格林威治村。

馬雅・安哲羅（Maya Angelou，一九二八年至今）：安哲羅的作品包括《囚鳥之歌》（*I Know Why the Caged Bird Sings*）、《以我之名相聚》（*Gather Together in My Name*），以及《所有神之子都需要旅行鞋》（*All God's Children Need Traveling Shoes*）；這三本作品是她六冊自傳中的三冊。美國前總統柯林頓曾邀請她在他一九九三年的就職典禮上朗誦原創詩作。除了作家外，安哲羅還身兼歌手、舞者、演員、導演與作曲家多職。

瑪格麗特・愛特伍（Margaret Atwood，一九三九年至今）：愛特伍最知名的作品為《使女的故事》（*A Handmaid's Tale*）、《成為男人之前》（*Life Before Man*），以及《盲眼刺客》（*The Blind Assassin*）；這三本小說都曾獲得獎座。除了寫作外，她對於女性主義、加拿大的國族認同以及環保議題，都擁有強烈的政治立場，並為加拿大綠黨黨員。

奧登（WH Auden，一九〇七至七三年）：奧登最廣為人知的是他的詩作；除了寫詩外，他也製作過幾齣舞臺劇，包括《兩敗俱傷》（*Pain on Both Sides*）與《死亡之舞》（*The Dance of Death*），並寫過其他無數文章與評論。奧登十三歲開始寫詩，生前出版了超過四百首詩作。主題包括有政治、愛、宗教、友情以及大自然，文風多變。他出生於英格蘭，但在一九三九年移居美國，並成為美國公民。

保羅・奧斯特（Paul Auster，一九四七年至今）：奧斯特的著名作品包括有《紐約三部曲》（*The New York Trilogy*）、《機緣樂章》（*The Music of Chance*），以及《布魯克林的納善先生》（*The Brooklyn Follies*）。他童年時曾被閃電擊中。在故事中常利用巧合的情節吸引讀者進入奇異怪誕的無常人生。

法蘭西斯・培根（Francis Bacon，一五六一至一六二六年）：培根在一六〇三年受封成為爵士前是一名哲學家與政治家。他對後世影響最為深遠的成就，是他史無前例地用哲學來分析科學的方法論，以及闡述烏托邦社會的專文《新亞特蘭提斯》（*New Atlantis*）。伊莉莎白女王一世原稱他為「幼主的守護者」，但在他反對皇家特別津貼法案後便失寵於女王。

貝蘿・班布里奇（Beryl Bainbridge，一九三二至二〇一〇年）：班布里奇最知名的作品為《海莉葉的話》（*Harriet Said*）、《傷痕時刻》（*Injury Time*）、《甜蜜的威廉》（*Sweet William*）、《大的可怕的冒險》

（*An Awfully Big Adventure*），以及《私心》（*Every Man For Himself*）。最後這本關於鐵達尼號沉船的歷史小說曾贏得一九九六年的惠布瑞特獎（Whitbread Award）。她還參與過電視劇的演出，一九六一年在英國肥皂劇《冠冕街》（Coronation Street）中客串過一集。她對世界名人錄（Who's Who）和其他記錄謊報自己的年齡，少報兩歲。

巴森（Jacques Barzun，一九〇七年至今）：巴森的書籍著作包括有《從黎明到衰頹：五百年來的西方文化生活》（*From Dawn to Decadence: 500 Years of Western Cultural Life, 1500 to the Present*）、《美國教師》（*Teacher in America*），以及《知識分子之屋》（*The House of Intellect*）。他向來熱愛古典樂曲，是研究音樂家白遼士（Hector Berlioz）的知名權威。他非常喜愛犯罪與推理小說，曾替推理小說選集撰寫序文。

山繆．貝克特（Samuel Beckett，一九〇六至八九年）：貝克特最著名的作品為《等待果陀、終局》（*Waiting for Godot and Endgame*）。他曾獲得一九九六年的諾貝爾文學獎，也是「荒謬劇場」（Theatre of the Absurd）的重要推動者之一。他年輕時結識詹姆斯．喬伊斯，曾協助他撰寫《芬尼根守靈夜》（*Finnegan's Wake*）。他在一九四五年突然體認到自己的作品應該聚焦在貧困的問題，而且內容應該要「加以刪減，而非（像喬伊斯一樣）愈寫愈多」。

索爾．貝婁（Saul Bellow，一九一五至二〇〇五年）：貝婁的小說作品包括《奧吉．馬奇歷險記》（*The Adventures of Augie March*）、《赫索格》（*Herzog*），以及《韓伯的禮物》（*Humboldt's Gift*）。他的母親希望他未來能成為一名猶太教拉比，因此從四歲起便開始研讀希伯來文的聖經。儘管他無意當名猶太作家，作品中卻明顯流露對於猶太文化的認同。

班奇利（Robert Benchley，一八八九至一九四五年）：班奇利廣受歡迎的幽默文章刊載於《紐約客》（*The New Yorker*）以及《浮華世界》（*Vanity Fair*）兩本雜誌。他寫過的文章超過六百篇，出過好幾本文選，包括《班奇利精選集》（*The Best of Robert Benchley*）。他是「阿爾岡昆圓桌俱樂部」[1]文學團體的一員，也曾編寫、出現在許多電影短片中，其中一部還曾贏得奧斯卡金像獎。

波赫士（Jorge Luis Borges，一八九九至一九八六年）：波赫士最著名的作品端屬他一系列擁有共同主題的短篇故事集，包括《虛構集》（*Ficciones*）與《阿萊夫》（*The Aleph*）。文學評論家讚譽他為魔幻寫實主義的先驅。有人相信是他逐漸惡化的盲眼症帶領他創造出作品中豐富的文學符號象徵。

伊莉莎白・包溫（Elizabeth Bowen，一八九九至一九七三年）：包溫的作品包括有《熱潮》（*The Heat of the Day*）、《最後的九月》（*The Last September*），以及《巴黎之屋》（*The House in Paris*）。二次世界大戰期間，她曾替英國新聞部調查追蹤愛爾蘭的中立立場。包溫的口吃問題，是小時候與父親分離期間開始出現的。

艾倫・布羅頓（T Alan Broughton，一九三六年至今）：布羅頓的作品包括小說《家族聚會》（*A Family Gathering*）、詩集《遠離家園》（*Far from Home*），以及短篇小說集《自殺傾向》（*Suicidal Tendencies*）。他的父親湯瑪士・羅伯・夏儂・布羅頓博士花了三十年撰寫的《羅馬共和國的地方行政官》（*Magistrates of Roman Republic*），是一本關於古羅馬共和國時期當選的地方行政官的鉅著。

蘿絲蓮・布朗（Rosellen Brown，一九三九年至今）：布朗的作品包括《前與後》（*Before and After*）、《溫柔的慈悲》（*Tender Mercies*），以及《南北戰爭》（*Civil Wars*）。她的名字取自祖母的「蘿莎」（Rosa）與美國前總統夫人愛蓮諾・羅斯福（Eleanor Roosevelt）的「愛蓮諾」。布朗居住於非猶太人社區，但卻從小接受猶太人的教養方式長大，因此許多作品中都傳達一種外來者的疏離感。

查理・柏奈特（Charles Burnett，一九四四年至今）：柏奈特是一名美籍非裔作家、導演與製作人。他最知名的一部電影作品為丹尼・葛洛佛（Danny Glover）主演的《與憤怒共眠》（*Sleep with Anger*）。

電影籌拍期間，他靠麥可阿瑟天才獎的二十五萬美元獎金支付部分開銷。

伊塔羅・卡爾維諾（Italo Calvino，一九二三至一九八五年）：卡爾維諾最有名的作品為《看不見的城市》（*Invisible City*），以及《如果在冬夜，一個旅人》（*If on a Winter's Night a Traveller*）。他出生於古巴，在義大利的聖雷莫（San Remo）長大。由於拒絕法西斯軍隊的招募，他的父母有相當長一段時間被納粹扣押為人質。

茱莉亞・卡麥隆（Julia Cameron，一九四八年至今）：卡麥隆最有名的作品為《創作，是心靈療癒的旅程》（*The Artist's Way*）。這本書鼓勵讀者每天早晨自由寫作，想到什麼就寫什麼，藉此訓練創意力。她之後又寫了數本相關的續作、小說、舞臺劇、電影及音樂劇的劇本。她曾替《滾石》雜誌訪問過名導馬丁・史柯西斯，兩人因此結識、相戀並步入禮堂，但婚姻只維持了兩年。

彼得・凱瑞（Peter Carey，一九四三年至今）：凱瑞的小說作品包括有《奧斯卡與露辛達》（*Oscar and Lucinda*）、《凱利幫》（*True History of the Kelly Gang*），以及《騙子》（*Illywhacker*，又名《魔術師》）。在成為知名作家之前，他曾任職於許多廣告公司，最後自己成立了一間。他在一九九八年受邀覲見英格蘭女王，但拒絕了這項邀請，要求皇室重新安排時間。

瑞蒙・卡佛（Raymond Carver，一九三九至八八年）：卡佛最有知的是他的短篇小說集，其中最著名的為《能不能請你安靜點？》（*Will You Please Be Quiet, Please?*）、《當我們討論愛情》（*What We Talk about When We Talk about Love*），以及《大象》（*Elephant*）。他在作家生涯早期曾擔任過醫院的工友，但大

1 Algonquin Round Table。一九一九至二九年間的一個紐約文學團體，成員包括許多知名的作家、記者、評論家、演員等，他們每天中午聚集在阿爾岡昆飯店聚餐作樂。——譯者註

部分時間都在寫作；晚年重度酗酒，最後死於肺癌。

維拉·凱瑟（Willa Cather，一八七三至一九四七年）：凱瑟最有名的小說作品為《我們之一》（*One of Ours*）、《雲雀之歌》（*The Song of the Lark*），以及《總主教之死》（*Death Comes for the Archbishop*）。她在一九三〇年代曾受到一連串的負評抨擊，從此自我封閉，不再與社會接觸，拒絕出版任何她的個人作品。現代學者對她是否為女同志爭執不下。

麥可·謝朋（Michael Chabon，一九六三年至今）：謝朋著名的作品有《卡瓦利與克雷的神奇冒險》（*The Amazing Adventures of Kavalier and Clay*）、《消逝的六芒星》（*The Yiddish Policemen's Union*），以及《那一年的神祕夏日》（*The Mysteries of Pittsburgh*）。他在二十五歲完成第一本小說後立刻聲名大噪，這部小說同時也是他的藝術碩士論文。

柯南·道爾（Arthur Conan Doyle，一八五九至一九三〇年）：柯南·道爾因《巴斯克維爾的獵犬》（*The Hound of the Baskervilles*）以及其他福爾摩斯探案小說與《失落的世界》（*The Lost World*）成為家喻戶曉的知名作家。他是馬利波恩板球俱樂部（Marylebone Cricket Club）的一員。福爾摩斯這個角色是以道爾的教授約瑟夫·貝爾（Joseph Bell）為藍本所創造，這件事是史蒂文生讀福爾摩斯小說時發現的。

康拉德（Joseph Conrad，一八五七至一九二四年）：康拉德原名喬瑟夫·提多·康拉德·考爾茲尼沃斯基（Józef Teodor Konrad Korzeniowski），他最知名的小說作品為《勝利》（*Victory*）、《祕探》（*The Secret Agent*），以及《黑暗之心》（*Heart of Darkness*）。他的文風與反英雄的意識形態影響了許多作家，後來更形成一股當代運動。康拉德出身於波蘭的貴族世家，但因參與政治活動而被俄國當局驅逐。雖然他在二十五歲前英語並不流利，後來仍被公認為偉大的英語小說家。

雷·庫尼（Ray Cooney，一九三二年至今）：庫尼既是劇作家，也是演員，他寫的《奔向你老婆》

（*Run for Your Wife*）一劇曾在倫敦西城劇場上演九年，至今仍是公演最久的一齣喜劇。法國人稱他為「英國的費多[2]」。

安・康敏斯（Ann Cummins）：康敏斯的作品包括小說《黃蛋糕》（*Yellowcake*），以及短篇小說集《紅螞蟻之屋》（*Red Ant House*）。她成長於美國新墨西哥的納瓦霍印地安保留區，作品多與美國西南區有關。現於北亞利桑納大學教授創意寫作。

羅德・道爾（Roald Dahl，一九一六至九〇年）：道爾最著名的作品為童書《巧克力冒險工廠》（*Charlie and the Chocolate Factory*）、《瑪蒂達》（*Matilda*），以及《吹夢巨人》（*The BFG*）。儘管一般被認為是童書作家，但他其實也寫了許多成人短篇小說。他有許多作品中都包含有挪威神話的主題和角色。

但丁（Dante Alighieri，一二六五至一三二一年）：但丁最知名的作品是他的史詩《神曲》（*Divine Comedy*），其中包括有地獄、煉獄以及天堂三篇。由於他以義大利文撰寫嚴肅文學，才使義大利文從一地的方言晉升為學術圈所認可的語言。但丁的婚事在他十二歲那年便已決定，但他後來愛上了另一名女子。

羅勃森・戴維斯（Robertson Davies，一九一三至九五年）：戴維斯最知名的作品為德特福德三部曲（The Deptford Trilogy）、康瓦爾三部曲（The Cornish Trilogy），以及索爾特頓三部曲（The Salterton Trilogy）。他是加拿大莎士比亞節（Stratford Shakespearean Festival）的發起人之一。他從不用電腦寫作，堅持速度並非他考量，只在乎自己寫得好不好。

西蒙・波娃（Simone De Beauvoir，一九〇八至八六年）：西蒙・波娃最知名的作品是她一九四九年

2 Georges Feydeau，法國知名劇作家。——譯者註

發表的論文《第二性》（*The Second Sex*）；小說作品則有《女賓》（*She Came to Stay*）以及《名士風流》（*The Mandarins*）。她與沙特交往多年，但兩人從未共組家庭。除此之外，她與許多人——不分男女——都曾有過風流韻事。

查爾斯．狄更斯（Charles Dickens，一八一二至七〇年）：狄更斯最廣為人知的小說作品有《塊肉餘生錄》（*David Copperfield*，又名《大衛．考勃菲爾》）、《雙城記》（*A Tale of Two Cities*）以及《孤星血淚》（*Great Expectations*）。童年時，為了維持生計，他曾在華倫鞋油廠（Warren's Blacking）工作，在那裡一天工作十小時，給鞋油的盒子貼標籤。他對超自然現象著迷不已，是「鬼魂學會」（The Ghost Club）的第一代成員。

杜思妥也夫斯基（Fyodor Dostoyevsky，一八二一至八一年）：杜思妥也夫斯基最知名的作品為《白癡》（*The Idiot*）、《卡拉馬助夫兄弟們》（*The Brothers Karamazov*），以及史詩鉅作《罪與罰》（*Crime and Punishment*）。他自小在精神病院旁長大，常未經父母同意偷溜進去聽病人說故事。這些祕密拜訪使他對於人類心智有了另一層的理解，而這些體會也都反映在他的小說之中。

羅迪．道爾（Roddy Doyle，一九五八年至今）：道爾的作品包括有《追夢者》（*The Commitments*）、《童年往事》（*Paddy Clarke Ha Ha Ha*），以及《撞上門的女人》（*The Woman Who Walked into Doors*）。他以愛爾蘭藍領階級使用的方言寫作，並因攻擊性的文字飽受抨擊。他是切爾西足球俱樂部的球迷。

大仲馬（Alexandre Dumas，一八〇二至七〇年）：大仲馬最有名的作品為小說《三劍客》（*The Three Musketeers*）、《基督山恩仇記》（*The Count of Monte Cristo*），以及《三劍客續集》（*Twenty Years After*）。大仲馬的父親是法國貴族與海地奴隸所生的兒子，他從小聽母親講父親的故事，創作靈感因此而來。他的父親是拿破崙軍隊的將軍，在大仲馬稚齡四歲時過世。

達芬·杜·莫里哀（Daphne Du Maurier，一九〇七至八九年）：莫里哀別名「白朗寧夫人」[3]，她最有名的作品為《蝴蝶夢》（*Rebecca*）、《牙買加小旅館》（*Jamaica inn*），以及《鳥》（*The Birds*）。數十年來，她的小說一直是圖書館中最常被借閱的書。有人指控她的《蝴蝶夢》是剽竊卡羅琳娜·納布可（Carolina Nabuco）的作品，但莫里哀回應說那情節本來就很常見，沒什麼新奇。

多明尼克·杜尼（Dominick Dunne，一九二五至二〇〇九年）：杜尼最著名的作品為《兩個葛維爾太太》（*The Two Mrs. Grenvilles*）、《在地獄的日子》（*A Season in Purgatory*），以及《夢魘中的女人》（*An Inconvenient Woman*）。他同時也是電視演員以及好萊塢製作人。他女兒在演出電影《鬼哭神號》（Poltergeist）後一炮而紅，卻不幸慘遭殺害。杜尼曾替《浮華世界》雜誌撰寫關於她女兒謀殺審判的文章。

安伯托·艾可（Emberto Eco，一九三二年至今）：艾可的小說作品包括有《玫瑰的名字》、《傅科擺》，以及《布拉格墓園》。他同時也是中世紀研究及文學理論的權威專家。他米蘭的家中有間藏書三萬本的圖書室；在瑞米尼（Rimini）附近的度假小屋中還另有超過兩萬本的藏書。

埃爾金（Stanley Elkin，一九三〇至九五年）：埃爾金的作品包括有《喬治·米爾斯》（George Mills）、《泰德·布里絲夫人》（Mrs. Ted Bliss），以及《麥高芬》（The MacGuffin）。他罹患多重硬化症數十年，最後死於心臟病。儘管被視為是一名猶太作家，但他認為他的宗教背景對作品沒有什麼太大的影響。

拉爾夫·艾理森（Ralph Ellison，一九一三至九四年）：艾理森的作品包括有《看不見的人》（*The*

3 她的丈夫是英國佛德列克·白朗寧將軍。——譯者註

Invisible Man）、《影子與行動》（*Shadow and Act*），以及《進入國界》（*Going to the Territory*）。父親過世時艾理森的年紀還相當小，他好幾年後才知道父親是以愛默生（Ralph Waldo Emerson）替他命名，期望他將來能成為一名詩人。在《看不見的人》獲得空前成功後，艾理森又出版了許多文章及短篇故事，但從此沒再完成過任何一本小說。

露西・艾爾曼（Lucy Ellmann，一九五六年至今）：艾爾曼最著名的小說作品為《甜蜜的甜點》（*Sweet Desserts*）以及《千百種快樂》（*Varying Degrees of Happiness*），劇本作品則有《得了感冒的間諜》（*The Spy Who Caught a Cold*）。她的作品一律用大寫字寫成，同時也是《衛報》的書評。

喬許・艾蒙斯（Josh Emmons，一九七三年至今）：艾蒙斯的小說作品包括有《里昂・米德的遺憾》（*The Loss of Leon Meed*）、《信仰的處方》（*Prescription for a Superior Existence*），以及短篇小說〈覺醒〉（*Arising*）。他在四所大專院校及大學都有開課，目前任教於愛荷華州的格林奈爾學院（Grinnell College）。

蓓納蘿・費茲吉羅（Penelope Fitzgerald，一九一六至二〇〇〇年）：費茲吉羅最有名的作品為《離岸》（*Offshore*）、《憂傷藍花》（*The Blue Flower*），以及《純真的傷害》（*Innocence*）。她在寫完自己的人生之後便開始寫歷史小說。她過去住在泰晤士河上的一艘船屋，船曾沉過兩次。

福樓拜（Gustave Flaubert，一八二一至八〇年）：福樓拜的著名作品包括有《包法利夫人》（*Madame Bovary*）、《狂人回憶》（*Memoirs of a Madman*），以及《情感教育》（*Sentimental Education*）。有些人認為《包法利夫人》是十九世紀最偉大的一部小說。福樓拜一生幾乎都與母親同住，對於召妓一事——無論是男妓或女妓——都抱持相當開放的態度。

湯瑪斯・佛列明（Thomas Fleming，一九二七年至今）：佛列明最知名的作品為《敵人》（*Now We*

Are Enemies）、《熱情的女孩》（*A Passionate Girl*），以及《決鬥：亞歷山大・漢彌爾頓、亞倫・波爾與美國的未來》（*Duel: Alexander Hamilton, Aaron Burr and the Future of America*）。他時常上電視談論美國獨立戰爭。身為愛爾蘭裔的美國人，佛列明與他的家鄉——紐澤西的澤西市——關係非常緊密，自小便浸淫在那裡的愛爾蘭政治氣氛。

E.M. 佛斯特（EM Foster，一八七九至一九七〇年）：佛斯特最廣為人知的作品為《窗外有藍天》（*A Room with a View*）、《印度之旅》（*A Passage to India*），以及《倫敦落霧》（*Where Angels Fear to Tread*）。他在英國廣播公司擔任廣播員長達二十多年。從一九一三年開始創作同志小說《墨利斯的情人》（*Maurice*），但等到他過世後一年才出版成書。

邦妮・佛萊德曼（Bonnie Friedman）：佛萊德曼最著名的作品為《突破黑暗：嫉妒、恐懼、分心與作家生活面面觀》（*Writing Past Dark: Envy, Fear, Distraction and Other Dilemmas in the Writer's Life*）、《幸福賊：一段非凡的心理治療故事》（*The Thief of Happiness: The Story of an Extraordinary Psychotherapy*），以及《讓別人看見你》（*Becoming Visible*）。她就讀於布朗克斯科學高中（Bronx High School of Science），但對專業科學沒有一點興趣或天分。她的短篇故事第一次是刊載於《花花公子》雜誌。

喬治・葛洛（George Gallo，一九五六年至今）：葛洛身兼畫家、音樂家、作家、導演多職。他編劇過的電影包括有《黑街福星》（*Wise Guys*）、《午夜狂奔》（*Midnight Run*）以及《霹靂鳥探》（*Code Name: The Cleaner*）。他的畫風屬於賓州印象派。

珍・加登（Jane Gardam，一九二八年至今）：加登最著知名的作品為《岩上的上帝》（*God on the Rocks*）、《走進黑屋》（*Going into a Dark House*），以及《黑臉與白臉》（*Black Faces, White Faces*）。她目前正在替英國廣播公司編寫一系列以郊區為主題的廣播節目。於二〇〇九年獲頒大英帝國勳章

（OBE）。

紀德（Andre Gide，一八六九至一九五一年）：紀德的作品包括有《梵蒂岡地窖》（*Les Caves du Vatican*）、《依莎貝爾》（*Isabelle*）以及《地糧》（*Les Nourritures Terrestres*）。紀德原是一名死忠的共產分子，等到一九三〇年代在蘇聯居住過一陣子後，他原本有多支持共產黨，後來就有多反對共產黨。他死後一年——也就是一九五二年，天主教教堂將他的作品列為禁書。

葛倫・大衛・高德（Glen David Gold，一九六四年至今）：高德最有名的作品為《卡特痛宰惡魔》（*Carter Beats the Devil*）、《陽光面》（*Sunnyside*），以及《史汪克的眼淚》（*The Tears of Squonk*）。他還寫過漫畫的腳本以及一集一九九〇年代卡通《大頭仔天空》（Hey Arnold!）的劇本。他相信讀者不會質疑作品中的歷史細節，所以時常模仿紀實文學的筆法寫作。

威廉・戈曼（William Goldman，一九三一年至今）：戈曼最有名的是他的劇本《公主新娘》（*The Princess Bride*）、《虎豹小霸王》（*Butch Cassidy and the Sundance Kid*），以及《大陰謀》（*All the President's men*）。常有讀者以為戈曼在《公主新娘》小說中捏造的個人經歷是真的。他對電影這項產業曾說過一句名言：「沒有人知道任何事」。

葛蒂瑪（Nadine Gordimer，一九二三年至今）：葛蒂瑪的小說作品包括有《貴客》（*A Guest of Honour*）、《保護主義者》（*The Conservationist*），以及《偶遇者》（*The Pickup*）。她小說的主題大部分都是關於故鄉南非的文化與政治。她是反對南非種族隔離政策的知名人士，也是曼德拉出獄後首批要見的人之一。

瑪麗・高登（Mary Gordon，一九四九年至今）：高登最知名的作品為《女人的伴侶》（*The Company of Women*）以及《另一面》（*The Other Side*）。她另外還寫過三本回憶錄，包括《母親身旁》（*Circling My*

Mother）。二〇〇八年，紐約州州長提命她為紐約代表作家。

格雷安・葛林（Graham Greene，一九〇四至九一年）：葛林最著名的作品為《沉靜的美國人》（*The Quiet American*）、《哈瓦那特派員》（*Our Man in Havana*），以及《布萊登棒棒糖》（*Brighton Rock*）。除此之外，他的黑色電影劇本《黑獄亡魂》（The Third Man）也相當知名。他因為無聊，曾嘗試自殺過許多次，後來被診斷出有躁鬱症。與一名騙子發生糾紛後，葛林離開英國，搬到法國的昂蒂布（Anitibes）。

約翰・葛里遜（John Grisham，一九五五年至今）：葛里遜的法律驚悚小說包括有銷售超過七百萬本的《黑色豪門企業》（*The Firm*）、《絕對機密》（*The Pelican Brief*）、《造雨人》（*The Rainmaker*），以及《殺戮時刻》（*A Time to Kill*）。《殺戮時刻》是他的第一本小說，在被二十八家出版社拒絕後，才由一家小出版社印行了五千本。

約翰・桂爾（John Guare，一九三八年至今）：桂爾最知名的戲劇作品為《六度分離》（*Six Degrees of Separation*）以及《藍葉之屋》（*The House of Blue Leaves*）。他還曾替路易・馬盧（Louis Malle）執導的電影《大西洋城》（Atlantic City）編寫劇本，並因此入圍奧斯卡最佳原創劇本獎。他的第一本舞臺劇劇本是在十一歲時完成。

艾倫・葛根諾斯（Alan Gurganus，一九四七年至今）：葛根諾斯的著名作品包括有《往日情懷》（*The Oldest Living Confederate Widow Tells All*）、《欲望之心》（*Blessed Assurance*），以及《和睦共處》（*Plays Well with Others*）。他原本想成為畫家，有時會替自己的作品畫插圖。他曾參與過越戰，但後來發表聲明，表示他反對伊拉克戰爭。

塔拉・哈波（Tara K Harper，一九六一年至今）：哈波的著名作品包括有《狼行者》（*Wolfwalker*）、《暗影首領》（*Shadow Leader*）以及《輕翅》（*Lightwing*）。她演奏多種樂器，包括揚琴。過去很掙扎自已究竟是該寫作還是研究太空科學，最後想到一個折衷的方法，就是成為科幻小說作家。

肯特．哈羅夫（Kent Haruf，一九四三年至今）：哈羅夫的得獎小說包括有《相依相連》（*The Tie That Binds*）以及《單聲聖歌》（*Plainsong*）。他所有小說都是以一座虛構的城鎮——美國科羅拉多州的霍特鎮為背景。成為作家前，他曾在養雞場、總統圖書館以及土耳其工作過（隨和平工作團到土耳其教書）。

霍桑（Nathaniel Hawthorne，一八〇四至六四年）：霍桑最著名的作品為《古事今談》（*Twice-Told Tales*）、《紅字》（*The Scarlet Letter*），以及《小伙子布朗》（*Young Goodman Brown*）。霍桑原名 Hathorne，他在名字中多加了一個 w，與曾在賽倫女巫審判中擔任法官的先祖做為區隔。梅爾維爾的《白鯨記》是獻給他的一部作品。

約瑟夫．海勒（Joseph Heller，一九二三至九九年）：海勒的著名作品包括有《第22條軍規》（*Catch-22*）、《老人藝術家的畫像》（*Portrait of an Artist, as an Old Man*），以及《出事》（*Something Happened*）。因為海勒的小說，「第22條軍規」一詞後來成為英文俚語[4]，不過書一開始賣得並不好。海勒說他每次開始寫小說前，都已經知道第一句和最後一句會是什麼。

詹姆斯．休士頓（James D Houston，一九三三至二〇〇九年）：休士頓最知名的作品為《雪山山廊》（*Snow Mountain Passage*）、《大陸漂移》（*Continental Drift*），以及《再別馬札蘭》（*Farewell to Manzanar*）。他靠教吉他與在加州聖塔克魯茲的藍草樂隊表演貼補收入。休士頓在二次世界大戰期間曾加入美國空軍，並從那個時候開始創作。

威廉．迪恩．豪威爾斯（William Dean Howells，一八三七至一九二〇年）：豪爾斯的作品包括《每天都是聖誕節》（*Christmas Every Day*）、《塞拉斯．拉帕姆的發跡》（*The Rise of Silas Lapham*），以及《一個現代的例證》（*A Modern Instance*，又譯《現代婚姻》）。在成為小說家前，他曾擔任俄亥俄州議院的選任書記。他是美國寫實小說的先驅，並認為其他形式的小說都是浪費時間。

易卜生（Henrik Ibsen，一八八二至一九〇六年）：易卜生的重要作品有《國民公敵》（*An Enemy of the People*）、《培爾・金特》（*Peer Gynt*）、《玩偶之家》（*A Doll's House*）、《野鴨》（*The Wild Duck*）以及《群鬼》（*Ghosts*）；這些作品在他的時代均曾掀起過不小的爭議。易卜生十五歲時被迫輟學，在藥店擔任學徒期間開始創作劇本，後來成為思想最為前瞻的劇作家之一。他在中風多次後逝世。

約翰・厄文（John Irving，一九四二年至今）：厄文最著名的小說作品為《蓋普眼中的世界》（*The World According to Garp*）、《心塵往事》（*The Cider House Rules*）、《新罕布夏旅館》（*Hotel New Hampshire*），以及《一路上有你》（*A Prayer for Owen Meany*）。他除了親自將《心塵往事》改編成電影劇本外，還在片中客串飾演火車站站長一角。

雪莉・傑克森（Shelley Jackson，一九六〇年至今）：傑克森的作品包括有《拼綴女孩》（*Patchwork Girl*）、《半個生活》（*Half Life*）、以及《娃娃遊戲》（*The Doll Games*）。她開創了美國的超文本文學，短篇小說《肌膚》（*Skin*）整篇以刺青的形式寫在實驗者身上，每個人身上各刺一個字。

彼得・詹姆斯（Peter James，一九四八年至今）：詹姆斯至今寫了二十五本書，其中包括背景設定在英國布萊頓、以羅伊・格雷斯探長為主角的系列小說。他的父親康內利亞・詹姆斯（Cornelia James）是伊莉莎白女王二世的手套師傅。除了寫小說外，他同時也是一名編劇與製作人。

4在小說中，第22條軍規規定只有發瘋的人才可以不用出任務，但必須由本人親自提出申請；然而，只要提出申請，就證明你並沒有發瘋。現在用來形容荒謬、不可能達成的規定或兩難的局面，或是自我矛盾、牴觸的行為。——譯者註

凱斯·約翰史東（Keith Johnstone，一九三三年至今）：約翰史東發明了一種稱為「劇場運動」（Theatresports）的即興喜劇，並將他的理論記錄在《即興劇場》（*Impro*）與《即興說書人》（*Impro for Storytellers*）兩本著作之中，至今仍在世界各地傳授這理論。為了要幫助表演者釋放自我，他要即興表演者「不要集中注意力」、「大膽展現」、「不要耍聰明」。

塞繆爾·詹森（Samuel Johnson，一七〇九至八四年）：詹森最著名的作品為《蘇格蘭西島之旅》（*A Journey to the Western Islands of Scotland*）、《懶人》（*The Idler*），以及《詹森英語字典》（*A Dictionary of the English Language*）。為了滿足自己的成就感並與法文字典一較長短，他花費九年的時間獨自完成該字典，而法文字典則是由超過四十名作家花費四十年編撰完成。他死後安葬於西敏寺。

榮格（Carl Jung，一八七五至一九六一年）：榮格最知名的作品為《無意識心理學》（*Psychology of the Unconscious*）、《心理類型》（*Psychological Types*），以及《心理學與宗教》（*Psychology and Religion*）。他三十八歲開始出現幻覺，還把自己的症狀寫下來分析、研究。MBTI性格測驗即是以他的理論做為基礎。

卡夫卡（Franz Kafka，一八八三至一九二四年）：卡夫卡的作品包括《變形記》（*The Metamorphosis*）、《審判》（*The Trial*），以及《鄉村醫生》（*A Country Doctor*）。他要求朋友在他死後燒毀他未出版的作品，但朋友並沒有遵從。他有部分至今仍廣為流傳的作品，即是在他死後才出版。

史蒂芬·金（Stephen King，一九四七年至今）：史蒂芬·金最著名的作品為《鬼店》（*The Shining*）、《魔女嘉莉》（*Carrie*），以及《末日逼近》（*The Stand*）。他從十九歲開始創作黑塔系列小說（Dark Tower），一直到四十六歲才完成七冊全文。他小時候曾親眼目睹朋友被火車撞死，但對此事毫無記憶。

米蘭·昆德拉（Milan Kundera，一九二九年至今）：這名捷克作家最著名的作品為《生命中不能承受之輕》以及《笑忘書》。他的小說被捷克斯洛伐克共產政府列為禁書，直到一九八九年的絲絨革命後才開放。一九九三年後他改用法文寫小說。

東尼·庫許納（Tony Kushner，一九五六年至今）：庫許納最有名的作品為《美國天使》（*Angels in America*）、《卡洛琳或零錢》（*Caroline, or Change*），以及電影《慕尼黑》（Munich）。他常在作品出版後繼續修改他不滿意的部分。

安·拉莫特（Anne Lamott，一九五四年至今）：拉莫特的知名作品有《幽默與勇氣——一個單親媽媽的育兒日記》（*Operating Instructions*）、《人生旅途中的恩賜：對信仰的一些思索》（*Traveling Mercies*），以及《關於寫作：一隻鳥接著一隻鳥》（*Bird by Bird*）。她在網路上——特別是臉書——擁有廣大的書迷。她是基督教重生教會的信徒，隨身戴著一條手鍊。手鍊一側刻有她的名字，一側刻「LGB」三個字母，分別代表愛（love）、感恩（gratitude）以及呼吸（breath）。

史迪格·拉森（Stieg Larsson，一九五四至二〇〇四年）：拉森的作品包括《龍紋身的女孩》、《玩火的女孩》，以及《直搗蜂窩的女孩》。這三本小說都是他閒暇之餘寫好玩的作品，在他死後才出版。他原名的拼法是「Stig」，自己後來多加個e，以便與當代一名同名作家區隔。

D. H. 勞倫斯（DH Lawrence，一八八五至一九三〇年）：勞倫斯最著名的是他的小說《兒子與情人》（*Sons and Lovers*）、《戀愛中的女人》（*Women in Love*），以及《查泰萊夫人的情人》（*Lady Chatterley's Lover*）。他的小說被認為是驚世駭俗，有時甚至是情色作品。一九六〇年，企鵝出版社（Penguin Books）因出版未刪減的《查泰萊夫人的情人》，在英國被控違反淫褻刊物法令。檢察官要陪審團思考「你會希望你的妻子或僕人讀這種書嗎？」最後陪審團的判決是：無罪。

約翰·勒卡雷（John Le Carre，一九三一年至今）：勒卡雷的作品包括《冷戰諜魂》（*The Spy Who*

Came in from the Cold）、《諜影行動》（*Tinker, Tailor, Soldier, Spy*，舊譯《鍋匠、裁縫、士兵、間諜》），以及《永遠的園丁》（*The Constant Gardener*）。在開始創作間諜小說前，他曾在英國軍情五處工作，負責追蹤蘇聯的支持者。他寫作之初仍任職於軍情六處，軍情六處禁止他以本名出版任何作品。他的筆名翻譯成英文為「老古板約翰」。

哈波．李（Harper Lee，一九二六年至今）：哈波．李最著名的就是她的普立茲文學獎得獎作品：《梅岡城故事》（*To Kill a Mockingbird*），這也是她唯一出版過的一本小說。她從小在阿拉巴馬州的蒙羅維爾（Monroeville）長大，個性像小男生一樣調皮，大部分時間都與好友楚門．卡波提一起廝混，後來還協助他替《冷血》（*In Cold Blood*）一書收集資料。她的小說至今仍高居暢銷榜單，但出版後她便鮮少公開露面，並拒絕接受任何訪問。

黛安．李佛（Diane Lefer）：李佛的知名作品包括有《加州通行》（*California Transit*）、《傷痕的祝福》（*The Blessing Next to the Wound*，與海克特．亞里斯堤賽博合著），以及《橘子困境》（*The Tangerine Quandary*）。她替劇本和小說收集資料的方法，就是親自去做書中角色做的工作，包括採收馬鈴薯和記錄驗屍結果。

娥蘇拉．勒瑰恩（Ursula Le Guin，一九二九年至今）：勒瑰恩的小說作品包括有地海六部曲（第一本為《地海巫師》）、《天堂的車床》（*The Lathe of Heaven*），以及《黑暗的左手》（*The Left Hand of Darkness*）。她十一歲便將自己寫的第一篇小說投稿至《驚異科幻小說》雜誌（*Astounding Science Fiction*），但是沒被採用。

愛爾默．李納德（Elmore Leonard，一九二五年至今）：李納德的作品包括有《野狼》（*Hombre*）、《桃情陷阱》（*52 Pick-Up*）、《黑道當家》（*Get Shorty*）、《法官鮑伯》（*Maximum Bob*）、《戰略高手》

(*Out of Sight*）以及《爆炸》（*Fire in the Hole*）。他有許多作品都被改編成電影（除了少數不用使用來源資料的作品外）。電視影集《火線警探》（Justified）也是自《爆炸》改編而成。李納德年輕時深受《我倆沒有明天》（Bonnie and Clyde）及其他幫派電影吸引，一直對槍械非常著迷。

辛克萊・路易斯（Sinclair Lewis，一八八五至一九五一年）：路易斯最著名的作品是小說《巴比特》（*Babbit*）。這本小說讓他成為第一名獲得諾貝爾文學獎的美國作家。他的其他作品包括有《不可能在這裡發生》（*It Can't Happen Here*）、《艾洛史密斯》（*Arrowsmith*），以及《主街》（*Main Street*）。他對各領域間擁有廣大影響力的領袖都抱著一種又愛又恨的心情，時常在小說中諷刺他們，卻又喜歡在現實生活中接受他們的稱讚。他早從一九三七年便開始接受戒酒治療，但一直沒能成功，六十五歲因嚴重酒精中毒去世。

洛夫・克拉夫特（HP Lovecraft，一八九〇至一九三七年）：克拉夫特最著名的作品為《克蘇魯的呼喚》（*The Call of Cthulhu*）、《超越時間之影》（*The Shadow Out of Time*），以及《瘋癲之山》（*At the Mountains of Madness*）。他的名字常出現在冒險遊戲、角色扮演遊戲和電腦遊戲中。雖然是美國人，卻常在作品中使用英式拼法。

大衛・馬梅特（David Mamet，一九四七年至今）：馬梅特的劇本橫跨舞臺劇與電影兩界，作品包括《芝加哥性變態》（*Sexual Perversity in Chicago*）、《美國野牛》（*American Buffalo*）；其中《大亨遊戲》（*Glengarry Glen Ross*）曾贏得一九八四年的普立茲獎。由保羅・紐曼主演的《大審判》（The Verdict）讓他獲得奧斯卡最佳改編劇本獎的提名。除了劇本外，他也替《哈芬登郵報》（*Huffington Post*）撰寫部落格。

希拉蕊・曼特爾（Hilary Mantel，一九五二年至今）：曼特爾最有名的作品為《狼廳》（*Wolf Hall*）、《佛洛德》（*Fludd*），以及《黑暗之後》（*Beyond Black*）。她曾與地質學家丈夫居住於波札那數年，二十多歲時曾被誤診，以為自己患有精神病。多年後才發現自己沒有心理疾病，而是罹患子宮內膜異位症。

傑・麥克伊奈尼（Jay McInerney，一九五五年至今）：麥克伊奈尼最著名的作品是小說《燈紅酒綠》（*Bright Lights, Big City*）、《我的故事》（*Story of My Life*）、《光芒殞落》（*Brightness Falls*）以及《最後的野蠻人》（*The Last of the Savages*）。他曾拜師於瑞蒙・卡佛，被稱為是二十世紀末「文學新鼠黨」的一員。他常用自己光鮮耀眼的生活中的真實人物當作小說角色的藍本。

梅爾維爾（Herman Melville，一八一九至九一年）：梅爾維爾最著名的作品為《白鯨記》（*Moby-Dick*）、《比利・柏德》（*Billy Budd*）以及《錄事巴托比》（*Bartleby the Scrivener*）。他的創作生涯一開始非常成功，但人氣卻在一八五〇年代開始下滑，接下來的五十年，他的作品一直沒有受到太多關注。一八四一年，他錄取捕鯨船「阿庫什尼特號」（Acushnet）上的工作，但隔年就拍拍屁股走人，不幹了。

史蒂芬妮・梅爾（Stephenie Meyer，一九七三年至今）：《暮光之城》這系列以人類女孩與吸血鬼為主角的浪漫愛情小說，使她成為二〇〇八與〇九兩年銷售量最高的小說家，收入估計超過五千萬美元。她是摩門教徒，不抽菸也不喝酒，而《暮光之城》是她生平的第一本著作。

米契納（James Michener，一九〇七至九七年）：米契納最著名的作品為《南太平洋》（*Tales of the South Pacific*）、《春之火》（*The Fires of Spring*），以及《漂泊者》（*The Drifters*）。他在二次世界大戰期間曾於海軍服役，指揮官誤信他是海軍上將的兒子，還特別指派他特殊任務。

亨利・米勒（Henry Miller，一八九一至一九八〇年）：米勒的作品包括有《北回歸線》（*Tropic of Cancer*）、《南回歸線》（*Tropic of Capricorn*），以及《黑色的春天》（*Black Spring*）。在美國，他有許多小說因為內容淫穢而被列為禁書，還必須從法國走私進來。

黛博拉．莫高琪（Deborah Moggach，一九四八年至今）：莫高琪最著名的作品是小說《前妻們》（*The Ex-Wives*）、《鬱金香熱》（*Tulip Fever*），以及《蠢事》（*These Foolish Things*）。她從小個性就像男孩子，童年崇拜的偶像是威廉．布朗（William Brown）。她第一批被刊載的作品是替巴基斯塔報社寫的文章，第一本小說也是在那裡完成。

瑞克．穆迪（Rick Moody，一九六一年至今）：穆迪的作品包括有《冰風暴》（*The Ice Storm*）、《尋水人》（*The Diviners*），以及《紐澤西之家》（*Garden State*）。他除了與現代民謠團體「溫戴爾合唱團」（Wingdale Community Singers）一起演唱外，還有一個與他們共同主持的播客頻道。

洛莉．摩爾（Lorrie Moore，一九五七年至今）：摩爾的作品包括有《美國鳥》（*Birds of America*）、《誰來經營青蛙醫院？》（*Who Will Run the Frog Hospital?*），以及《樓梯上的門》（*A Gate at the Stairs*）。她快二十歲前曾贏得由美國《Seventeen》雜誌舉辦的小說徵文比賽。第一本正式出版的作品是她為了碩士論文寫的短篇故事集。

童妮．摩里森（Toni Morrison，一九三一年至今）：摩里森最有名的作品為小說《最藍的眼睛》（*The Bluest Eye*）、《所羅門之歌》（*Song of Solomon*），以及《寵兒》（*Beloved*）。當了十年老師後，她創立了一個計畫，促進有潛力的學生與頂尖藝術家合作。她於一九八八年獲得普立茲獎，一九九三年獲得諾貝爾文學獎。

艾莉絲．孟若（Alice Munro，一九三一年至今）：孟若的作品包括有《木星的月亮》（*The Moons of Jupiter*）、《一位好女人的愛》（*The Love of a Good Woman*），以及《公開的祕密》（*Open Secrets*）。雖然她出身加拿大，卻最常被拿去與美國南方作家比較。她在一九六〇年代在加拿大的維多利亞省開了一間書店，至今仍十分受歡迎。

村上春樹（一九四九年至今）：村上春樹最著名的作品為《海邊的卡夫卡》、《黑夜之後》以及《挪威的森林》。他三十三歲時開始跑馬拉松，後來成為三項全能運動員。在成為作家之前，他與妻子一起經營一家爵士咖啡館。他有許多作品的書名都是來自音樂。

弗拉基米爾·納博科夫（Vladimir Nabokov，一八九九至一九七七年）：納博科夫的作品包括有《蘿莉塔》（*Lolita*）、《幽冥的火》（*Pale Fire*）以及《說吧，記憶》（*Speak, Memory*）。他有共感的能力，因此看字母時可以看到顏色。他非常熱衷於西洋棋，相信創造西洋棋問題所需的能力與創造文學所需的能力是一樣的。

奈波爾（VS Naipaul，一九三二年至今）：奈波爾的知名作品包括有《大河灣》（*A Bend in the River*）、《魔種》（*Magic Seeds*），以及《畢斯華斯先生的房子》（*A House for Mr. Biswas*）。他申請到千里達政府提供的四種獎學金之一，遠赴英國大學留學。他從未愛過他的第一任妻子，但仍與她結褵四十一年，直到她辭世。

尼采（Friedrich Nietzsche，一八四四至一九〇〇年）：尼采最知名的著作為《瞧！這個人》（*Ecce Homo*）、《道德系譜學》（*On the Genealogy of Morality*），以及《不合時宜的沉思》（*Untimely Meditations*）。尼采在二十四歲時放棄普魯士的公民身分，到逝世前都沒擁有任何國籍身分。他天生體弱多病，因此一生大多在旅行中度過，不停尋找最適合自己居住的氣候環境。

喬瑟·諾維科維奇（Josip Novakovich，一九五六年至今）：諾維科維奇的作品包括有《愚人節》（*April Fool's Day*）、《車諾比的杏樹》（*Apricots from Chernobyl*），以及《救贖與其他災難》（*Salvation and Other Disasters*）。在二十歲移民美國前，他曾於塞爾維亞攻讀醫學。除了小說外，他還寫過一本教科書《小說家的工作坊》（*Fiction Writer's Workshop*）。

班・尼伯格（Ben Nyberg）：尼柏格的作品包括有《寫短篇故事的好方法》（*One Great Way to Write Short Stories*）以及《大布列顛101》（*Britain 101*）。他替短篇故事的創作打造了一套叫做「延伸法」（Primer Method）的系統方法。許多大學的創意寫作課程中都教有這套方法。

法蘭納莉・歐康納（Flannery O'Connor，一九二五年至六四年）：歐康納寫過兩本長篇小說，分別是《優良血統》（*Wise Blood*）與《狂暴者得勝》（*The Violent Bear It Away*）；除此之外，她還寫過三十二篇短篇小說。她的文風怪誕，自有一股魅力。她六歲時曾上過新聞，在影片中展示她的雞會倒退走。她後來說：「雖然我當時只是在一旁充當雞的助手，卻是我人生中最輝煌的一刻。從那之後，我就再也沒任何值得說嘴的事。」

奧罕・帕慕克（Orhan Pamuk，一九五二年至今）：帕慕克的小說作品包括《我的名字叫紅》（*My Name is Red*）、《白色城堡》（*The White Castle*）以及《雪》（*Snow*），為二〇〇六年的諾貝爾文學獎得主。他二十二至三十歲這段時間與母親同住，專心寫作，並試著替他的第一本小說尋找出版商。

莎拉・派瑞斯基（Sara Paretsky，一九四七年至今）：派瑞斯基的作品包括有《奪命碼頭》（*Deadlock*）、《失蹤的病歷》（*Bitter Medicine*）、《玩火自焚》（*Burn Marks*）以及《身體密碼》（*Body Work*）。除了兩本小說外，她所有小說的主角都是一名叫做維艾・華沙斯基的私家女偵探。醫生建議她戒除紅酒、巧克力和咖啡因；她發現咖啡是最難戒的一個。

詹姆斯・派特森（James Patterson，一九四七年至今）：派特森原先從事廣告業，三十三年來共寫了七十一本小說，包括以艾利克斯・克羅斯為主角的驚悚小說，至今仍是風行全球的暢銷作家。二〇〇五年，他成立詹姆斯・派特森讀書獎（James Patterson PageTurner Awards），捐出超過八十五萬美元給各界人士與機構，散播閱讀與寫作的快樂。

喬治・佩勒卡諾斯（George Pelecanos，一九五七年至今）：佩勒卡諾斯最著名的作品為《黯夜園丁》（*The Night Gardener*）、《熾烈攻擊》（*A Firing Offense*），以及《勇往直前》（*Shame the Devil*），還曾替HBO影集《火線重案組》（The Wire）寫過多集劇本。出版第一本書之前，他做過許多種餐飲工作，包括當酒保和洗碗工。

羅勃・波西格（Robert Pirsig，一九二八年至今）：波西格最著名的作品為《萬里任禪遊》（*Zen and the Art of Motorcycle Maintenance*）以及《尋找萊拉》（*Lila: An Inquiry Into Morals*）。他患有妄想型精神分裂症，曾接受多次休克療法。在威廉莫洛出版公司（William Morrow Publisher）買下《萬里任禪遊》前，他被一百二十一家出版商拒絕。

普利斯多里（JB Priestley，一八九四至一九八四年）：普利斯多里最著名的作品為《老少良伴》（*The Good Companions*），以及戲劇作品《罪惡之家》（*An Inspector Calls*）與《夫妻》（*When We Are Married*）。二次世界大戰期間，他替英國廣播公司製作的廣播節目大受歡迎，但後來被邱吉爾的閣員投訴因而取消。

安妮・普露（Annie Proulx，一九三五年至今）：普露的知名作品為《真情快遞》（*The Shipping News*）、《郵簡》（*Postcards*），以及短篇小說《斷背山》（*Brokeback Mountain*）。她第一篇出版的作品刊載於美國《Seventeen》雜誌上。她結了三次婚，也離了三次婚。

馬塞爾・普魯斯特（Marcel Proust，一八七一年至一九二二年）：普魯斯特最知名的作品莫過於小說《追憶似水年華》（*A la recherché du temps perdu*）；英文原譯為「Remembrance of Things Past」，後來改為「In Search of Lost Time」。這部作品至今仍是備受推崇的曠世鉅作，只是常有人懷疑有多少人是真的從頭到尾看完過（現代的英文版譯文共有六大冊，四千兩百一十一頁）。普魯斯特一生病痛纏身，最後三年幾乎足不出戶，關在臥房內寫他的小說，最後死於肺炎與肺膿腫。

亞瑟・奎勒—庫奇（Arthur Quiller-Couch，一八六三至一九四四年）：奎勒—庫奇最著名的事蹟是編輯《牛津英文詩典：1250-1900》（*The Oxford Book of English Verse, 1250-1900*），並著有《評論主義歷險記》（*Adventures in Criticism*）以及《海蒂・衛斯理》（*Hetty Wesley*）。亞瑟爵士是康瓦爾吟遊詩人協會的一員，此組織成立的宗旨是為了紀念英國康瓦爾區的凱爾特歷史。史蒂文生沒寫完的《情在深秋》（*St. Ives*）是由他所補完的。

珍・瑞絲（Jean Rhys，一八九〇至一九七九年）：瑞絲著有《夢迴藻海》（*Wide Sargasso Sea*）、《黑暗中航行》（*Voyage in the Dark*），以及《睡吧，女士》（*Sleep it Off, Lady*）。她曾在倫敦的皇家戲劇藝術學院接受演藝訓練，但因為無法改變她的加勒比海口音，只好退出。

李奧・羅斯頓（Leo Rosten，一九〇八至九七年）：羅斯頓廣受歡迎的作品包括有《有趣的意第緒語》（*The Joys of Yiddish*）、《海曼・卡普蘭上學記》（The Education of H*Y*M*A*N*K*A*P*L*A*N），以及《羅斯頓的猶太語錄寶典》（*Leo Rosten's Treasury of Jewish Quotations*）。他的意第緒語與英語均十分流利，曾在經濟大蕭條時期教導美國移民英文。

J. K. 羅琳（JK Rowling，一九六五年至今）：全球知名的哈利波特系列作者。《富比士雜誌》（*Forbes*）估算她二〇一一年的財產淨值約為十億美元。所有哈利波特的電影改編劇本都需經她審核同意，她也是電影最後一集的製作人。

薩爾曼・魯西迪（Salman Rushdie，一九四七年至今）：魯西迪的作品包括有《午夜之子》（*Midnight's Children*）、《魔鬼詩篇》（*The Satanic Verses*），以及《小丑薩里曼》（*Shalimar the Clown*）。他因《魔鬼詩篇》被伊斯蘭教下達追殺令，並在一九九〇年的一部巴基斯坦電影中被塑造成一名試圖藉由開設連鎖賭場來摧毀巴基斯坦的大魔頭。他在二〇〇七年被英國女王冊封為爵士。

沙林傑（JD Salinger，一九一九至二〇一〇年）：沙林傑最著名的作品為《麥田捕手》（*The Catcher in the Rye*）、《九個故事》（*Nine Stories*），以及《法蘭妮與卓依》（*Franny and Zooey*）。他從小接受猶太人的教養方式，到了青少年時期才知道母親其實是愛爾蘭的天主教徒。大學畢業後，沙林傑曾在奧地利工作，在納粹占領前一個月離開奧國。

威廉·薩羅揚（William Saroyan，一九〇八至八一年）：薩羅揚最著名的作品是為他贏得普立茲獎的劇本《你人生的時間》（*The Time of Your Life*），以及小說《人類喜劇》（*The Human Comedy*）。《人類喜劇》的電影在一九四三年上映，但並非自小說改編而成電影，而是由電影改編成小說。薩羅揚原是此劇的編劇，被開除後他將故事寫成小說，在電影上演前不久出版。

瑪麗·撒頓（Mary Sarton，一九一二至九五年）：撒頓的作品包括有《孤獨日記》（*Journal of a Solitude*）、《濱海之屋》（*The House by the Sea*），以及《聽美人魚唱歌》（*Mrs. Stevens Hears the Mermaids Singing*）。她出生於比利時，但向來被認為是美國作家。《聽美人魚唱歌》是一部早期的女同志小說，出版之初使她先前的作品也連帶遭受抨擊，名聲大大下滑。

保羅·舒瑞德（Paul Schrader，一九四六年至今）：舒瑞德是美國編劇與導演，他的電影劇本包括《計程車司機》（*Taxi Driver*）與《蠻牛》（*Raging Bull*）；兩部的導演都是馬丁·史科西斯。他導演的作品則有《美國舞男》（*American Gigolo*）以及《三島由紀夫傳》（*Mishima: A Life in Four Chapters*）。由於家裡的信仰，他在十八歲前沒有看過任何一部電影。

羅德·瑟林（Rod Serling，一九二四至七五年）：瑟林在電視直播的「黃金時代」曾寫過許多重要的得獎戲劇，如卡夫電視劇場（Kraft Television Theater）以及《閣樓九十》（Playhouse 90）。一九五六年拍攝製作的《拳臺悲歌》（Requiem for a Heavyweight）使他聲勢一下水漲船高，其後更因製作、主持《陰陽魔界》（The Twilight Zone）而成為家喻戶曉的人物。這齣影集共有一百五十六集，瑟林為其中九十二集的編劇。好萊塢的星光大道上有一顆屬於他的星星。

莎士比亞（William Shakespeare，一五六四至一六一六年）：莎士比亞是全世界最知名，而且劇本最常被搬上舞臺的劇作家。他的經典作品包括有《羅蜜歐與朱麗葉》（*Romeo and Juliet*）、《哈姆雷特》（*Hamlet*）、《馬克白》（*Macbeth*）、《奧賽羅》（*Othello*），以及一百五十四首十四行詩及其他詩作。他自己也是一名演員，並是「張伯倫勛爵劇團」（Lord Chamberlain's Men ；後改名為國王劇團）的劇場老闆之一。他與他的妻子安・哈瑟維（Anne Hathaway）育有三名子女。外界對於他的性向、宗教信仰，甚至作品是不是全出自他手向來多有揣測。他在墓誌銘中詛咒說誰敢動他的屍骨，那人就準備倒大楣。

蕭伯納（George Bernard Shaw，一八五六至一九五〇年）：蕭伯納著名的劇本作品包括有《賣花女》（*Pygmalion*）、《傷心之屋》（*Heartbreak House*），以及《人與超人》（*Man and Superman*）。他原本拒領諾貝爾文學獎，但最後還是接受了，因為他妻子認為這是愛爾蘭的驕傲。在他成為成功的劇作家之前，他曾寫過五本小說，但沒有一本受到出版商青睞，都是後來才出版。

瑪麗・雪萊（Mary Shelley，一七九七年至一八五一年）：雪萊最知名的作品為《科學怪人》（*Frankenstein*）、《最後一人》（*The Last Man*），以及《福克納》（*Falkner*）。她的父親威廉・高德溫刻意將她培養成一名憤世嫉俗的哲學家。有一晚，她與拜倫聊起鬼魂的話題，拜倫提議在場的所有人各寫一篇恐怖故事，《科學怪人》因此而生。

卡蘿・席兒德（Carol Shields，一九三五至二〇〇三年）：席兒德的作品包括有《金石年代》（*The*

Stone Diaries）、《賴瑞的派對》（*Larry's Party*），以及《除非》（*Unless*）。儘管一般被認為是加拿大作家，但她其實出生於美國，一九五七年結婚後才成為加拿大公民。除了小說之外，她還寫過珍．奧斯汀的傳記。

喬治．西默農（Georges Simenon，一九〇三至八九年）：西默農的作品包括有《探長紐約行》（*Maigret a New York*）、《屋裡的陌生人》（*The Strangers in the House*），以及《兒子》（*Le Fils*）。他一天可以寫上八十頁，而他最有名的一個角色——馬戈探長共出現在他七十五本小說以及二十八篇短篇故事中。

史蒂芬．桑坦（Stephen Sondheim，一九三〇年至今）：桑坦著名的音樂劇作品包括有《拜訪森林》（*Into the Woods*）、《瘋狂理髮師》（*Sweeney Todd: The Demon Barber of Fleet Street*），以及《小夜曲》（*A Little Night Music*）。桑坦在奧斯卡．海默斯坦二世（Oscar Hammerstein II）的指導下寫了四齣音樂劇，但沒有一齣搬上舞臺。他對自己替《西城故事》寫的歌詞非常不滿意，認為歌詞內容與角色不符。

蘇珊．桑塔格（Susan Sontag，一九三三至二〇〇四年）：桑塔格的作品包括有《在美國》（*In America*）、《火山情人》（*The Volcano Lover*），以及劇本《床上的愛麗思》（*Alice in Bed*）。在小說出版前，一般人熟知的大部分是她關於各類藝術形式的文章。她積極參與社會運動，曾要求美軍插手波士尼亞內戰；圍城期間她住在塞拉耶佛。

索爾．史丹（Sol Stein，一九二六年至今）：史丹最有名的一本小說是在基督教徒之間引起廣大爭議的《魔術師》（*The Magician*）。除了戲劇與小說外，史丹同時也是「美國之音」（Voice of America）的編劇與編輯。這個廣播節目在共產國家的鐵幕之後擁有超過兩百萬名聽眾。除此之外，他還是一名重要的出版人，他所編輯的書中有兩本獲選為二十世紀百大非小說類文學作品[5]。

凱瑟琳．史托基特（Kathryn Stockett）：史托基特的小說處女作《姊妹》（*The Help*）一出版即大受好評，內容講述的是在白人家庭中幫傭的非裔女僕的故事。史托基特出生於密西西比的傑克森市，自己就是由非裔的幫傭一手帶大。《姊妹》在出版前曾被四十五家出版商拒絕，後來成為熱賣的暢銷小說。

斯威夫特（Jonathan Swift，一六六七至一七四五年）：斯威夫特的作品包括有《格列佛遊記》（*Gulliver's Travel*）、《溫和的建議》（*A Modest Proposal*），以及《布商書簡》（*Drapier's Letters*）。他一生使用過許多筆名，不曾用本名出版過任何作品，後來成為都柏林聖派翠克大教堂的主持牧師。

譚恩美（Amy Tan，一九五二年至今）：譚恩美最知名的小說作品為《喜福會》（*The Joy Luck Club*）、《灶君娘娘》（*The Kitchen God's Wife*），以及《接骨師的女兒》（*The Bonesetter's Daughter*）。她在中國有三名同母異父的手足，直到三十五歲才第一次見到他們。她的童書《傻瓜貓》（*Sagwa, the Chinese Siamese Cat*）被美國公共電視網製作成動畫。

艾瑪．泰寧德（Emma Tennant，一九三七年至今）：泰寧德的著名作品包括有《傲慢與偏見續集》（*Pemberley*），以及《簡愛》的續集：《法國舞者的私生子》（*The French Dancer's Bastard*）。她出生於英國的貴族世家，共結過四次婚。

薩克萊（William Makepeace Thackeray，一八一一至六三年）：薩克萊最有名的作品是《浮華世界》（*Vanity Fair*）、《凱瑟琳》（*Catherine*），以及《亨利．伊斯蒙》（*The History of Henry Esmond*）。他在《勢利之書》（*The Book of Snobs*）中替「勢利鬼」一詞賦予了新的現代意義。他因投資兩家報社而失去大部

---

5 分別為詹姆斯．鮑德溫（James Baldwin）的《一名土著之子的札記》（*Notes of a Native Son*），以及喬治．歐威爾的《向加泰隆尼亞致敬》。——譯者註

分的遺產，最後兩家都倒閉了。

梭羅（Henry Davie Thoreau，一八一七至六二年）：梭羅最著名的作品為《湖濱散記》（*Walden*），以及〈公民不服從〉（Civil Disobedience）與〈沒有原則的生活〉（Life without Principle）兩篇文章。梭羅著有許多自然歷史方面的著作，曾在深夜的暴風雨中數樹的年輪，最後因併發支氣管炎與世長辭。

蘿絲·崔梅（Rose Tremain，一九四三年至今）：崔梅的作品包括有《歸鄉路》（*The Road Home*）、《音樂與寂靜》（*Music and Silence*），以及《神聖國度》（*Sacred Country*）。除了寫作外，她也常製作廣播節目、替媒體撰寫評論。崔梅在她的母校東英格蘭大學（University of East Anglia）教了八年的創意寫作。

特羅洛普（Anthony Trollope，一八一五至八二年）：特羅洛普最傑出的作品為《看守人》（*The Warden*）、《巴爾切斯特之塔》（*Barchester Towers*），以及《現代生活》（*The Way We Live Now*）。他的母親是該時代一名相當成功的小說家，父親卻是一名失敗的農夫和律師。特羅洛普原本夢想能躋身政界，但後來將他人生中第一場也是唯一一場選戰描述為「我成年後最悲慘的兩個星期」，最後拿下第四名的票數（同時也是最後一名）。此後他成為一名多產的作家，並在《聖保羅雜誌》（*St. Paul Magazine*）擔任編輯。

布蘭達·薇蘭（Brenda Ueland，一八九一至一九八五年）：薇蘭最知名的著作為《如果你想寫作》（*If You Want to Write: A Book About Art, Independence and Spirit*）。她曾替許多出版商與廣播節目編寫文章，支持女性主義，據說有兩個重要原則：一是永遠實話實說，二是永遠不做自己不想做的事。

伏爾泰（Voltaire，一六九四至一七七八年）：伏爾泰最知名的作品為《憨第德》（*Candide*）、《札第格》（*Zadig*），以及《四十頂皇冠》（*Man of Forty Crowns*）。他原名弗朗索瓦—瑪利·阿魯埃（François-Marie Arouet），他的筆名便是由他姓氏的拉丁拼法「Arovet」，以及「le jeune」的縮寫結合而成。他因為直言表達自己對法國皇室和基督教的看法而被關進巴士底監獄，並趕出巴黎。他一生產量驚人，其中包括有二萬封書信，他的作品對法國與美國獨立戰爭的幾位主要人物有非常重大的影響。

愛麗絲．華克（Alice Walker，一九四四年至今）：華克最著名的作品為《紫色姊妹花》（*The Color Purple*）、《我所熟知的殿堂》（*The Temple of My Familiar*），以及《喜悅的祕訣》（*Possessing the Secret of Joy*）。她童年時期因臉上醜惡的傷疤過著封閉的生活，長大後做了除疤手術。《紫色姊妹花》曾被改編為音樂劇，並獲得東尼獎十一項提名。

瑪麗娜．沃納（Marina Warner，一九四六年至今）：華納的小說作品包括《失去的父親》（*The Lost Father*）以及《藍島》（*Indigo*）；非小說類作品則有《童話故事與說故事的人》（*From Beast to Blonde: On Fairy Tales and Their Tellers*）以及《幻影》（*Phantasmagoria*）。她目前正在寫一本小說，靈感來自她父親一九五〇年代在埃及開的一家書店。她一共擁有十四項榮譽學位。

易夫林．華歐（Evelyn Waugh，一九〇三年至六六年）：華歐最知名的作品為《殞落》（*Decline and Fall*）、《一掬塵土》（*A Handful of Dust*）、《欲望莊園》（*Brideshead Revisited*）以及《榮譽之劍三部曲》（*Sword of Honour trilogy*）。《欲望莊園》讓他名利雙收，當他在好萊塢洽談電影改編事宜時（後來沒有談成）[6]，他前去造訪林茵紀念公園，因此獲得《摯愛》（*The Loved One*）一書的靈感；他在這本小說內諷刺美國人對於死亡的看法。

H. G. 威爾斯（HG Wells，一八六六至一九四六年）：威爾斯最著名的作品是《時間機器》（*The Time*

6《欲望莊園》一直要到了二〇〇八年才搬上大銀幕。——譯者註

Machine）、《隱形人》（*The Invisible Man*），以及《世界大戰》（*The War of the Worlds*）。他在一九三三年出版的《未來世界》（*The Shape of Things to Come*）中預測了二次世界大戰的到來，相信一九四〇年將會爆發世界大戰。他深信超自然力量的存在，但沒有任何信仰，相信所有宗教都是真的。

納日尼爾．韋斯特（Nathanael West，一九〇三至四〇年）：韋斯特最著名的小說為《寂寞芳心小姐》（*Miss Lonelyhearts*）、《蝗蟲之日》（*The Day of the Locust*），以及《史奈爾的夢想生活》（*The Dream Life of Balso Snell*）。擔任編劇的經歷讓他在《蝗蟲之日》中寫出好萊塢黑暗的一面。一場車禍同時奪走韋斯特與妻子愛倫．麥肯尼（Ellen McKenney）的性命；諷刺的是，前不久他才得知文友費茲傑羅死亡的消息。

伊迪絲．華頓（Edith Wharton，一八六二至一九三七年）：華頓的作品包括有《伊森．佛恩的故事》（*Ethan Frome*）、《純真年代》（*The Age of Innocence*），以及《歡樂之家》（*The House of Mirth*）。她是史上第一名獲得普立茲文學獎的女性。除了寫作之外，她同時也是一名引領潮流的室內及園藝設計師。

埃利．維瑟爾（Elie Wiesel，一九二八年至今）：維瑟爾的作品包括有《夜：納粹集中營回憶錄》（*Night*）、《曙光》（*Dawn*）以及《森林之門》（*The Gates of the Forest*）。《夜》出版後的前三年賣得很慢，直到累積到足夠的好評後，他才有機會開始在電視訪談中宣傳介紹。二〇〇七年，他被不承認發生過猶太人大屠殺事件的暴徒攻擊，幸而沒有受傷。

王爾德（Oscar Wilde，一八五四至一九〇〇年）：王爾德的作品包括有《不可兒戲》（*The Importance of Being Earnest*）、《格雷的畫像》（*The Picture of Dorian Gray*），以及《理想丈夫》（*An Ideal Husband*）。王爾德為共濟會的一員。《不可兒戲》這個書名是倫敦同志圈內的一個玩笑話，他們用「我是認真的」（I am earnest）當作表明身分的暗語。

田納西·威廉斯（Tennessee Williams，一九一一至八三年）：威廉斯最知名的作品是劇本《欲望街車》（*A Streetcar Named Desire*）、《朱門巧婦》（*Cat on a Hot Tin Roof*），以及《玻璃動物園》（*The Glass Menagerie*）。他許多劇本的靈感都是來自自己的家庭生活。在成為成功的劇作家之前，威廉斯沒有一件工作做得長，最短的一次是在曼哈頓的高譚書店工作，他在那裡只待了半天。

伍德豪斯（PG Wodehouse，一八八一至一九七五年）：伍德豪斯最知名的作品是《萬能管家》系列（*Jeeves and Wooster*）、《布蘭丁斯城堡》（Blandings Castles）系列，以及《烏克李奇》（Ukridge）系列。他在大學時代曾是運動校隊的一員，也在舞臺劇與音樂劇中演出。他曾與科爾·波特（Cole Porter）共同合作編寫音樂劇《海上情緣》（Anything Goes）的歌詞。

維吉妮亞·吳爾芙（Virginia Woolf，一八八二至一九四一年）：吳爾芙最著名的作品為《戴洛維夫人》（*Mrs Dalloway*）、《燈塔行》（*To The Lighthouse*）、《歐蘭朵》（*Orlando*），以及篇幅直逼長篇小說的散文《自己的房間》（*A Room of One's Own*）。她是倫敦一個稱為「布盧姆斯伯里文化圈」（Bloomsbury Group）的藝文團體的一員，其他成員包括李頓·史崔奇（Lytton Strachey）、貝爾（Clive Bell）以及魯伯特·布魯克（Rupert Brooke）等。維吉妮亞·吳爾芙歷經多次精神崩潰，最後在口袋裝滿石頭，於烏斯河畔投河自盡。

寫作的祕密──寫不出好故事？向一百位大師取經吧！

Your Creative Writing Masterclass

作　　者 ── 喬爾根・沃夫（Jurgen Wolff）
譯　　者 ── 劉曉樺
封面設計 ── Javick
責任編輯 ── 劉素芬
行銷企劃 ── 郭其彬、夏瑩芳、王綬晨、邱紹溢、陳詩婷、張瓊瑜
副總編輯 ── 張海靜
總 編 輯 ── 王思迅
發 行 人 ── 蘇拾平
出　　版 ── 如果出版事業股份有限公司
發　　行 ── 大雁出版基地
地　　址 ── 台北市松山區復興北路333號11樓之4
電　　話 ── （02）2718-2001
傳　　真 ── （02）2718-1258
讀者傳真服務 ─（02）2718-1258
讀者服務信箱 ─ E-mail andbooks@andbooks.com.tw
劃撥帳號 19983379
戶　　名 大雁文化事業股份有限公司
香港發行 ──大雁（香港）出版基地・里人文化
地　　址 ──香港荃灣橫龍街78號正好工業大廈22樓A室
電　　話 ──（852）2419-2288
傳　　真 ──（852）2419-1887
E-mail anyone@biznetvigator.com
出版日期 2013年9月 初版
定價 380元
ISBN 978-986-6006-40-1

國家圖書館出版品預行編目資料

寫作的祕密：寫不出好故事？向一百位大師取經吧！/ 喬爾根.沃夫(Jurgen Wolff)著；劉曉樺譯. -- 初版. -- 臺北市：如果出版：大雁出版基地發行, 2013.10
面；公分
譯自：Your creative writing masterclass : advice from the best on writing successful novels, screenplays and short stories
ISBN 978-986-6006-40-1(平裝)
1.寫作法
811.1 102016663

歡迎光臨大雁出版基地官網
www.andbooks.com.tw
訂閱電子報並填寫回函卡

如果